THE PLAYERS

LORÉA SPRINGS

THE PLAYERS 1

UNDER *the* ICE

ito

— What if I fall ?

— Oh, my darling. What if you fly ?

Prologue

Isaiah

— Ice !

Assise sur l'herbe encore verte du campus, l'armoire à glace qui me sert de colocataire et de meilleur ami vient de hurler mon nom en m'adressant de grands signes, braquant sur nous les regards curieux des uns, admiratifs des autres. On n'arrive pas en finale du Frozen Four[1] sans conséquence. Depuis notre exploit l'an dernier, nous sommes de véritables petites célébrités à Brown et cela nous convient plutôt bien. Chacun en tire son parti.

Disons que c'est une compensation agréable à tous les efforts que nous fournissons en permanence sur la glace comme dans les salles de classe. Être toujours au top. Toujours au max. Toujours performants. Toujours impliqués. Alors, être de toutes les fêtes, considérés comme les mecs les plus en vue du campus, disons que ça compense. Toutes ces nanas qui nous collent au cul dès qu'on sort, qui rêvent

1. Tournois universitaires de hockey sur glace aux États-Unis. Six conférences s'affrontent annuellement à l'occasion des séries éliminatoires. Depuis 1999, les demi-finales ainsi que la finale sont appelées Frozen Four (ou littéralement en français « Quatre gelées »).

de finir dans notre lit pour célébrer nos victoires ou nous consoler de nos – rares – défaites, aussi. Un peu. Pas toujours. Mais on prend. On prend la gloire, les filles et leurs risettes, les verres gratuits, les invitations pour soigner les bleus ou les courbatures. La belle vie, en somme. Surtout avec des potes comme Cameron Hunter et Liam Johnson, fidèles compagnons dans notre appartement commun comme au sein des Brown Bears.

Je les rejoins, lentement, d'un pas volontairement nonchalant, savourant ainsi mon retour au bercail. L'air encore tiède, la lumière du jour dorée qui fait flamboyer les briques rouges des vieux bâtiments universitaires, les feuilles des arbres qui tirent doucement sur le roux. Brown n'est jamais aussi belle qu'en automne. Bientôt, les cours reprendront, les entraînements aussi, le rythme sera plus intense que ce que nous avons vécu jusque-là. En bonus, une grosse pression pour chacun de nous, avec rien de moins que notre avenir en jeu.

— Viens ici, ma guimauve ! Je t'ai manqué, pas vrai ? m'esclaffé-je en prenant Cameron dans mes bras.

— Tu m'étonnes ! Plus personne à faire chier depuis deux mois. La vie était bien trop fade sans toi, pleurniche Cam.

— Et moi, alors ? râle Liam en m'envoyant une grande claque dans le dos.

— Viens faire un câlin, chaton.

Je frotte les cheveux noirs de Liam jusqu'à ce qu'il finisse par s'écarter en gueulant un peu. Assis au milieu de mes deux gars sûrs, mes partenaires de jeu et de beuveries, je me sens enfin chez moi. Cette année, même si nous avons bien conscience que les recruteurs de la NHL[2] commenceront à nous regarder vraiment et si ça nous fout la pression, nous avons prévu de tout donner pour nous forger des souvenirs inoubliables ensemble.

— Les gars, vous faites un foot, avec nous ? nous interpelle un type que je ne connais pas, peut-être un nouveau.

— Moi, je suis chaud ! Les gars, vous en dites quoi ? questionne Cameron en se tournant vers nous.

De toute façon, Liam n'a jamais l'air chaud. Il est aussi renfrogné que Cameron est extraverti. Ils sont le parfait équilibre l'un de l'autre et ils semblent trouver leur compte dans l'image que les gens se font d'eux. En réalité, Liam est moins farouche qu'il n'y paraît tandis que Cameron a aussi ses parts d'ombre. Mais chacun joue sa partition.

— T'y vas, Ice ? grogne Liam.

— Pas sans toi, le défié-je avec un clin d'œil.

— Vous faites vraiment chier, les mecs. On ne peut jamais boire une bière tranquille, ici.

Il râle en se levant tandis que Cameron a déjà rejoint le terrain improvisé. En trottinant, paradant presque, trop conscient des regards qui se tournent déjà vers nous.

— On fait comme au hockey ?

— Yep, acquiescé-je.

Cameron en défense, Liam se charge des passes décisives. Quant à moi, je tire. Si possible, je marque. Une stratégie qui a fait ses preuves.

---

2. La LNH (National Hockey League ou Ligue nationale de hockey) est une association sportive professionnelle nord-américaine regroupant des franchises de hockey sur glace du Canada et des États-Unis.

Ce match-là ne restera pas dans les annales, c'est certain, mais c'est quand même un sacré kif de retrouver mes meilleurs amis après plusieurs longues semaines loin d'eux. Si c'est à la coloc que notre complicité a commencé, c'est sur la glace que notre amitié prend toute sa grandeur. J'adore mon père, je supporte de mieux en mieux mes sœurs à mesure que les années passent ; toutefois des jours entiers loin des potes, ce n'est pas drôle.

Je cours pour remonter le terrain afin de me démarquer pour faciliter la passe à Liam. Pointe de vitesse. Appui sur la jambe droite pour jeter un coup d'œil en arrière afin de visualiser la trajectoire de la balle. Mais mes yeux sont irrémédiablement attirés par l'adorable postérieur d'une fille qui traverse le terrain. Mon pote me rappelle à l'ordre, heureusement que ce genre d'égarement ne m'arrive absolument jamais sur la glace. La position dans laquelle je me trouve est mauvaise, le pivot est instable. Je devine la blessure avant même de ressentir quoi que ce soit. Puis, je la sens, la faiblesse dans mon genou droit, la douleur aiguë qui m'oblige à me laisser tomber le cul sur le sol, plié en deux sur ma jambe endolorie.

— PUTAIN ! hurlé-je. Putain de bordel de…

— Ice ! Mec, qu'est-ce qu'il se passe ? s'inquiète Liam en arrivant à pleine balle.

— C'est mon genou… grimacé-je.

— Quoi, ton genou ? demande Cameron en s'approchant à petite foulée.

Liam prend conscience assez rapidement que la situation n'a rien de drôle ni d'habituel. Je n'ai pas simplement trébuché, ma jambe m'a lâché. Or ça, ce n'est pas normal. C'est même foutrement inquiétant.

— Ça pue, les gars. Je vous avais bien dit que le foot c'était de la merde, grince Liam.

— Pour une fois qu'on préférerait que tu gardes ta bouche fermée, t'es obligé de l'ouvrir ? s'énerve Cameron.

— Comment on fait s'il s'est pété les ligaments croisés, gros malin ? Tu l'imagines, la saison sans Ice ?

Souvent, Liam et Cameron s'engueulent. Pour un oui ou pour un non, pour tout, pour rien, et surtout pour la beauté du geste. Mais en l'occurrence, leur prise de tête niveau bac à sable me tape sur le système. Je me sens comme le gamin pris au piège dans la dispute de ses parents divorcés.

— T'es vraiment très bon pour rassurer les gens, Liam, on te l'a déjà dit ? Si jamais la NHL ça ne marche pas, n'hésite pas, va direct en psycho, tu vas faire un malheur, ironisé-je, une pointe de douleur dans la voix, trahissant celle, plus violente, qui me lance dans le genou.

Cameron ricane tandis que Liam me fusille du regard. J'essaye de me relever, je n'y arrive pas. Une seconde, le monde s'écroule. Mes jambes, c'est mon outil de travail. Certains joueurs prennent des contrats pour assurer leurs membres, moi, je n'ai rien. Rien d'autre que ma jeunesse pour assurer mon avenir.

Une boule se forme dans ma gorge. *Tout, mais pas ça, pas de blessure, pitié pas de blessure.* Puis mes méninges se remettent en état de marche et je retrouve mes réflexes de capitaine – fraîchement nommé, certes, mais capitaine quand même.

— Ceci dit, il n'a pas tort, je ne peux pas déconner avec ça. Il faut que j'aille voir le coach, débité-je, afin de prendre zéro risque. Dufour ne tolérerait pas qu'on ne lui parle pas de ce genre de douleur…

— Et tu te lèves comment ?

— Vous allez m'aider. Cameron, appelle le coach s'il te plaît, dis-lui que je dois le voir d'urgence.

Liam m'aide à me redresser pendant que Cameron appelle notre entraîneur, notre père de substitution, Dieu sur Terre, en la personne d'un vieux Canadien bourru qui fait la pluie et le beau temps sur la planète hockey de Brown. J'entends mon pote expliquer la situation, la voix de moins en moins assurée. Lorsqu'il raccroche, il a l'air d'un gosse pris en faute.

— Il t'a passé un savon ? m'inquiété-je.

— Je crois que tu vas passer un sale quart d'heure, Ice. Honnêtement, il avait l'air vraiment furax.

Bien sûr qu'il est furax, le vieux. Le nouveau capitaine de l'équipe qui se flingue le genou à quelques jours de la rentrée en faisant le mariole avec ses potes, ça ne risquait pas de lui plaire. Je dois serrer fort les dents pour supporter la douleur et empêcher les larmes – de rage, hein, de rage – de couler.

Et si j'avais foutu en l'air ma dernière saison ici ? Si j'avais juste tué dans l'œuf toute ma carrière avec une rupture des ligaments croisés ? J'en garderais une fragilité pour toujours, ce qui signifie qu'aucune équipe de NHL ne prendrait le risque de miser sur moi. *Quel con* ! Je me fustige de cette connerie de foot, si j'avais juste bu ma bière tranquille avec Liam, et si, et si…

Péniblement, nous parvenons jusqu'à la patinoire. Je pourrais m'y repérer les yeux fermés. Deux ans que je passe tout mon temps libre ici, en plus des entraînements obligatoires. Même pour réviser les matières classiques, je préfère m'installer dans les gradins plutôt qu'à la bibliothèque. Question d'ambiance, de température, d'odeur. Ici, c'est chez moi. Mon élément. La fièvre des gradins qui continue de faire vibrer le bâtiment même lorsqu'il est vide et le froid de la glace. La clameur silencieuse imprégnée dans les murs, l'odeur du caoutchouc, celle du vieux bois, la pénombre malgré la lumière blanche.

Ici, tout est en contraste, en contraire, en demi-teinte. Une fois la porte d'entrée passée, il y a un long couloir au bout duquel se trouve la patinoire. Sur la gauche, un second corridor mène aux vestiaires ainsi qu'aux bureaux administratifs : celui du coach, la pièce réservée au staff médical, les salles de préparation physique, l'infirmerie et le foyer qui sert aux réunions stratégiques.

— Wolf ! tonne Dufour au bout du couloir. Qu'est-ce que c'est que ce bordel ? Dans mon bureau, maintenant ! Les autres, dehors ! Et immobiles ! Pas d'autres estropiés aujourd'hui !

Je passe devant le coach, taillé sur le modèle du bûcheron canadien – grand, trapu, le buste large et le cheveu hirsute malgré ses quelques heures de vol –, et pénètre dans son antre. Un pincement au cœur me surprend lorsque je réalise que je pourrais aussi bien ne jamais plus y foutre les pieds.

La première fois que je suis entré ici, il m'a dit qu'il croyait en moi, que j'étais solide sur la glace, que j'avais un gros potentiel qu'il comptait bien exploiter. C'est ainsi que je suis devenu son attaquant principal. À la fin de l'année dernière, après une saison à offrir mon maximum et à gagner le respect des gars match après match, m'imposant comme un pilier de l'équipe, le coach m'a convoqué dans ce même bureau pour me nommer capitaine de l'équipe des Bears. Et maintenant ? Maintenant, ma vie est peut être foutue et le coach Dufour sera l'artisan de cette déconfiture.

Mais pour le moment, l'heure est aux explications.

1

Isaiah

— Non, pas ce week-end, on organise une soirée à l'appart, Hope. Embrasse Faith et papa pour moi, je suis arrivé à la pataugeoire…, annoncé-je à ma sœur.

— Je t'assure, Ice, je suis sûre que ton coach t'a imposé ça pour te punir ! raille-t-elle à l'autre bout de la ligne.

Me punir… Comme si je ne l'étais pas assez comme ça. Pendant quelques heures, quelques jours, mes potes ont vraiment fait la tête. Liam est même allé jusqu'à m'ignorer ostensiblement, très contrarié que j'aie eu l'outrecuidance de mettre en péril notre dernière saison de hockey à Brown. Puis, ils ont fini par arrêter de bouder lorsqu'ils se sont rendu compte qu'en étant sur la touche six semaines, je ne manquerai que deux ou trois matchs amicaux. Me voir tourner en rond comme un lion en cage a également eu raison de leur colère.

Parce que la vérité, c'est que j'ai commencé à patiner à quatre ans, et depuis ça ne m'était pas encore arrivé de rester si longtemps loin de mes patins. Ma pénitence, je la sens bien passer. Pas besoin que mes meilleurs amis en rajoutent une couche.

Pendant ces quelques jours difficiles, mes sœurs n'ont cessé de m'appeler, pour me divertir, me soutenir. Parce que nous ne sommes pas très démonstratifs dans cette famille, mais on connaît le poids de nos liens. Jamais, *jamais plus*, on ne laissera tomber un des nôtres.

— Ça reste à prouver… Imagine-moi, seul mec dans un bassin rempli de sirènes, tu crois que je vis ça comme une punition ? Peut-être au contraire que c'était pour me remonter le moral, blagué-je alors que Hope s'insurge dans le téléphone, ce qui me fait marrer encore plus.

— Sinon, tu comptes bloquer le passage encore longtemps ou tu vas finir par te décaler ? persifle une voix de femme, sensuellement éraillée, qui entre en communication directe avec mon bas-ventre. Je ne sais pas de qui il s'agit, mais elle devrait songer à chanter du jazz, ou de la soul peut-être, avec une voix pareille.

— Je dois te laisser, il paraît que je provoque un embouteillage, ironisé-je en raccrochant.

Je n'ai pas le temps d'esquisser le moindre geste ni de me retourner que je me fais bousculer par une jolie blonde. Un physique gracile, délicat, duquel émane une fragilité qui contraste terriblement avec la voix grave, presque érotique, que je viens d'entendre.

Si j'en crois les éclairs qui sortent de ses yeux, la demoiselle n'est pas ravie de me trouver ici et n'a franchement pas l'air d'apprécier mon humour. Elle me dévisage un instant avant d'ouvrir la porte de la piscine olympique de Brown. Depuis l'intérieur du bâtiment, elle me lance, l'air narquois :

— J'imagine que tu sais ce qui arrive aux marins qui s'approchent des sirènes, dans l'*Odyssée*[1] ?

Honnêtement, je n'ai aucune idée de ce dont elle me parle. Je suis juste captivé par ses deux billes chocolat qui continuent de me fusiller sur place, ébranlé par sa voix décidément envoûtante ambiance whisky-cigarette-et-piano-bar. Sacrément excité, aussi, à l'idée de croiser ce joli minois en maillot de bain d'ici quelques instants, car j'imagine qu'elle vient pour l'entraînement. L'heure et sa silhouette athlétique sont de bons indices – pas la peine de me féliciter pour mes talents de détective.

Je longe le couloir carrelé de blanc, bleu et rouge. L'odeur de chlore me pique les narines. Je ne suis pas habitué à ce parfum de trop propre, une odeur aseptisée proche de celle des hôpitaux. Le calme règne, à l'exception des quelques rires étouffés que j'entends derrière la porte des filles. Comme prévu, les vestiaires des hommes, eux, sont vides.

En effet, Dufour m'a imposé trois entraînements de natation par semaine afin, soi-disant, que je ne perde pas de masse musculaire le temps de mon arrêt – ou pour me punir, selon la bonne vieille théorie de Hope. Toujours est-il que trois séances ce n'est pas rien, surtout que ma présence reste requise aux entraînements de hockey et que j'ai toujours les cours à assurer. Dans cet emploi du temps plein à craquer, les seuls créneaux qui pouvaient correspondre, c'était ceux de l'équipe de natation féminine de Brown. Banco ! Dufour avait trouvé la solution.

---

1. Dans l'*Odyssée* d'Homère les sirènes attirent les marins avec leur chant mélodieux, puis les dévorent une fois qu'ils se sont fracassés sur les rochers en voulant les rejoindre.

Au début, j'ai gueulé. J'ai supplié. J'aurais pu me rouler par terre pour que le coach accepte de revenir sur sa décision. En plus, l'eau, moi, je l'aime quand elle est solide, gelée et qu'on peut glisser dessus. Or, à part Jésus, je n'en connais pas beaucoup des types qui ont pu marcher sur l'eau à l'état liquide. Bref, la piscine, ce n'est pas mon délire. Mais Dufour est inflexible. Quand il a pris une décision, il s'y tient. Alors comprenant que je n'obtiendrai pas gain de cause, j'ai fini par céder. Au fond, ce n'est pas comme si j'avais vraiment le choix. Ceci dit, comme souvent, au bout de quelques jours j'ai même commencé à voir le verre à moitié plein. Question de caractère, je suis un optimiste devant l'Éternel. Par ailleurs, je ne sais que trop comme tout peut s'arrêter demain pour perdre de précieuses minutes de bonheur avec des conneries. L'entraînement des filles revient surtout à côtoyer des athlètes en maillot de bain trois fois par semaine. *Vu sous cet angle, c'est carrément mon délire !*

Lorsque j'arrive au bord du bassin, les filles sont déjà à l'eau. Short de bain noir, peau bronzée après deux mois de vacances en Floride, muscles saillants ; je sais que je suis à mon avantage. J'ai eu le temps de tester l'attitude pendant l'été, elle fonctionne à merveille. L'équipement de hockey fait des ravages toute l'année, pourtant il faut reconnaître que le short de bain présente certains avantages. Néanmoins, mon sourire arrogant perd vite de sa superbe quand la coach se tourne vers moi, furibonde :

— M. Wolf, je suppose ? Faisons une mise au point tout de suite, voulez-vous ? C'est un entraînement obligatoire. Donc pas d'attitude dilettante qui tienne ici. C'est votre premier et dernier retard ou bien je me chargerai d'en toucher deux mots au coach Dufour. Compris ?

— Bien, madame, opiné-je.

— Coach Jones, réplique-t-elle sèchement.

Je sais qu'un coach, quelle que soit la discipline, ça se respecte. L'envie de lui rétorquer que je m'en fiche un peu d'aller patauger dans l'eau, que ni mes biceps, ni mes pectoraux n'ont besoin de ça, que ma masse musculaire se porte très bien et que je ne comprends toujours pas ce que je fous ici, me démange mais je ferme ma gueule. *Question de protocole.*

— OK. Deuxièmement, qu'est-ce que c'est que cette tenue ? raille-t-elle en me détaillant des pieds à la tête.

Par réflexe, je baisse les yeux vers mon short. *Bah quoi ?*

— Ici, c'est slip et bonnet de bain. On n'est pas à la plage. Donc retournez aux vestiaires, vous reviendrez lorsque vous serez en tenue correcte, je vous prie.

— Je verrai ce que je peux faire pour la prochaine fois, mais aujourd'hui je n'ai que ça, coach, tenté-je.

— Vous trouverez tout ce qu'il faut là-bas. Un bac est prévu à cet effet, me rétorque Jones d'une voix tranchante.

Raté. Cette fois, je sais que je n'ai plus rien à dire. Aucun argument ne sera plus toléré. Un peu dépité et surtout fou de rage, je tourne les talons quand je croise *son* regard. Celui de la jolie blonde de tout à l'heure. Sourcil arqué, sourire en coin, chacune de ses expressions montre bien qu'elle se fout ouvertement de moi. C'est une évidence, elle se régale de la situation. Elle n'est pas la seule, en réalité, mais quelque chose chez celle-ci me fait un peu flancher.

Je fais face à mon reflet dans les vestiaires. Moi, en moule-bite bleu et bonnet de bain plaqué sur le crâne. *Faut bien l'avouer, j'ai l'air d'un con.* Je ne sortirai pas comme ça, hors de question. Il doit leur falloir une sacrée dose de confiance en eux ou un manque total d'amour-propre, aux nageurs, pour se balader dans cette tenue. J'ai l'air totalement difforme : des épaules énormes et l'entrejambe taille XS, alors que – entre nous soit dit – je n'ai aucune raison de complexer de ce côté-là. Ce slip me donne l'impression d'avoir été volé soit à un oncle ringard et grassouillet, soit à un *gogo dancer* d'un club pour cougars. Dans les deux cas, aucune envie de ressembler à ce genre de type.

À contrecœur, je finis par retourner auprès de la coach en tentant tant bien que mal, plutôt mal que bien en fait, de garder fière allure.

— Il vous en a fallu du temps pour enfiler un slip ! commente Jones, visiblement jamais à court de sarcasme. Bon bon, vous pouvez aller à l'eau. On commence par vingt longueurs de crawl. Dos bien plat, mouvements amples des épaules et petits battements des pieds pour ne pas forcer sur le genou, m'indique-t-elle. Mettez-vous dans le couloir du fond, pour ne pas déranger mes nageuses.

En prononçant cette phrase, elle jette un bref regard vers la dizaine de filles qui évoluent dans l'eau. Je prends le temps de les observer un instant. Leurs gestes sont efficaces, silencieux, cadencés. Un ballet fait de puissance et de grâce. *Impressionnant*. Si je n'y connais rien en natation, il faut quand même bien avouer que ça a l'air d'envoyer du lourd, par ici. On est loin du barbotage.

Jones semble satisfaite en couvant ses ouailles d'un regard protecteur. Probablement le même genre de regard que Dufour pose sur nous après un entraînement réussi. Je sens bien qu'elle n'approuve pas du tout ma présence ici, et qu'elle s'en passerait bien si elle le pouvait. Alors autant faire contre mauvaise fortune bon cœur, je me fous à la flotte sans plus discuter. J'en suis à ma douzième longueur quand j'entends un coup de sifflet retentir. Je relève la tête, mais je ne sais pas comment je me débrouille, je dois ouvrir la bouche au mauvais moment, parce que je bois la tasse comme un gamin. *Comme un putain d'enfant de cinq ans qui apprend à nager.* Évidemment, ce sont onze paires d'yeux qui se braquent sur moi. Quelques-uns posent un regard attendri sur ma personne en train de s'étrangler, néanmoins je dois bien avouer que la plupart sont carrément moqueurs. *Comme je les comprends.* À leur place, je serais déjà plié de rire en train de chercher un surnom à coller au type incapable de nager correctement.

— Elles n'ont pas l'âme charitable, vos nageuses, lancé-je au coach Jones en toussotant encore un peu.

— C'est que ça fait un bail, M. Wolf, que nous n'avons pas assisté à des cours débutants. Bref, c'est tout pour aujourd'hui.

— Je n'ai pas fini, marmonné-je.

— Je pensais qu'un athlète de votre niveau pourrait aligner vingt longueurs sur le temps qui était imparti. Je vais manifestement devoir revoir mes exigences à la baisse. Ne comptez pas sur moi pour faire des heures sup pour vos beaux yeux, j'ai mieux à faire, conclue-t-elle.

J'entends un – ou plusieurs – ricanements tandis que je me dirige vers les vestiaires, bien tenté d'aller jeter un œil dans ceux des filles. *Après tout, je ne suis pas familier de cet endroit, je pourrais très bien me tromper de chemin…* Mais ma conscience me rattrape – je ne suis pas un pervers ni un puceau – puis m'est avis que je ne serais pas spécialement bien reçu. Je m'apprête à pousser la porte qui m'est destinée quand sa voix s'élève :

— Finalement, il aurait peut-être mieux valu une pataugeoire, hein ?

Lentement, je me tourne vers elle, tout en retirant ce fichu bonnet de bain. Ce sera toujours ça de moins dans cet accoutrement ridicule. Je plaque un sourire moqueur sur mes lèvres en lui faisant face. Son regard se voile lorsque je m'ébroue gentiment pour remettre mes boucles brunes humides en place. C'est fugace, mais je l'ai vu.

— À qui ai-je l'honneur ? demandé-je en baissant la voix d'un octave.

— Maddison Andrews. Pas besoin de te présenter, j'ai cru comprendre que tu étais le *fameux* Wolf.

Sa voix est ironique, mais sa réplique ne laisse pas de place au doute : elle sait déjà qui je suis. C'est ainsi, ma réputation me précède, surtout auprès de la gent féminine, pour mon plus grand plaisir.

— Isaiah Wolf, oui. Capitaine de l'équipe de hockey, précisé-je. Mais tu peux m'appeler Ice.

— Isaiah, ça ira très bien, réplique-t-elle d'un ton sec.

Je m'attends à ce que Maddison, donc, mette un terme à cette conversation. *La pimbêche a balancé sa vanne, elle est contente, elle peut retourner se changer, maintenant.* Pourtant elle reste là, comme statufiée, obstinément muette. Alors je le remarque, son regard occupé à me scruter dans les moindres détails, qui consume ma peau à chaque endroit où il se pose. C'est lorsque j'étouffe un ricanement que Maddison retrouve le chemin de mes yeux.

— Tu apprécies ce que tu vois, Maddie ? me moqué-je. Je sais qu'un corps pareil, ça peut impressionner…

— Je nage depuis que j'ai sept ans, Isaiah, me répond-elle cinglante. Autant te dire que des hommes musclés, j'en ai croisé un paquet. Il en faut beaucoup plus pour m'impressionner. Je ne vois rien d'extraordinaire par ici, ajoute-t-elle avec un geste de la main pour désigner mon corps. Par ailleurs, à l'avenir, contente-toi de m'appeler Maddison. Ou même encore mieux, de ne pas m'appeler du tout.

Sa phrase à peine terminée, elle se réfugie dans les vestiaires des filles, me laissant planté là, au milieu du couloir, à moitié à poil et avec un début d'érection. *À quel point faut-il être con pour bander à moitié quand une fille vous dit que vous n'avez rien d'exceptionnel ?* Est-ce sa voix délicatement fêlée, est-ce l'intensité de son regard, son air légèrement pincé ou bien la finesse de ses jambes ? Toujours est-il que cette fille-là peut en être certaine : elle ne sait pas où elle a mis les pieds.

Provoquer un loup n'est jamais une bonne idée. Et la légende Wolf est en marche.

2

Maddison

— Vingt-cinq secondes et cinquante-huit centièmes, Hailey ! Je n'y arriverai jamais, me lamenté-je auprès de ma meilleure amie.

Une semaine que les entraînements de natation ont repris. Une semaine que mon temps ne descend pas en dessous de ce chrono. Pourtant, cet été encore, je l'atteignais systématiquement, le Graal. Le temps de qualification olympique pour le cinquante-mètres nage libre. Mais cet été, j'allais bien. J'étais heureuse, l'esprit tranquille, au top de ma forme, mieux sans doute que je n'avais jamais été. Naïvement, j'ai cru que cet état d'allégresse pourrait durer toujours.

— Ça va aller, Maddie, tu vas voir, répond Hailey d'une voix douce. Tu vas te reprendre et je suis sûre que Jones va trouver comment rallumer la flamme en un rien de temps… Je pourrais t'aider aussi, mais je ne suis pas certaine que nous ayons les mêmes méthodes.

J'observe Hailey. Son carré court, ses cheveux d'un noir brillant, ses yeux de biche et sa bouche peinte en rouge même au petit déjeuner. Pour elle, tout roule. Elle excelle à l'université où nous suivons le même cursus en littérature. Elle chante également dans un groupe de rock qui commence à rencontrer le succès au-delà des seules frontières du campus. Elle cumule les conquêtes, libre, insouciante, certaine que le jour où elle trouvera le bon, elle saura. En attendant, Hailey profite de sa jeunesse, de sa beauté et de sa joie de vivre.

— Alors comment tu m'aiderais, toi ? me renseigné-je, emportée par un élan de curiosité mêlée de suspicion.

— Déjà, je te dirais d'aller crever les pneus de cet enfoiré de Julian, m'explique-t-elle très sérieusement, en buvant une gorgée de café.

Julian Morris. Nageur émérite de l'équipe masculine de Brown. Blond comme les blés, taillé en V, sculpté dans le marbre. Dramatiquement beau, follement gentil, exagérément drôle, insupportablement intelligent. Enfin, ça, c'était ce que mes yeux voyaient, déformant la réalité sans se soucier du retour de bâton. Quatorze mois d'une relation idyllique. Nous partagions tout : nos entraînements, nos révisions, nos baisers. Originaire de Californie avant que mes parents ne déménagent dans le Rhode Island, je pensais naïvement que nous passerions l'été à nager ensemble, nous balader sur les plages de mon enfance et faire l'amour au coucher du soleil. Malheureusement, Julian a été retenu à Brown en juillet pour une *summer school.* Il pleurnichait au téléphone, je le rassurais, le consolais, j'étais de tout cœur avec lui. En l'attendant dans la maison familiale de ma grand-mère à quelques heures de Santa Monica, j'ai redoublé d'acharnement dans l'eau pour le rendre fier (et m'occuper). Puis, le monde s'est effondré en août. Julian ne m'a pas rejointe comme prévu. Il s'est contenté de m'appeler – cette fois, non pas pour se faire plaindre ou m'annoncer à quelle heure son avion atterrissait – mais pour me faire savoir qu'il me quittait. *C'est pas toi... c'est moi... c'est venu comme ça...* un tissu de conneries et d'excuses bateau jusqu'à ce que je parvienne enfin à lui tirer les vers du nez.

Il avait rencontré quelqu'un. Plus exactement, il m'avait trompée. Pire encore, Julian Morris n'avait rien trouvé de mieux que de coucher *accidentellement* avec ma colocataire de chambre à la résidence universitaire. Conclusion, ça avait eu le mérite de lui ouvrir les yeux. Finalement, *tout bien réfléchi*, il n'était plus amoureux de moi. Je n'étais pas si drôle, pas assez spontanée, trop occupée... et surtout – visiblement, le détail avait son importance – le sexe avec Lexie Klein était bien meilleur.

En huit minutes, le temps de l'appel téléphonique, mon été est passé de fabuleux à cauchemardesque. Ma vie tout entière a perdu son équilibre. Pour clôturer cette séquence désastreuse, mon chrono au cinquante-mètres nage libre, ma discipline de prédilection, qui flirtait délicieusement avec la barre du temps de qualification pour les jeux Olympiques, en a durement pâti.

C'est fou. Vous passez des jours, des semaines, des années entières à vous imposer une discipline de fer pour parvenir au sommet. Vous sacrifiez tout sur l'autel de vos rêves, en jurant que rien ni personne ne viendra vous détourner de votre objectif suprême. Et lorsque vous touchez vos rêves du bout des doigts, quand enfin, tout devient possible, Julian Morris débarque pour tout anéantir. Pour arracher violemment ce qui était sur le point de porter ses fruits. Pour écraser négligemment, du bout du pied, comme un vulgaire mégot de cigarette, l'ensemble de votre vie.

Après l'appel de Julian, j'ai raté mes entraînements. J'ai cessé de me nourrir correctement, alternant les pots de crème glacée au chocolat et les jours de diète, là où encore quelques jours auparavant tout était pesé au gramme près. Je suis sortie pour me venger, j'ai bu de l'alcool pour oublier, pour réussir à danser, à donner le change, j'ai pleuré des heures durant devant des films idiots qui laissent penser que les fins heureuses existent, que le grand amour se cache n'importe où. Rien n'a fonctionné, rien ne m'a consolée. J'ai cessé d'appeler mes parents. Je ne supportais plus les inquiétudes ni les remontrances de mon père, plus redoutable, plus mordant, plus virulent, plus attentif qu'un coach. Puis Hailey est venue à mon secours en m'aidant doucement à remonter la pente. Elle m'a littéralement remise à l'eau, sans parvenir néanmoins à recoller les morceaux de mon cœur brisé. Ni à apaiser le sentiment de brûlure qui remonte le long de mon œsophage lorsque je pense à Julian. Ni à me laver de cette salissure, cette blessure mortelle de ma dignité souillée. Ni à retrouver mon chrono.

— On en a déjà parlé, Hailey. Je ne vais pas crever ses pneus !

— Ses yeux, alors ? tente-t-elle.

— Même pas… soupiré-je.

— Alors, qu'ils lui servent à pleurer ! enrage Hailey. Quant à toi, tu vas l'ou-bli-er, péter tous les records et te qualifier pour les JO. C'est non négociable, je mets notre amitié dans la balance.

— Je vois. Tu es en train de me dire que si j'échoue, je perds aussi ma meilleure amie ? raillé-je.

Le visage de Hailey s'adoucit juste avant qu'une grimace vienne tordre sa jolie bouche carmin.

— Je le déteste tellement, ce type. Avec ses faux airs de gendre idéal… Je savais bien qu'il était trop propre sur lui, murmure-t-elle hargneuse.

Je me contente de hausser les épaules. J'ai beau avoir le cœur en mille éclats, je n'arrive pas à détester Julian. Au fond, je crains qu'il ait raison. Tant mieux pour lui s'il s'est rendu compte à temps que je n'étais pas assez bien pour lui. Lui, c'est un petit génie. Un mec qui parvient à tout avoir sans faire d'efforts, qui peut briller dans les bassins tout en faisant la fête et réussir ses études avec brio. Moi, je suis une laborieuse. Studieuse à tendance psychorigide. Il méritait sans doute mieux, et tant pis s'il a trouvé ce *mieux* en la personne de ma colocataire.

— Ce qui me tue vraiment, tu sais, c'est cette histoire de chambre avec Lexie, grogné-je.

— Je ne sais même pas comment elle ose revenir après ce qu'elle t'a fait. Si je la croise, celle-là…

— Laisse-moi deviner ! Tu lui crèves ses pneus ? proposé-je en souriant faiblement.

— Tu as tout compris ! exulte-t-elle, trouvant décidément l'idée excellente.

Quelques jours avant la rentrée à Brown, j'ai supplié l'administration de l'université de me changer de chambre. L'idée de partager cet espace réduit avec Lexie était au-dessus de mes forces. Évidemment, comme le karma est ce qu'il est[1], ils ont refusé. *Pas assez de place, trop de complications, pas d'his-*

1. *Karma is a bitch*, comme chacun sait.

toire mesdemoiselles, nous sommes ici pour étudier et bla-bla-bla. Je finirai sans doute par m'habituer ou trouver des stratagèmes pour l'éviter. Je devrais bien réussir à tenir un an en m'accrochant férocement à mon objectif. À mon rêve. Je referai un dossier de changement de chambre universitaire dans les temps et cette fois, on ne pourra pas dire non. Plus jamais de Lexie dans ma vie !

— Arrête tes bêtises, Hailey. Ce n'est plus Lexie et Julian le sujet, c'est moi, m'agacé-je.

— Ah ! Je suis tout à fait d'accord, ma belle ! Rien ne me fait plus plaisir que d'entendre ces sages paroles. Peut-être que tu es prête pour mon stage de remise en forme, finalement, ajoute-t-elle sur un ton mystérieux.

— C'est-à-dire ? questionné-je suspicieuse.

— Je pense que tu as besoin de reprendre confiance en toi.

— Bien vu, Sherlock. Mais pour ça, j'ai surtout besoin d'améliorer mon temps, si tu veux mon avis, grincé-je.

— Maddie, je t'aime plus que tout. Tu es ma meilleure amie, tu le sais ?

— Oui, et ? demandé-je soupçonneuse.

— Tu me fatigues, soupire Hailey. Tu es en boucle sur ton chrono, ton chrono, ton chrono. Réfléchis un peu : quand as-tu fait tes meilleures performances ?

— Cet été ? hésité-je, sans comprendre là où elle voulait en venir.

— Exactement. Cet été. Quand tu étais heureuse et insouciante. Tout à fait ma philosophie de vie, soit dit en passant, fanfaronne Hailey, sûre de sa démonstration.

— Je ne vois pas le rapport. Tu ne jures que par les *sex friends* alors que moi, j'étais en couple. Heureuse *dans* mon couple, précisé je.

— Tu étais heureuse, assène-t-elle. C'est tout ce qui compte. Il faut que tu remettes la main sur ta joie de vivre au plus vite et tout rentrera dans l'ordre.

Je la regarde, les yeux exorbités. Cette fille, qui me fait face dans ce café, devant une gigantesque assiette de pancakes, est-elle vraiment ma meilleure amie ? Elle lui ressemble en tout point, c'est certain. Mais ma meilleure amie, la vraie, oserait-elle me conseiller de retrouver ma joie de vivre alors que je traverse mon premier chagrin d'amour ? Pas les quelques larmes versées lorsque John Edwards a refusé d'être mon amoureux à neuf ans, pas les gros sanglots à cause d'Elliot Lewis qui m'a roulé cinq pelles avant de m'avouer que je n'étais qu'un pari lorsque j'avais seize ans. Non, ce chagrin d'amour qui vous laisse si vide, si seule, si sale, si mal, si triste, que tout paraît insurmontable. Oh, je sais que je m'en relèverai, je tiens debout toute seule. Je sais serrer les dents et marcher la tête haute. Mais aimer de nouveau ? Faire confiance ? Redonner les clés de mon âme à quelqu'un pour qu'il la bousille une fois de plus ? Jamais.

— Je vois bien que tu as envie de me zigouiller, déclare Hailey en haussant vaguement les épaules. Et tu sais quoi ? Je m'en fiche royalement parce que j'ai raison.

— Admettons, soupiré-je. Alors, je fais quoi ? Tu la connais, toi, la recette miracle pour être heureuse sur commande ?

Hailey ricane en me lançant un regard lourd de sous-entendus.

— Non. C'est hors de question.

N'importe quoi. Je l'ai vue dans ses yeux, son idée révolutionnaire. Elle n'a pas besoin de dire quoi que ce soit de plus. J'ai compris. Elle est complètement folle.

— Allez, Maddie, ne sois pas plus prude que tu ne l'es vraiment ! Je te dis pas de t'envoyer en l'air avec tout le campus.

— Ah oui ? Alors tu parles de quoi, exactement ? fulminé-je.

— Je te parle de jouir, réplique-t-elle. Je suis certaine que ce fumier de Julian t'a blessée plus que tu ne veux bien l'admettre en sous-entendant que tu étais coincée. Du coup, tu en as perdu ton *mojo*.

— Mon *mojo* ?

— C'est un concept qui désigne au départ ton *sex-appeal*, ton aura. Par extension, ta forme physique et mentale également, m'explique-t-elle très sérieusement comme s'il s'agissait de physique quantique. Et clairement…

Elle marque une pause en me détaillant. Son regard s'attarde sur mon chignon blond terne fait à la va-vite. Sur mes cernes violacés sous mes yeux probablement bouffis. Sur mes vêtements défraîchis. Bon, c'est vrai que je ne suis pas à mon avantage, mais cela n'a rien à voir avec cette histoire de *mojo*. Si ? C'est juste parce qu'on est dimanche matin ! Tout le monde ne se sape pas pour aller bruncher entre copines. *Voilà tout.*

— Clairement, tu n'es pas au top de ta forme, reprend-elle. Tes talents de nageuse n'ont pas changé. Ce qui est différent, en revanche, c'est ta confiance en toi. En juillet, tu te sentais invincible, et aujourd'hui tu penses être en dessous de tout. Si tu inverses la tendance, tout reviendra dans l'ordre, affirme Hailey d'un ton badin.

— Je résume. Tu me conseilles de m'envoyer en l'air avec le premier venu pour performer ?

Hailey soupire, lassée de notre conversation. Je ne peux pas la blâmer. Qui aurait envie de passer du temps avec une *nulle* qui pleurniche en permanence ? Je me renfrogne, perdue dans mes sombres pensées, ressassant l'avenir lumineux qui s'offrait à moi avant que mon ex-petit ami balaye tout ça d'un revers de main.

— Maddie. C'est normal d'être triste. Tout le monde serait triste, dans ta situation. Mais tu es une excellente nageuse, jolie comme tout, intelligente…

— Je m'en fous ! Je m'en contrefous de tout ça ! explosé-je. Je veux juste aller aux jeux Olympiques !

— Quand bien même tu n'y arriverais pas cette année. Tu as vingt et un ans, il y en aura d'autres, me rassure Hailey d'une voix douce, ayant retrouvé un peu de patience.

C'est faux. Si je n'y vais pas cette fois-ci, je n'aurai plus aucune chance d'y parvenir plus tard, mais je n'insiste pas. Hailey en profite pour changer de sujet de conversation alors je me laisse porter par son babillage. La reprise des cours, les nouveaux profs, ses répétitions avec le groupe, ses projets d'avenir, la soirée de samedi à laquelle il faut absolument qu'on aille, que ce serait l'occasion idéale de me remettre en selle, oh, le serveur est pas mal, tu as vu Maddie ? Son flot de paroles incessant m'apaise. L'espace de quelques minutes, j'en oublierais presque le marasme infernal de ma vie. *Voilà, c'est reparti.*

En reprenant le chemin du campus, cet après-midi-là, une évidence me prend aux tripes. Comme si c'était la rage du désespoir qui vibrait en moi, j'ai la certitude que je dois m'engager sur cette voie pour m'en sortir et décrocher mon ticket pour Paris.

Julian Morris peut bien aller se faire foutre. Tous les hommes peuvent bien aller se faire foutre. Moi, Maddison Andrews, je jure solennellement que plus jamais je ne me ferai avoir.

3

Isaiah

Sans même que je sache que c'était possible, j'ai réussi à survivre à ma première semaine sans hockey depuis… depuis toujours, certainement. Parce que c'est évident que *toujours* démarre à l'âge des premiers souvenirs, or les miens commencent sur des patins. *CQFD.*

J'ai quatre ans. Maman est là, elle rit, un bonnet de laine enfoncé jusqu'aux yeux, et me tient fermement la main. Je sens la chaleur de sa paume à travers nos gants. Parce que j'ai quatre ans, que c'est ma maman, et que j'adore quand elle m'emmène, rien que moi. Depuis la naissance des jumelles, ça n'arrive plus très souvent. Nous parvenons devant le lac gelé, elle me sourit, fière, belle, radieuse même. Elle sort deux paires de patins à glace. C'est à cet instant précis que tout commence. En la regardant effectuer des voltes parfaites sur l'eau gelée, gracieuse, libre. Elle m'incite à la rejoindre. Je tombe. Je râle, je chouine, je suis mouillé, elle m'encourage et ne lâche plus ma main. Jusqu'à ce que je me défasse de moi-même de son contact rassurant. Alors je glisse à mon tour. Enhardi. Fier. *T'as vu, maman ? Moi aussi j'y arrive !*

Cette semaine, donc, s'est écoulée dans la douleur et l'ennui. Piscine, cours, jeux vidéo avec les mecs, pizza, cours, regarder l'entraînement de hockey, piscine, cours, film, cours, regarder l'entraînement de hockey. Et ainsi de suite. Si toutes les bonnes choses ont une fin, heureusement les mauvaises aussi, vendredi soir a donc fini par arriver.

Après deux sessions en eau douce et chlorée, j'ai fini par aller m'acheter un boxer de bain. Un truc noir, sobre, avec une coupe tout de même plus moderne et avantageuse que l'abominable slip un peu détendu que je m'étais déjà coltiné deux fois. En calculant qu'il me restait encore au moins seize entraînements de natation, il m'a semblé évident que l'investissement en valait la peine. Sans surprise, le changement de tenue ne m'a pas permis de briller davantage aux yeux de Jones ni de ses sirènes – ou alors elles n'en ont rien laissé paraître –, mais je me suis quand même senti moins con. *Toujours prendre ce qu'il y a à prendre.*

J'ai donc survécu à cette première semaine qui ne ressemblait pas du tout à ce que j'avais pu imaginer pour mon retour à Brown. Mais survivre, putain, c'est quand même très *très* loin de passer du bon temps, de profiter ou jouir de la vie. Ça veut juste dire qu'on est samedi soir, que notre appartement est envahi par une horde d'étudiants en furie et que je suis présent. Je fais acte de présence, pour être précis. Je donne le change, je joue le rôle qu'on m'a attribué à la perfection – un clin d'œil à la rousse accoudée à l'îlot central, un sourire en coin à la blonde les jambes croisées sur le canapé, une phrase murmurée à l'oreille d'une brune bourrée au milieu du salon – mais je m'ennuie ferme.

L'alcool ? Interdit. Mauvais délire avec les médicaments que je prends pour mon entorse. En plus, que se passerait-il, s'il me prenait l'envie, bourré, de faire le mariole et que j'aggravais ma blessure ? *Non. Même pas en rêve.*

C'est la première fois que je me trouve sobre à l'une de mes propres soirées. Honnêtement, l'expérience vaut le détour. Autant dire que ce n'est pas joli à voir. *Ce qu'on peut avoir l'air débile, quand on a bu !* Malgré tout, j'envie leur légèreté. Je donnerais cher pour me trouver dans le même état d'allégresse que les envahisseurs. Allez, autant ne pas s'appesantir sur ce genre de pensées. Pour l'introspection de mes propres failles, je passe mon tour, je préfère encore me moquer d'eux. Un peu, hein ! rien de bien méchant.

Je ricane en voyant l'un qui titube, l'autre qui se croit irrésistible en dansant alors que ses mouvements sont à contretemps, ceux qui enchaînent les tournées de shots sans penser au marteau piqueur qui leur ravagera le cervelet demain. Seuls Liam et Cameron trouvent grâce à mes yeux. D'abord, parce que quoi qu'ils fassent je serai absolument toujours de leur côté. Ensuite, parce qu'ils savent se tenir. Cameron est hilarant au naturel, l'alcool ne fait qu'accroître son potentiel comique. Tandis que Liam ne laisse jamais rien paraître, même au bord du coma éthylique.

Je finis par m'échouer à côté de la blonde du canapé. Jolie, sans plus. Son seul véritable avantage sur les autres, c'est d'être assise sur le sofa, justement. C'est plus confortable pour mon genou et cela m'assure une vue d'ensemble sur la soirée. Un poste d'observation de choix dans cet ennui profond.

— Il paraît que tu es blessé, Ice ? minaude-t-elle à quelques centimètres de mon oreille, prenant l'excuse de la musique trop forte pour se rapprocher de moi.

— Ouais, entorse du genou, réponds-je d'un ton morne, sans prendre même la peine d'avoir l'air intéressé par cette conversation.

— Ça ne te fait pas trop mal, j'espère ? insiste-telle.

Soudain, j'hésite à lui dire que je souffre le martyre pour qu'elle me plaigne ou susciter en elle l'envie de jouer les infirmières. C'est ce que j'aurais probablement fait en temps normal. Enfin, c'est ce qu'en temps normal j'aurais pensé que je ferais dans cette situation. Mais non. Je me contente de grogner. Elle interprétera ma réponse comme elle voudra.

La vérité, c'est que je suis d'une humeur de chien. J'ai l'impression que cette partie de foot m'a volé ma vie. C'est irrationnel, d'autant que dans six semaines, si tout va bien, tout rentrera dans l'ordre. C'est justement ce putain de *si tout va bien* qui me colle des angoisses. Ça m'empêche de dormir la nuit, ça m'empêche d'être heureux de voir mes coéquipiers jouer… Alors si maintenant, ça m'empêche même de m'envoyer en l'air, ça ne risque pas de me faire rire longtemps.

— T'es au point en massage lymphatique du genou ? demandé-je à la blonde d'à côté.

— Non, désolée, bredouille-t-elle, craignant d'être passée à côté de sa chance.

— Tant pis, la rassuré-je d'une voix enjôleuse. Tu connais mon nom, mais je ne sais pas le tien. Peut-être qu'il est temps de rétablir l'équilibre ?

— Amber, enchantée.

Amber, donc, papillonne des yeux. Se rapproche encore de moi. Murmure à mon oreille des propositions indécentes auxquelles certaines parties de mon anatomie sont loin d'être insensibles. Mon cerveau fait la gueule, mais ma queue fonctionne encore. OK, va pour Amber ce soir. Je me lève, prêt à la guider jusqu'à ma chambre. Ça sera toujours plus amusant que de rester ici.

*

— Café ?

Lorsqu'Amber descend, les gars et moi sommes en plein ménage. Les bouteilles ont déjà disparu, tandis que chacun récure sa partie. Selon moi, je méritais d'être exempté de cette corvée, mais ici la solidarité, les règles de notre colocation ou même notre amitié passent au-dessus de mon état de santé. De plus, Cameron et Liam, eux, ont trouvé mille raisons pour que je les aide à au moins passer la serpillière.

— Je ne pensais pas que tu offrais le petit déj, s'étonne Amber.

Je me contente d'appuyer sur le bouton de la machine à café. Ce n'est pas parce que je ne promets pas d'histoire d'amour que je me comporte comme le dernier des enfoirés.

— C'est gentil, sourit Amber en saisissant la tasse. Je te laisse mon numéro quelque part ?

Sa voix suave, un peu plus grave que l'instant d'avant, le léger chevrotement qui trahit son malaise : je reconnais les signaux. C'est ce moment-là qui pose problème. Je suis certain que c'est précisément pour éviter cette question que les mecs préfèrent mettre leur conquête d'une nuit à la porte *avant* le café. Pour ne pas avoir à leur répondre que non, ils ne veulent pas son numéro, non, ils sont désolés mais ne tiennent pas à la revoir. *C'était sympa, merci, on s'arrête là.*

Je pose ma main dans son cou en caressant sa joue avec la pulpe de mon pouce.

— Tu peux me le laisser, si tu veux, Amber. Néanmoins, je préfère être honnête, il est peu probable que je m'en serve.

— Je vois… marmonne-t-elle en contractant les mâchoires.

— Ne te méprends pas. C'était super, hier. Mais…

— Oui, oui, je sais, m'interrompt-elle. Je connais la chanson. Tu ne veux pas t'engager, tu n'as pas le temps pour une relation, tu m'as déjà expliqué tout ça hier soir.

Que pourrais-je ajouter ? Je ne les prends *jamais* par surprise. Elles connaissent ma réputation – méritée – et je la leur rappelle avant de leur enlever leurs fringues. Si elles restent, elles le font en connaissant les règles. Les miennes. Un soir, pas de promesse, rien que du (bon) sexe. Je lui souris pendant qu'elle avale son breuvage d'un trait avant de se diriger vers la porte.

— Alors, peut-être à bientôt, Ice. À une soirée, ou autre… Je m'en remets au destin, soupire Amber d'un air exagérément dramatique en m'adressant un clin d'œil.

— Voilà, misons sur le destin ! Bonne journée, Amber, ris-je en refermant la porte, soulagé qu'elle n'ait pas insisté davantage.

De retour dans le salon, je surprends mes potes en train de rire sous cape.

— Honnêtement, Ice, je ne sais pas pourquoi tu t'infliges ça, commence Cameron.

— C'est clair, mec ! C'est le café de l'espoir que tu leur offres, renchérit Liam.

— Pas du tout, c'est le café de la politesse, réfuté-je. Vous êtes peut-être des enfoirés, moi pas.

— Tu crois ça, mais ce que tu fais, c'est mille fois pire, maintient le ténébreux. Tu leur sers un café, elles se disent qu'elles t'ont fait changer d'avis…

— Et clac ! Tu leur fauches leurs espoirs une deuxième fois, achève le second. Au réveil, qui plus est. C'est encore plus cruel.

Cameron est du genre à les laisser partir le ventre vide. Liam est plus radical. Il ne laisse personne dormir dans son lit. C'est sûr, pas de conversation gênante au petit déjeuner, pourtant je trouve quand même la manière de faire un peu trop grossière. Je n'aimerais pas que les jumelles tombent sur un connard de leur espèce… *Bon, ni sur un connard de la mienne, c'est vrai.*

— Sinon, à part philosopher sur mes méthodes d'exfiltration, des anecdotes marrantes à raconter ? coupé-je court.

— R.A.S, répond Liam un peu blasé. Les mêmes gens et les mêmes conneries que d'habitude.

— Pas tout à fait comme d'habitude, non, déclare Cameron. Liam s'est fait une nouvelle pote qui est passée hier soir.

— Ah bon ? m'étonné-je. Vas-y, raconte.

— Ouais, juste une fille qui chante dans un groupe de rock que j'aime bien sur le campus ! explique Liam.

— T'aimes bien qui ? La fille ou le groupe ? demandé-je.

— Le groupe, tocard. Hailey, autant te dire que c'est Cameron en version fille, donc elle est cool…

— Super cool même, ajoute Cam avec un sourire entendu, mais ce n'est même pas la peine d'y penser. Je ne sortirai pas avec toi, Liam.

— OK, je vois, ris-je. Elle est venue toute seule ? me renseigné-je pour extorquer des informations supplémentaires sur *l'amie* de Liam.

— Non… grommelle-t-il. Foutez-moi la paix, je lui ai parlé de la soirée et, si j'ai bien compris, elle est passée pour aider sa pote à s'envoyer en l'air.

Nous rions. L'idée que notre appartement puisse servir à ce genre de plans nous réjouit autant que ça nous effraye. *Le baisodrome du campus.*

— Alors, ça a marché ? questionné-je en riant toujours.

— Même pas. Pourtant la copine était pas mal, c'est juste qu'elle avait l'air moins enthousiaste que Hailey à l'idée de tirer un coup.

La journée se passe ainsi, dans la douce langueur des dimanches. Quelques parties de GTA[1], l'appel hebdomadaire à mon père – j'ai beau avoir vingt-et-un ans et faire un bon mètre quatre-vingt-cinq, il paraît que je serai toujours son bébé –, une pizza chacun et au lit.

— T'es sérieux, Ice ? Tu vas vraiment te coucher si tôt ? se moque Cameron.

— Tu ne te rends pas compte de mes horaires, mec. Demain, à 8 heures, je suis à la flotte.

— Bah alors, où est passé ton enthousiasme à l'idée de nager avec tes sirènes ? ironise Liam.

Je ne peux réfréner une grimace.

— Elles ne sont pas commodes, les naïades, avoué-je.

1. Grand Theft Auto (GTA) est un jeu vidéo à l'univers sombre.

— Quel rapport avec le fait d'aller se coucher tôt ? s'étonne Cameron. Tu veux être au top de ta forme pour les impressionner ?

Je me marre en haussant les épaules. Jamais les gars ne m'ont vu faire le moindre effort pour séduire quelqu'un. Pas sûr que ça commence aujourd'hui pour la simple et bonne raison que je peux avoir toutes les filles que je veux. Autant dire que je ne vois pas l'intérêt de perdre mon temps à draguer celles qui ne veulent pas de moi.

— Rien à voir, ducon. Je vais juste tomber raide mort si je ne me repose pas.

— Où est passée l'idée de profiter au maximum de notre année ? grince Liam. On ne te voit plus la semaine et même hier tu n'as pas fait la fête avec nous.

— Fais pas chier, Liam. Ça va durer six semaines. Après, promis, je vais vous sortir le grand jeu.

Le grand jeu ? Des matchs de hockey gagnés à la pelle, des soirées inoubliables dont on ne gardera aucun souvenir, des bombes avec qui partager la beauté éphémère des coups d'un soir, et enfin la victoire en finale du Frozen Four. Au minimum.

— Si tu le dis, grogne-t-il en haussant les épaules. Cam ? Une dernière partie de GTA ou t'en as marre de perdre ?

Le sujet est clos, il est temps d'aller au pieu. Marre d'avoir à me justifier en plus de subir complètement cette situation de merde.

4

Maddison

Je l'avais oublié, celui-là.

Lorsque j'arrive ce lundi matin aux abords de la piscine, Isaiah Wolf est en train de se garer sur le parking. Nous parcourons les derniers mètres côte à côte, en silence. Je ne sais pas pourquoi il tient à rester au même niveau que moi, mais j'en suis certaine, c'est volontaire. C'est bien simple, quand je ralentis, il ralentit. Quand j'accélère, il suit le rythme. Je le sens mal ce type, je ne sais pas ce qu'il me veut. Peut-être qu'il faudrait que je me colle un Post-it sur le front ? Genre « gros relou, s'abstenir » ? De toute façon, ce matin, je ne suis pas d'humeur. Ce n'est pas de chance – ni uniquement de sa faute, je dois le reconnaître –, mais là, je suis mal à l'aise *et* en colère. Ça fait trop pour une seule femme, il n'a pas intérêt à m'embrouiller au risque de me voir dégoupiller.

— Pas très loquace, aujourd'hui, Maddie, finit-il par lâcher d'un ton badin.

— Je te l'ai déjà dit, c'est Maddison, rétorqué-je d'un ton las. En plus, il me semble t'avoir aussi déjà dit que tu n'avais pas besoin de me faire la conversation.

— On peut quand même savoir ce que je t'ai fait pour que tu sois si remontée contre moi ?

Que pourrais-je bien répondre à cela ? Techniquement, Isaiah Wolf ne m'a effectivement rien fait. À part se comporter comme un abruti avant son premier entraînement. Même si, depuis, il a plutôt l'air de se tenir à carreau et de prendre sa rééducation au sérieux. *Comme si cela m'importait.*

Non, en réalité, ce que je reproche à Wolf c'est d'être… Wolf. Précisément le genre d'homme dont il faut se tenir éloignée. Particulièrement gâté par la nature physiquement, doué dans son domaine – à ce que j'ai cru comprendre –, une arrogance qui semble défier l'arrogance elle-même, et une réputation auprès des femmes qui le précède. En tout cas, les autres nageuses ont discuté de ses faits d'armes dans les vestiaires et merci, mais non merci. Je n'ai aucune envie de me lier de quelque manière que ce soit avec un type de son espèce. Le tableau est assez clair dans mon esprit : si un mec du genre « gendre idéal », selon l'expression de Hailey, peut faire ce que Julian m'a fait, je ne veux même pas savoir ce dont Isaiah est capable.

— Je ne suis pas remontée contre toi, comme tu dis. C'est juste que tu ne m'intéresses pas.

— Comment peux-tu en être si certaine ? insiste-t-il, joueur.

Il s'est arrêté, un sourire enjôleur plaqué sur les lèvres. *Je lui ferais bouffer son sourire, moi.* Malgré moi, je ne peux m'empêcher de faire une pause aussi pour planter mon regard dans le sien.

— Tu veux la vérité, Isaiah ? finis-je par cracher. Parce que je *déteste* les mecs dans ton genre.

— Les mecs dans mon genre ? répète-t-il en arquant un sourcil. Précise un peu, histoire que je comprenne.

Sa voix est douce, son sourire n'a pas quitté ses lèvres pleines et charnues – *hein ?* S'il est vexé par ce que je viens de sous-entendre, il n'en laisse rien paraître.

— Parfaitement. Les mecs trop sûrs d'eux qui traitent les filles comme des mouchoirs jetables, avec un manque de considération et de respect qui me donne juste envie de vomir, marmonné-je.

— Je te donne envie de vomir ?

Cette fois, Isaiah a croisé les bras, ce qui a pour effet de contracter ses biceps. Biceps sur lesquels je ne peux empêcher mon regard de dévier. Un instant, rien qu'un seul, qui suffit à me faire perdre le cours de mes pensées. Évidemment, il l'a remarqué : je le vois à son air narquois et satisfait qui me donne encore plus envie de lui faire bouffer ses dents.

— Enfin bon, si ça peut te rassurer, j'ai l'impression que tu n'es pas le seul atteint de cette pathologie, grogné-je.

— Laisse-moi deviner ? On est tous les mêmes, c'est ça ? Des salauds sans cœur, des enfoirés affectifs, des connards de première catégorie ? énumère-t-il d'un ton détaché.

Voilà, bien résumé. Je me contente de hausser les épaules.

— Ce n'est pas moi qui l'ai dit. Mais juste pour que tu saches, faute avouée n'est pas toujours à moitié pardonnée, riposté-je.

— Tu sais, Maddie, commence-t-il en prenant visiblement grand soin d'insister sur mon surnom. On a tous le cœur brisé un jour ou l'autre. Et tu sais quoi ? On n'est pas obligé de se mettre à détester le monde entier pour autant. *Spoiler alert* : ça n'a jamais aidé personne à cicatriser, achève-t-il dans un sourire charmeur, comme pour me narguer.

Sur ces bonnes paroles, Isaiah se remet en marche et se barre. Juste comme ça. Je reste quelques secondes plantée comme une cruche, le rythme cardiaque un peu échaudé d'avoir été si facilement mise à jour par le roi des connards qui s'est cru autorisé, en prime, à m'offrir une leçon de vie sur les chagrins d'amour.

*

Lorsque j'arrive au bord du bassin, j'ai cinq bonnes minutes de retard. Autant dire que pour coach Jones, c'est un crime de lèse-majesté. Elle a déjà dû expliquer le déroulement de la séance. J'ai plutôt intérêt à suivre le rythme sans discuter et assurer à l'entraînement si je ne veux pas me faire passer la soufflante de l'année. Mauvais chrono plus retard, ça risque de faire beaucoup pour elle.

— Morrison contre Van Rhijn. En place.

J'ai le temps de m'échauffer en faisant quelques longueurs. J'ai compris l'essentiel de la séance. Pas besoin de me faire un dessin, aujourd'hui c'est contre la montre et un contre un. On bosse sur nos chronos individuels et je n'ai pas encore trouvé le courage de parler à Jones. L'idée de lui raconter que j'ai pris deux secondes sur mon temps de référence au cinquante-mètres nage libre parce que j'ai perdu confiance en moi me gêne particulièrement. D'abord, parce que je n'aime pas demander de l'aide. Mes parents m'ont appris à ne rien demander. *Il faut s'aider soi-même en travaillant d'arrache-pied... Le travail finit toujours par payer...* Ceci est un message délivré sous toutes ses formes par la famille Andrews depuis trois générations. Néanmoins, Hailey me maintient que ma coach doit bien servir à m'épauler lorsque j'en ai besoin. J'avoue que même si ma meilleure amie ne connaît rien au monde du sport, elle me fait quand même douter.

La seconde raison pour laquelle je rechigne à parler à Jones, c'est parce que je crains qu'elle me demande pourquoi. Or ça, raconter mon chagrin d'amour à ma coach qui n'a même pas l'air d'avoir un cœur, c'est au-dessus de mes forces. Ma dignité déjà salement amochée n'a pas besoin d'affronter, en plus, son dédain.

Les huit autres nageuses de l'équipe se sont déjà affrontées. C'est donc mon tour, reste à savoir laquelle d'entre elles va nager de nouveau pour disputer la course contre moi. Je les regarde une à une, incapable de savoir contre laquelle je préférerais m'entraîner. Beverley Van Rhijn, la première année sympa ? Alicia Smith, la concurrente directe de toujours ?

— Wolf ! Couloir numéro 2.

La voix de Jones claque dans l'air. Si je ne réagis pas, c'est simplement parce que je ne comprends pas pourquoi elle l'appelle, précisément à ce moment-là. Je *ne peux pas* comprendre. En plus, le type s'exécute, sans poser de question, sans même la moindre marque de surprise sur le visage.

— Tu vas affronter Andrews. Andrews, Wolf, 50 mètres nage libre, départ à mon coup de sifflet.

— Mais... commencé-je pour protester.

— Un problème Andrews ?

Coach Jones n'a pas l'air d'humeur à supporter la moindre protestation, aussi je laisse ma phrase en suspens. Je sais d'avance ce qu'elle va me dire. *On ne se bat pas contre un adversaire, mais contre soi-même.* C'est d'ailleurs exactement pour cette raison qu'elle aurait aussi bien pu me faire nager seule. *Pourquoi a-t-il fallu que ce soit contre lui ?*

Alors que son corps mouillé s'approche, je me laisse aller à observer les gouttes perler sur sa peau hâlée, comme hypnotisée. Ses muscles creusent des sillons dans lesquels l'eau ruisselle. C'est trop intense, trop inconvenant, beaucoup trop sensuel. Quant à lui, son regard me percute. Personne, je dis bien personne, ne m'a jamais regardée de la sorte. Un dangereux trouble m'envahit. Je ne suis même pas sûre que ça me déplaise, c'est juste… interdit, *non*, de regarder les gens comme *ça* ?

— Tu es prête, la petite sirène ? se moque Wolf à mes côtés, remarquant de nouveau mon matage en règle.

Je serre les dents. Le chrono. Rien que le chrono.

— Essaye de ne pas boire la tasse, cette fois, réponds-je à voix basse de manière qu'il soit le seul à pouvoir entendre.

Je ne peux pas tolérer l'idée que Wolf me batte chez moi. La piscine, c'est sacré. C'est ma *safe place*, hors de question qu'il vienne gâcher ça. Au coup de sifflet, mes jambes me propulsent en avant. Moins d'une fraction de seconde après, mon corps fend l'eau. Alors, Wolf n'existe plus, Jones n'existe plus, Julian et Lexie non plus. Plus rien n'existe.

Bras droit loin devant. Bras gauche, bras droit, bras gauche, droit, gauche. Battements des pieds. Le rythme est rapide, la cadence régulière, ma respiration profondément calme. À mi-longueur, Wolf est loin derrière moi. Je sais que j'ai perdu quelques précieux centièmes, mais je n'ai pas pu me retenir de jeter un coup d'œil. Jones l'aura remarqué, je me prépare mentalement au taquet que je vais prendre. *Tant pis.* Galvanisée à la simple idée de le faire perdre, il me semble même que j'accélère encore un peu jusqu'à l'arrivée.

— Vingt-cinq secondes et quarante centièmes, assène la coach. Vous m'avez habituée à mieux, Andrews, mais on reprend le bon chemin. Si vous n'aviez pas regardé votre adversaire, le temps aurait été encore meilleur, ajoute-t-elle la voix un peu adoucie.

La fin de l'entraînement a sonné. Je me précipite dans les vestiaires. C'est la première fois depuis un mois que mon temps descend. Tout n'est pas perdu, alors. Peut-être me reste-t-il une chance, même infime, de me qualifier. Je devrais être soulagée, heureuse même, pourtant mon esprit est obnubilé par le clin d'œil de Wolf lorsqu'il est sorti de l'eau.

— Alors comme ça, on a eu besoin de me regarder au lieu de nager ?

Bien sûr qu'il n'allait pas me laisser m'en sortir sans commentaire.

— Je ne te voyais pas dans le couloir d'à côté, je voulais juste m'assurer que tu ne t'étais pas noyé.

Un rire franc s'échappe de la gorge d'Isaiah. Rauque, grave, sensuel. Insupportable.

— J'appréciais juste le paysage, rétorque-t-il d'un ton lourd de sous-entendus. *Lourd tout court.*

Je sais que c'est faux parce qu'il n'est humainement pas possible de mater quoi que ce soit lorsqu'on nage vraiment. Surtout que le temps de Wolf n'était pas si mal ce qui signifie qu'il devait probablement être plus concentré qu'il ne veut bien l'admettre. Mais la simple allusion à mon postérieur me trouble. Encore.

OK, j'en ai assez entendu. J'ouvre les vestiaires et lui claque la porte au nez.

*

Assise face à Hailey, je profite du soleil de septembre avant que le gris, le froid et la pluie ne viennent reprendre leurs droits sur l'automne.

— Alors cette soirée, samedi ? C'était bien ? demandé-je.

— Tu n'aurais pas dû partir si tôt, je suis sûre que tu aurais trouvé quelqu'un à te mettre sous la dent, me répond-elle en riant.

— Je te l'ai dit, Hell. Je fais une croix sur les mecs pour l'instant. Je suis juste concentrée. Plus jamais je ne laisserai quelqu'un se mettre en travers de mon objectif.

— Conneries, soupire ma meilleure amie. Comme si prendre ton pied allait te détourner de quoi que ce soit.

Le nez dans mon sandwich, un rire me parvient – bien trop grave pour être celui de Hailey. *Il ne manquait plus que lui.* À son visage goguenard, je devine qu'il n'a rien raté de la dernière phrase de ma meilleure amie.

— Au cas où tu voudrais faire le moindre commentaire, sache que c'est une conversation privée. Je me passerai donc bien volontiers de ton avis, annoncé-je à Monsieur Muscles.

— C'est dommage, j'ai toute une théorie sur la question, répond-il simplement.

— Quelle surprise… marmonné-je.

— Oh, un autre théoricien du sexe ? jubile Hailey en le dévisageant.

— Pour être parfaitement honnête, je crois surtout aux vertus de la pratique, répond Isaiah en prenant un air séducteur.

— Tu devrais essayer de convaincre Maddie, alors !

J'envoie un coup de poing dans l'épaule de Hailey. *Non, mais ça va pas la tête ?* Pas gênée pour un sou, elle sourit de toutes ses dents en lui adressant une grimace, l'air de dire « *qu'est-ce que je te disais ?* »

Quant à celui qui s'est autoproclamé gourou du sexe, il plante ses yeux dans les miens et me dévisage durant quelques secondes. De très très longues secondes durant lesquelles je me liquéfie. Sous son regard si clair, c'est comme si j'étais soudain nue. Pas seulement dans le plus simple appareil. Non, c'est pire que ça. J'ai le sentiment que toutes les pièces du puzzle s'assemblent dans son esprit, comme s'il voyait clair dans mon âme. *Percée à jour, la Madison.*

Je ne suis pas très originale, ceci dit. Une sportive émérite qui traverse un passage à vide, une fille au cœur brisé qui a décidé de tirer un trait sur les mecs. Rien de bien nouveau sous le soleil, une histoire vieille comme l'humanité. Mon ventre se tord un peu, une sorte de douce brûlure, et le souvenir encore très vif de son torse nu, mouillé, musclé – le pire des trois mondes, si on me demande mon avis – s'impose à mon esprit.

— Alors là, je suis très très curieux, murmure Isaiah à mon oreille juste avant de partir.

— Quoi encore ? grogné-je sans me retourner, trop occupée à garder mes yeux droits devant moi pour ne pas replonger dans les siens.

— Je me demande quel genre de pensées tu as eues pour rougir comme ça, poursuit-il.

Ses doigts glissent rapidement sur ma pommette, qui s'embrase au contact de sa peau. Évidemment, de roses mes joues doivent passer à cramoisies. Il se redresse, impassible, et s'éloigne un peu avant de retourner la tête vers nous.

— Très jolie, ceci dit ! lance-t-il en m'adressant un dernier clin d'œil.

Je reste sans voix en le regardant s'éloigner.

— J'adore !

— Je le déteste !

Hailey et moi avons parlé en même temps au moment où Isaiah a disparu de notre vue.

— Attends, tu rigoles, là ? Il est beaucoup trop sexy ce type ! s'offusque Hailey.

— Je me fiche qu'il soit sexy. Il est imbu de sa personne et se comporte comme un connard avec les filles.

— Qu'est-ce que tu en sais ? m'interroge-t-elle. Ce n'est pas parce qu'il parle de sexe librement que c'est un sale type. Je pense même qu'il serait un excellent candidat.

— Candidat pour quoi, exactement ? me méfié-je.

— Pour t'aider à te remettre en selle, voyons !

— C'est officiel, tu as perdu la tête, soupiré-je. Tu as entendu ce que je t'ai dit ? C'est un en-foi-ré.

— Julian était un enfoiré, parce qu'il t'a menti sur la marchandise. Ce mec-là, dit-elle en agitant la main dans le vide, il ne triche pas sur ce qu'il est. Il n'a pas l'air de faire de promesses qu'il ne tient pas, il est donc parfait, conclut Hailey. Du sexe, juste du sexe, rien que du sexe. C'est exactement ce dont tu as besoin.

Nous y revoilà. C'est juste que Hailey n'a pas compris l'essentiel : je refuse d'approcher Isaiah Wolf et de me jeter dans la gueule du loup. Même si mon corps réagit de façon *un peu trop* positive à l'idée d'explorer le sien.

5

Isaiah

Les gars ont réussi à me convaincre de les suivre au bar après l'entraînement de hockey. Comme d'habitude, les voir sans pouvoir jouer moi-même m'a mis d'une humeur exécrable. Les gestes devenus des réflexes, lacer mes patins, serrer les scratchs, mettre le casque, le poids de l'équipement, la sensation de la glisse, le bruit de la glace sous les lames… tout me manque et me crève le cœur. Je leur en veux de patiner sans moi, de rire sans moi, de jouer sans moi. Je leur en veux d'être bons sans moi et je leur en veux d'être mauvais parce que je ne suis pas là. Bref, j'ai les nerfs et je suis contrarié aussi d'être énervé contre eux. *Pigé ?*

Malgré tout, ils ont quand même réussi à me convaincre qu'une bière ne pouvait pas me faire de mal, qu'il fallait que je sorte le nez dehors, que je ne reste pas focalisé uniquement sur ma blessure au risque de devenir fou. J'ai dû me mordre la langue pour m'empêcher de leur répondre que c'était de les voir jouer comme des brêles qui me rendait dingue. Toutefois, me mettre toute l'équipe à dos, et mes deux meilleurs amis en particulier, n'est pas dans ma top liste pour me faciliter l'existence.

— Tu discutais avec qui ce midi ? demande Liam en avalant une gorgée de sa bière.

Je fais mine de ne pas comprendre de quoi il parle.

— Mais si, on t'a vu avec deux filles, une brune et une blonde, insiste Cam.

— Il n'y a rien de spécial à dire. La blonde est dans l'équipe de natation… commencé-je en laissant la phrase en suspens.

— Et ?

— Rien.

— Elle te fait galérer ? se marre Liam.

Je hausse les épaules.

— M'emmerdez pas ou je vous fous mon jus de pamplemousse sur la tête, grogné-je en les menaçant avec mon verre.

— Ah, c'est ça ! Putain Liam, t'as raison, elle le fait galérer. C'est pour ça qu'Ice est tout retourné, parce que son charme n'opère plus.

— Mon charme opère très bien, connard.

— Pas avec elle, visiblement…

— Tu devrais tenter ta chance, Cam, peut-être qu'elle préfère les blonds ! vanne Liam.

C'est juste une conversation nulle et sans intérêt entre potes. Je le *sais*. Néanmoins, pour une raison qui m'échappe, leurs blagues ne me font pas rire. Faudrait penser à ne pas trop chercher un capitaine de hockey qui ne peut plus patiner. On dirait que ça nous rend susceptibles.

— Aucun problème avec mon charme et je ne crois pas qu'elle préfère les blonds. C'est juste une chieuse internationale, expliqué-je en prenant sur moi pour ne pas avoir l'air trop concerné.

Cameron et Liam sourient à pleines dents. Ça ne sert à rien que j'essaye de leur cacher quoi que ce soit. Ils me connaissent par cœur. Mieux que je ne me connais moi-même, parfois. Donc au moment précis où je prononce cette phrase, ils savent précisément que je ne résiste pas à une chieuse de première catégorie. Jolie de surcroît. Parce que j'aime celles qui me défient, qui refusent de laisser libre court à mon délire narcissique, celles qui jouent, qui renvoient l'ascenseur, qui ne se laissent pas démonter et ne font pas de manière.

Maddison Andrews ne minaude pas. Maddison Andrews ne se laisse pas impressionner. Maddison Andrews est en guerre contre le monde entier, les mecs en particulier, peut-être plus encore contre elle-même. Pourquoi ? Aucune idée. Mais j'adore ça. J'aime les bagarres, les défis, les challenges. Tout me pousse à croire qu'un feu brûlant se cache derrière les airs de princesse des glaces de Maddie. Tant pis pour elle, elle découvrira bien assez tôt que rien ne me plaît plus que de me brûler les ailes.

— Alors, c'est quoi le plan ? attaque Cameron en tapant les mains sur la table, comme s'il était prêt à en découdre.

— Quel plan ? demandé-je.

— Bah, ta stratégie d'attaque ! Pour la mettre dans ton lit, je veux dire.

Toujours compter sur un joueur de hockey bourré d'hormones et gentiment désinhibé par la bière pour être subtil.

— Je n'ai qu'une stratégie, Cam, réponds-je, blasé.

— La technique de l'honnêteté, récite Liam en levant les yeux au ciel.

La technique de l'honnêteté et le café de la politesse. Deux méthodes signées Isaiah Wolf que je suis à deux doigts de faire breveter. Mon paternel serait fier de moi, si c'était le genre de sujet qu'un fils aborde avec son père. Les valeurs qu'il s'est obstiné à m'inculquer au fil des années ont porté leurs fruits. J'ai la drague bien élevée, moi.

— C'est quoi, ça, la technique de l'honnêteté ? demande l'une des serveuses du bar qui commence à bien nous connaître à force de nous voir traîner ici.

— Ice prétend que rien ne fonctionne mieux auprès de la gent féminine que d'être honnête. Il ne prend pas la peine de la draguer à proprement parler. Par exemple, s'il croise une fille qui lui plaît en soirée, il va la voir et lui dit *cash* qu'il passerait bien la nuit avec elle, explique Cam.

La serveuse part en bougonnant, l'air assez peu convaincu. Rien à faire de ce qu'elle pense, celle-là, je sais de quoi je parle. L'efficacité de ma méthode n'est plus à prouver. Le seul problème, c'est Maddison elle-même.

— Il y a peu de chance que la méthode fonctionne avec Maddison… pensé-je à voix haute. Elle a tiré un trait sur les mecs et ne veut visiblement plus entendre parler de sexe.

Liam et Cameron échangent un regard qui ne me dit rien qui vaille avant d'exploser de rire en se tapant dans la main.

— Maddison, tu dis ? demande Liam en haussant les sourcils, l'air bien trop content de lui.

— Ouais… laché-je. Pourquoi ?

— Putain ! C'est la fille de samedi soir ! s'exclame-t-il. La copine de Hailey. Je ne les avais pas reconnues de dos, mais en fait, c'est évident.

— Mec, t'es dans la merde, complète Cameron. Elle a *vraiment* tiré un trait sur les mecs. Je ne sais pas ce que ce tocard de Julian Morris lui a fait, mais c'est mort. Tu n'as aucune chance.

Mon cerveau est en surchauffe. Il y a trop d'informations à traiter en même temps. Maddison Andrews était chez moi pendant que je m'envoyais en l'air avec Amber. *Merde.* Julian Morris, un enfoiré qui suit le cursus de biologie aussi, est l'ex-petit ami de Maddison Andrews. *Re-merde.* Ce type, je n'ai jamais pu le sentir. Pas étonnant qu'elle soit dégoûtée des mecs après lui. *Bref.*

— Vous le savez, je ne chasse pas. Si elle n'est pas intéressée, je passerai mon chemin, conclus-je. Mais je vais peut-être ajuster un peu la méthode, pour une fois, avant de déclarer forfait.

Liam ne peut retenir un rictus.

— Donc, tu vas la draguer, affirme-t-il. Ce n'est pas un *ajustement*, Ice.

— Ce dont je parle n'a rien à voir avec de la drague.

— Pourquoi l'idée de te donner un peu de mal pour séduire quelqu'un te défrise autant ? C'est quand même dingue ton complexe de supériorité ! Tout le monde drague, s'empresse-t-il d'ajouter. Pour séduire ou pour passer le temps, on s'en fout. Ça ne veut rien dire et surtout c'est *normal.*

Comme si ce qu'ils racontent sur le sujet pouvait m'intéresser. Je dis simplement qu'à l'honnêteté, il me faudra peut-être ajouter un peu de patience. Mère de toutes les vertus, n'est-ce pas ? En espérant seulement que l'arrivée ne soit pas trop… vertueuse, justement.

*

Je suis soit idiot, soit pervers. Peut-être un peu des deux. Voilà ce qui me trotte dans la tête à 7 h 47, soit treize minutes avant le début de l'entraînement de natation, soit potentiellement treize minutes à barboter en me gelant le cul juste pour admirer le spectacle.

Et puis, à 7 h 54 – j'ai gagné six minutes – elle arrive. Parfaite. Fuselée. Athlétique. Longiligne et foutrement sensuelle. Évidemment, son maillot de natation ne lui rend pas justice. Bien sûr, le bonnet de bain lui fait une tête étonnante, à elle aussi. Je préfère de loin lorsque ses mèches blondes encadrent son visage. Mais ce moment, lorsque Maddison franchit la porte qui mène aux vestiaires, arrive sur le bord de la piscine, jette un coup d'œil au bassin, c'est un spectacle inratable. Ça dure une demi-seconde, c'est un frémissement sur la finesse de ses traits, un tressaillement. Sa mâchoire se serre, ses yeux se plissent de façon presque imperceptible. Une demi-seconde durant laquelle Maddison Andrews est une tueuse. Un rouleau compresseur que rien ne pourrait arrêter. L'ardeur de sa détermination est évidente et je brûle de lui demander ce qu'elle vise avec tant de rage.

— Qu'est-ce que tu regardes comme ça ? Tu veux ma photo ?

J'ai tout de même remarqué que Maddison avait un vrai problème avec la bonne humeur. Elle semble toujours prête à vous dévorer ou à s'enfuir en courant. La dose de courage et de témérité qu'on peut lire dans son regard est très changeante. C'est assez perturbant… et malheureusement pour elle, ça donne envie de creuser afin de percer le mystère.

— Je te remercie pour la proposition, mais je préfère admirer le modèle vivant, souris-je, volontairement provocant.

Je sais d'avance qu'elle n'appréciera pas, mais j'ai besoin de me changer les idées, parce que sans le hockey je tourne en rond. Or mes pensées, justement, sont bien trop souvent tournées vers elle. Il est donc temps de passer à l'offensive, au moins pour prendre la température, éventuellement passer du bon temps. Ainsi, je pourrai me la sortir de la tête rapidement.

Je m'attendais à des insultes, à devoir affronter sa colère déversée comme de la lave en fusion. Pas cette fois. Maddison se contente de secouer la tête, un air de désapprobation sur le visage. Trop douce, trop sage. Éteinte.

Aujourd'hui, pas de course contre la petite sirène. Pas de rapprochement possible, pas d'autres moyens de la faire réagir. Alors à la fin de l'entraînement, puisque j'en ai plein le dos, à peu près un milliard de devoirs en retard et la ferme intention de retrouver mes potes le plus vite possible, je sors de l'eau en premier. Direction les vestiaires, sans discuter.

Je fais deux pas, quatre ou cinq peut-être, lorsque je la sens. La brûlure dans mon dos, justement. Celle qui ne ment pas, qui trahit un regard trop insistant. En me retournant doucement, je tombe, avec un plaisir que je peine à contenir, sur les yeux de Maddie rivés sur moi.

— Une photo peut-être ? la taquiné-je.

En réponse à mon sourire en coin, Maddison contracte les mâchoires. Elle ouvre la bouche une première fois, rien ne sort. Ses lèvres tentent une deuxième fois de laisser échapper quelques mots, mais toujours rien.

— Un problème, Maddie ?

Cette fois, lorsqu'elle ouvre la bouche, un son me parvient enfin. Étranglé. Presque murmuré.

— J'ai besoin de toi, lâche-t-elle.

6

Maddison

J'aurais préféré mourir plutôt que d'avoir à lui demander ça. Je n'y ai d'ailleurs pas réfléchi. Les mots sont sortis tout seuls et à peine avaient-ils franchi la barrière de mes lèvres, que je l'ai regretté.

— Tu peux répéter ? fanfaronne-t-il.

— Laisse tomber, Wolf. J'ai dû avoir un moment d'absence. Je ne sais pas pourquoi j'ai dit ça.

Isaiah reste immobile, un sourire satisfait flottant sur sa bouche péniblement attirante. Silencieux, parfaitement sûr de lui.

— Comme tu voudras, Maddie, finit-il par dire en rompant le silence.

— Maddison, murmuré-je, agacée.

Son sourire s'élargit. Wolf exulte, après avoir parfaitement entendu ce que je viens de dire. Désormais, il veut simplement que je le supplie. *Il peut toujours courir.*

— OK. Admettons que j'aie entendu la première fois, concède-t-il. Que puis-je faire pour toi ?

Je ne peux pas faire ça. Pitié, faites que je puisse remonter le temps afin de retirer cette phrase maudite. Son air suffisant, son sourire narquois, son corps beaucoup trop dénudé… Je sens le rouge me monter aux joues, et à l'idée qu'il m'en fasse encore la remarque ma respiration s'accélère. Je reste figée, incapable d'esquisser le moindre geste, de trouver la moindre repartie. Je voudrais pouvoir me rendre invisible sous le sol à moins que je ne plonge afin de disparaître sous l'eau. *Combien de temps je tiens en apnée déjà ?*

— Si tu veux me demander de passer une nuit avec moi, c'est oui, Maddie. Pas besoin de prendre tant de pincettes.

Il éclate de rire, ce con. J'étais incapable d'articuler un mot, mais là, je reste sans voix. À quoi ai-je bien pu penser ? Lui demander de l'aide, à *lui*, ce gouffre de narcissisme et d'orgueil ? Plutôt crever. Plutôt rater les jeux Olympiques, surtout.

— Laisse tomber. Je me débrouillerai autrement, grommelé-je.

— Allez ? Maddie, accouche ! J'ai pas que ça à faire, s'agace-t-il.

Doigts qui se croisent et se décroisent, orteils nus sur le carrelage mouillé qui se recroquevillent. Inspiration. Expiration.

— Il faudrait que je m'entraîne davantage. Et je suis meilleure quand je nage contre quelqu'un.

— En quoi cela me concerne-t-il ? rétorque-t-il, sceptique.

— Bah, j'auraisbesoinquetuviennestentraînera-vecmoi.

J'ai débité ma phrase à toute vitesse, sans desserrer les dents. Comme dirait Hailey, ça m'arrache la gueule de lui quémander ce service. Rapport au fait qu'on n'appelle pas à l'aide dans la famille, tout ça, rien que de prononcer cette phrase sonne comme un échec. Mais si c'était *ça*, reculer pour mieux sauter ?

— Pourquoi tu ne demandes pas à une autre nageuse ? m'interroge-t-il avec un ton sérieux que je ne connaissais pas encore.

Cela pourrait me perturber, mais Isaiah est un sportif aussi. Je sais qu'il a parfaitement conscience qu'on ne déconne pas avec les performances et les entraînements supplémentaires. Son sérieux m'inspire confiance donc je décide de jouer la carte de l'honnêteté.

— Je ne cherche pas à me dépasser quand je nage contre une des autres filles de l'équipe. Alors qu'avec toi, oui… même si je ne sais pas pourquoi.

— C'est parce que tu veux m'impressionner, petite sirène…

— Je me disais bien que ça ne pouvait pas durer longtemps, notre conversation sérieuse, soupiré-je.

— Quand ?

— Quoi ?

— Tes entraînements avec, ou contre moi, si j'ai bien compris. Tu veux les faire quand ? insiste-t-il.

— Le dimanche. À 10 heures, annoncé-je.

Je sais que je devrais lui demander ses disponibilités. C'est ce que ferait une personne normale, polie. Je lui demande un service, la moindre des choses serait d'être conciliante. Simplement, comme mon planning est déjà intégralement calé, le dimanche matin est le seul moment où je peux ajouter une session. Et puis, peut-être qu'une part de moi espère qu'il ne sera pas disponible. Je ne suis plus tellement convaincue par mon idée qui risque de mener droit au désastre.

— Pourquoi pas plus tôt ?

— T'es en train de me dire que tu veux nager le dimanche à l'aube ? ricané-je. Il y a encore deux semaines tu râlais de devoir venir à la *pataugeoire* le lundi…

— Je t'imaginais plutôt du genre tortionnaire, c'est tout. Mais 10 heures, ça me va, répond-il d'un ton nonchalant.

— Je cours avant, c'est pour ça.

— Ah ! Voilà, là, ça colle mieux, sourit-il.

Un vrai sourire. Gentil. Pas moqueur, pas ironique, pas dragueur non plus je crois. Pourtant, ça a quand même l'air de faire un sacré effet à mon corps pas du tout en accord avec ma tête.

— Alors on fait comme ça. Merci, Wolf, finis-je par prononcer du bout des lèvres.

— De rien, petite sirène, lance-t-il en s'éloignant. Au fait, si tu changes d'avis, je maintiens l'offre !

— Quelle offre ? questionné-je avant de réaliser de quoi il parle.

Lorsque je percute, ma bouche s'étire en o, moitié choquée, moitié… *moitié quoi, d'abord* ? Isaiah se contente de me faire un clin d'œil avant de disparaître dans les vestiaires. Son assurance comme seul vêtement. Insupportablement sexy.

En route vers le désastre.

*

J'oublie toujours qu'il faut venir tôt au bar le soir, pour avoir une place assise. Surtout le jeudi. Surtout quand le groupe de Hailey joue. Je déteste cette ambiance poisseuse, ces corps trop proches les uns des autres, la chaleur étouffante. Et puis je ne bois pas. Ce qui me donne souvent l'impression d'être irrémédiablement extérieure à la scène. Mais j'ai promis à Hailey de venir la voir. Cela fait longtemps que je ne l'ai pas vue sur scène alors qu'elle rate rarement une de mes compétitions à l'intérieur de l'État.

Je parviens difficilement à atteindre le bar pour commander un Virgin Mojito. Je n'aime pas spécialement ça – quel est l'intérêt de boire de l'eau sucrée, vraiment ? –, mais personne ne devine qu'il n'y a pas de rhum dedans, ce qui évite qu'on me regarde comme si j'étais une Martienne, et que je doive répondre à des questions gênantes ou bien essuyer des réflexions débiles.

Je récupère mon verre et essaye de m'extirper de là. Mission impossible, je suis coincée. Pour couronner le tout, Julian vient d'arriver à quelques mètres de moi. Pas le temps de trouver une parade, il m'a vue et me sourit. *Grimace crispée, cœur serré.* Quel enfer ! Heureusement, le groupe ne tarde pas à entrer en scène, ce qui incite tout le monde à bouger. Enfin libérée, je trouve refuge au fond de la salle.

La voix de Hailey est envoûtante. Cristalline, pleine de douceur et de fragilité, elle chante les corps sensuels, la vie qui continue malgré les cœurs en miettes. Inlassablement. La vie qui répare tout. Elle est incroyable. L'espace de deux chansons, mon esprit est entièrement empli de ses mots, son chant. J'ai le ventre serré, la gorge nouée, subjuguée par ma meilleure amie, son talent, émue par ses mots, par les mélodies qui s'envolent dans la salle, lascives, mélancoliques et sensuelles. Je suis perdue dans mes pensées, toute à mon écoute, lorsque Julian refait son apparition, une blonde accrochée à son bras. Elle ne fait pas attention à moi, même nous nous frôlons et que celui qu'elle drague ne cesse de jeter des regards vers moi.

— Comment tu t'appelles ? hurle-t-il à son attention.

— Maddison !

Bêtement, je me fige. Cruellement, il plante son regard dans le mien tandis que son sourire se fait carnassier.

— Bah, c'est super, rit-il franchement. Je ne me tromperai pas de prénom, comme ça.

Ce n'est pas possible. Il n'a pas pu dire *ça*. Insultant pour elle, même si elle ne semble pas relever l'offense, clairement odieux pour moi. Mon sang ne fait qu'un tour. Mon bras droit se tend droit vers le connard qui me sert d'ex-petit ami. Une fraction de seconde plus tard, Julian reçoit l'intégralité de ma boisson sur lui. Ses traits hilares quelques instants auparavant se crispent violemment. Ce visage, si beau, si tendre, si rassurant il y a quelques mois encore s'enlaidit de mépris et de colère à mon égard.

— Qu'est-ce que… ? Putain ! Quelle co…

Je ne baisse pas les yeux. Au contraire. Chacune des syllabes que Julian prononce attise le feu qui brûle au fond de moi. *Essaye un peu de m'insulter, pour voir.* Même si je ne suis pas du genre violente, cette histoire de pneus crevés ne me semble plus une si mauvaise idée. Faudra que j'en parle à Hailey…

Julian aurait pu se contenter de mettre un terme à notre histoire. Il a fallu qu'il la bousille. Qu'il ruine chaque souvenir que je pouvais garder de lui afin de s'assurer que plus jamais je ne ferais confiance à un homme. Pire, que je ne me laisserais plus jamais aller à écouter mes sentiments, qui sont l'apanage des fous. Encore plus que tout le reste, plus que ma dignité piétinée, plus que mon cœur brisé, je lui en veux pour ça. Mon ex finit par s'éloigner, sa greluche toujours collée à ses basques quand, dans mon dos, je sens quelqu'un s'approcher. Qui me frôle plus qu'il ne me touche, que je ressens plus que je ne sens. Je devine la puissance de ce corps, je n'ai même pas besoin de mes yeux pour savoir à qui il appartient. Le *sien*, forcément. Qui semble donc désormais se trouver partout où je suis.

— Le feu sous la glace, hein…

C'est un murmure inaudible dans ce vacarme insoutenable, pourtant il me fait frissonner du sommet du crâne jusqu'au bout des orteils.

— Quoi ? croassé-je en me retournant sur un Isaiah plus charismatique que jamais, qui me toise de toute sa prestance.

Wolf ne répond pas, ne bouge pas non plus, son corps toujours quelques centimètres derrière le mien. Il me sourit, amusé, avant de reporter son attention sur la scène loin devant nous. Je fais comme lui, bien que je n'arrive pas à faire abstraction de sa présence.

Une chanson passe, sans que j'ose bien respirer, puis encore une autre. Je ne saurais dire si c'est moi qui recule d'un centimètre ou si c'est lui qui avance, mais soudain Isaiah est contre moi. Je sens sa chaleur – ou la mienne ? – qui se répand dans le creux de mes reins. Cette fois, c'est trop pour moi.

Arrêtons les frais. Je quitte le bar, sans un regard pour Wolf, Julian ni même Hailey.

Il faudra quand même que je lui envoie un message plus tard pour la féliciter de sa performance.

7

Isaiah

Il est 8 heures. La fille que Cameron a ramenée à l'appartement hier soir dort encore. La conquête de Liam est probablement rentrée depuis longtemps. Moi, je suis rentré seul, j'ai dormi seul et je me réveille avec mes yeux pas en face des trous pour unique compagnie. Dans deux heures, je partagerai un tête-à-tête aquatique avec Maddison. Étant bien trop impatient de continuer à jouer au chat et à la souris avec la petite sirène, je n'arrive à me concentrer sur rien d'autre.

— Qu'est-ce que tu fous là ? accueillé-je Liam, qui semble avancer au moins autant au radar que moi.

— Putain, t'es mon sauveur, Ice. J'ai besoin de toi.

— Mh ? me méfié-je.

— Il y a une meuf dans mon lit. Faut que tu la vires de là, m'annonce-t-il avec un regard suppliant.

— Non.

— Ice, je ne sais pas…

— C'est non, l'interromps-je.

Je fais semblant de me plonger dans le premier prospectus qui me passe sous la main. La carte de la pizzeria du bas de la rue, en l'occurrence. Derrière le dépliant, j'observe Liam qui fait les cent pas, se frottant frénétiquement la nuque à la recherche d'une idée de génie. Soudain, sa randonnée au milieu de notre cuisine prend fin. Du coin de l'œil, je surprends son sourire démoniaque. Il part à grandes enjambées, monte les marches quatre à quatre.

— Liam ! Qu'est-ce que tu… commencé-je.

— Au feu ! Au feu !

Liam hurle comme un damné dans tout l'appart. Il tambourine contre la porte de la chambre de Cameron puis ouvre la sienne en grand. *Mais quel grand malade, putain !*

— Vite ! Habille-toi, sors d'ici, y a le feu ! continue-t-il.

Planté au milieu du couloir en faisant de grands gestes, il réveille tout le monde et fait déguerpir les trois endormis. Les filles se sont à moitié habillées avant de sortir dans la rue, alors que Cam est encore en boxer. Quelques minutes plus tard, leurs conquêtes nocturnes rentrent chez elles en s'excusant de nous planter comme ça.

— Vraiment les gars, bon courage…

Si elles savaient.

— Bon, mission accomplie, s'exclame Liam. On peut rentrer, maintenant.

— Comment ça ? Et l'incendie ? Il est parti d'où, d'ailleurs ? On n'appelle pas les pompiers d'abord ? bafouille Cameron, l'air totalement hagard.

— Mec, il n'y a jamais eu d'incendie. Je voulais juste faire partir rapidement Andy, que j'ai malencontreusement laissée s'endormir dans mon pieu. Tu sais, la conversation du lendemain, tout ça…

— Mec, me dis pas que… oh ! T'es un putain de génie ! s'écrie Cam en claquant sa main dans celle de Liam lorsqu'il percute enfin.

— Comme je suis un bon pote, je me suis dit que ce faux incendie sauverait ton petit cul aussi, poursuit l'autre.

Je les regarde, mi-amusé, mi-ahuri. Dire que ces deux enfoirés compulsifs sont mes meilleurs amis.

— Vous êtes surtout des vrais tocards, hein… soupiré-je en riant à moitié.

Nous échangeons un regard et le fou rire nous prend. Incapables de nous arrêter, nous retrouvons notre appartement, sans représentante féminine à la coloc, heureusement sans aucune odeur de brûlé non plus.

*

En retard. Elle est en retard. Les problèmes de ponctualité ont déjà tendance à me foutre en rogne, mais quand, en plus, j'ai le cul dans l'eau pour les beaux yeux d'une fille qui a l'audace de me faire poireauter… Je suis à deux doigts de me tirer de là quand elle arrive, en maillot, bonnet à la main. Et comme je ne suis qu'un mec, j'oublie tout. Trop absorbé à contempler ses jambes, sa taille…

— Super, t'es déjà là. On va pouvoir commencer, alors ! s'exclame-t-elle, légèrement essoufflée.

— Un petit mot d'excuse écorcherait vos jolies lèvres,

Mlle Andrews ?

Elle plonge ses yeux dans les miens au moment où son corps entre dans l'eau.

— Laisse mes lèvres tranquilles, Wolf.

Intérieurement, je ris. *Ne compte pas trop là-dessus, Maddison Andrews.* Mais j'essaye de garder mon sérieux. Alors devant mon air ombrageux, elle se reprend presque instantanément.

— Je pensais que tu serais en retard, je ne m'attendais pas à ce que tu prennes ça au sérieux, soupire-t-elle.

— Je suis plein de surprises, Maddie…

— Visiblement, ironise-t-elle.

— Et tu n'as encore rien vu ! achevé-je en jouant des sourcils.

Maddison soupire, je ris, elle s'impatiente, je commence à nager. En quelques secondes, mon adversaire du jour me rattrape et, en à peine deux mouvements de bras supplémentaires, me met trois mètres dans la vue. Lorsque je la rejoins, elle porte de nouveau ce masque si impressionnant, si différent du reste du temps. Son masque de guerrière ardente et implacable.

— Alors, pourquoi on se fait une séance de rattrapage, exactement ? demandé-je en atteignant le bord opposé du bassin. Histoire que je sache pourquoi j'accepte de me faire laminer un dimanche matin au lieu de pioncer tranquille.

— La qualification aux jeux Olympiques, explique-t-elle laconique. Mon chrono n'est pas encore assez régulier pour assurer ma qualification…

Ses grands yeux sont sur le point de se noyer, alors par respect pour sa pudeur, je tourne la tête.

— OK. On y retourne, alors, affirmé-je déterminé.

Pendant une heure et demie, nous nageons sans relâche. Je n'arrache pas une seule victoire à la petite sirène. Elle me pulvérise sur chaque longueur, dans toutes les nages, et de plusieurs secondes à chaque fois.

Je pourrais croire qu'elle cherche simplement à blesser mon ego, mais j'ai bien compris que Maddison prend très au sérieux toute cette histoire de pataugeoire. Alors même si je ne suis pas encore certain de savoir pourquoi c'est moi qu'elle a réquisitionné, il a suffi que sa voix évoque sans trembler les olympiades pour que je tire un trait sur mes prochaines grasses matinées dominicales. Car si côtoyer son petit corps charmant le dimanche matin n'était pas une raison suffisante, participer humblement à l'ascension d'une future championne olympique a achevé de me convaincre. Quoi qu'il arrive, je respecte les athlètes et leurs ambitions. Je les connais, je les comprends. Pour la plupart, même, je les partage. La remise en question permanente, l'amour de la performance, l'irrésistible attraction vers le sommet.

Naïvement, je croyais qu'avoir nagé aussi intensément la mettrait de bonne humeur. Parce que moi, après un bon entraînement, les endorphines que j'ai sécrétées jouent leur rôle : je me sens sur un petit nuage. Surpuissant. Invincible. Serein. Heureux. C'est exactement pareil pour les autres joueurs de l'équipe. C'est précisément cela qui manque à mon équilibre, en ce moment notamment parce que ce *shoot* fait partie intégrante des raisons pour lesquelles j'aime jouer. On peut vite devenir accro à cette substance. Une sorte de drogue gratuite et parfaitement légale, qui n'a pas vraiment de concurrence tant ses effets sont prodigieux. En prime, ils sont garantis sans *bad trip* ou descente difficile le lendemain, alors pourquoi s'en priver ?

— Tu pourrais sourire, petite sirène, c'était pas si mal ! l'interpellé-je.

— On s'en fout de « pas si mal », Wolf. Ça ne mène pas à Paris « pas si mal », s'emporte-t-elle. Et arrête avec ce surnom à la con !

Elle est renfrognée, bougonne et objectivement assez casse-couilles. Je suis sympa et mes motivations ne sont pas totalement désintéressées, néanmoins ma patience à ses limites. Visiblement, Maddison manque d'endorphines… or je connais un autre moyen *très* efficace pour en produire.

— Ta copine a raison. Tu devrais tirer un coup, Maddie, tu serais peut-être moins à cran, grogné-je.

Accoudé sur les bords du bassin, je retire mon bonnet en regardant Maddison sortir de l'eau en levant les yeux au ciel. Elle doit bouillir intérieurement sans oser m'envoyer promener en ce dimanche matin. Donc je ne résiste pas à l'envie de la provoquer encore pour la pousser dans ses retranchements. Dieu sait que j'adorerais parler de cul avec elle, néanmoins, pour l'instant, je veux surtout en savoir plus. Qu'est-ce qui fait vibrer Maddison Andrews ? Qu'est-ce qui la rend folle, qu'est-ce qui pourrait être susceptible de lui faire enfin fendre l'armure, briser la glace pour laisser s'embraser le feu que je ne peux m'empêcher de voir en elle ?

— Quoi ? Me dis pas que t'es vierge ? la provoqué-je.

— N'importe quoi… Ce n'est pas parce que je ne suis pas une obsédée sexuelle qui pense qu'elle trouvera dans le sexe la réponse à tous ses problèmes que je suis vierge, fulmine-t-elle.

— Bah ce n'est pas une tare, hein… tu as le droit d'être…

— Arrête avec ça, je te dis que je ne suis pas vierge.

Elle croise les bras sur sa poitrine, l'air déterminé. Sur son visage impassible, seul son regard trahit sa colère. Je ne peux m'empêcher de reluquer ce que j'ai sous les yeux, le haut de ses seins légèrement remontés sous la pression de ses bras. Décidément, une merveille, cette poitrine. Dommage qu'elle passe sa vie dans un maillot de bain de sport qui la lui écrase, elle ferait des ravages en bikini. Ou topless. *C'est ça.* Les seins de Maddie mériteraient de vivre nus, libres et admirés. Je ne suis pas un fétichiste ni un fanatique. Plutôt un esthète. J'apprécie le Beau à sa juste valeur, je m'en voudrais donc de ne pas souligner à quel point Mère Nature a gâté Maddie à ce niveau-là. J'ose croire que ses amants ont su dorloter, cajoler, embrasser, titiller, laper, lécher, mordre, dévorer, honorer, vénérer ces jumeaux splendides.

— Quoi encore ? s'exaspère Maddie, m'arrachant brutalement à ma contemplation.

— Rien, rien… Mais je maintiens. Un bon orgasme, rien de tel pour faire redescendre la pression, asséné-je, la tête un peu ailleurs et bien obligé de rester dans l'eau pour masquer mon érection naissante.

— Si tu le dis, marmonne-t-elle.

— Attends, je crois que j'ai compris. Bordel, ne me dis pas que Julian…

— Ne finis pas cette phrase, Wolf ! Argh, je ne sais même pas pourquoi je parle de ça avec toi, râle-t-elle.

— Ce gros bourrin de Julian n'a pas été foutu de te faire jouir ! ricané-je.

Même si ma réaction est puérile, je jubile. Je ne peux pas l'encadrer, celui-là. Lorsque j'ai appris que Maddison était sortie avec lui, j'en ai conclu naturellement qu'il était son plus gros défaut. Nous n'en avons pas reparlé – j'imagine qu'elle n'en a aucune envie –, mais l'incident au bar jeudi soir avec son ex me reste en travers de la gorge. *Quel genre de connard se comporte comme ça, franchement ?* Alors savoir qu'il n'a jamais réussi à la combler me rassure, au fond. C'est la preuve que j'ai raison : Maddison a besoin d'un amant qui saura la choyer et ne peut pas se contenter de ce pauvre type. Car quoi que Maddie ait l'air de croire, ce Julian est plus obsédé que moi, en tout cas bien moins concerné par le plaisir de ses partenaires, si l'on en croit les conversations de coq dans les couloirs de la fac.

— Cette conversation n'a aucun sens, Wolf. Va-t'en !

Elle s'énerve vraiment, cette fois. Ses yeux me fusillent sur place, ses lèvres sont pincées et je sais que la rougeur qui a envahi ses joues n'a rien à voir avec une gêne quelconque. Maddie est en train de dégoupiller, mais je suis joueur. Trop, certainement. Et cette nana réveille chez moi mes pires instincts. Je sors de l'eau au ralenti en avançant vers elle sans la quitter des yeux. Je détaille chaque morceau de peau dévoilé, inspecte chaque grain de beauté, apprends le dénivelé de ses hanches. Bref, je la dévore du regard et autant dire que je me régale.

— Moi, je saurai, murmuré-je en me penchant un peu en avant, l'obligeant à redresser le visage pour me regarder.

— Tu saurais quoi, exactement ? peste-t-elle.

— Te faire crier toute la nuit.

Cette promesse, je l'ai susurrée à son oreille, à quelques centimètres seulement de sa peau, ce qui me permet d'apprécier le léger frisson qui la surprend. Elle se fige sous le coup de la surprise, et je me délecte de son trouble. Ses joues rosissent, un voile vient assombrir ses yeux, elle mord l'intérieur de sa lèvre…

— Argh ! rugit-elle.

Maddie tourne les talons tandis que mon éclat de rire l'accompagne.

8

Maddison

— Le jeu des capitales ! Le jeu des capitales ! scande Joshua dans la cuisine familiale.

Tous les dimanches. Tous les dimanches depuis toujours. Chez les Andrews, la famille, c'est sacré et je crois bien que tant que tout le monde sera encore ici-bas, nous jouerons ensemble après le déjeuner dominical. Au jeu des capitales des différents États américains, au jeu du vocabulaire, ou bien encore à la version maison du Trivial Pursuit.

Mon petit frère, qui a douze ans, peut enfin vraiment nous concurrencer. Douze ans qu'il attend ce moment, alors il trépigne d'impatience pour que maman serve les cafés afin qu'on puisse enfin lancer la partie. Papa sourit.

— D'accord, va pour le jeu des capitales. Pas longtemps, par contre, car il faut que je parle à ta sœur, Josh.

— Je vais vous écraser ! s'amuse-t-il.

Et en effet, Joshua nous écrase. C'est lui le plus rapide, il a visiblement préparé son coup en révisant la géographie américaine toute la semaine. Même quand papa décide de corser le jeu en ajoutant des questions – points cardinaux, devises des États, blason, etc.

— Devise de la Californie ?

— *Eurêka* ! crie Joshua en se redressant sur sa chaise.

— Devise du Kentucky ?

— United we stand, divided we fall, *affirmé-je sûre de moi.*

— Faux ! jubile mon frère.

Ma mère rit derrière sa main en m'adressant un regard compatissant.

— Quoi, faux ? rugis-je.

— Ils ont changé en 2002 !

Allons bon. Joshua ne nous concède que quelques points. Trop peu en tout cas pour que sa victoire ne soit pas éclatante et son ego gonflé à bloc. On est comme ça, chez les Andrews, un goût immodéré pour la victoire, hérité sans doute de grands-parents qui ont dû bâtir de leurs mains leur petite entreprise en partant de rien.

Combien de fois avons-nous entendu cette histoire de famille ? Ma grand-mère enceinte jusqu'aux dents, l'appartement miteux dans lequel elle s'apprêtait à mettre mon père au monde, l'entêtement de mon grand-père à fonder son entreprise d'imprimerie, le succès arraché à la seule force de ses bras et de son acharnement, puis quelques années plus tard, la maison tant espérée avec jardinet, clôtures blanches et hortensias florissants. L'*American dream*, en somme. Un véritable *self-made-man* qui a conquis son ascension sociale. Il a donc élevé sa progéniture en lui inculquant l'amour du travail… et de la réussite.

Lorsque mes parents m'ont inscrite à mes premiers cours de natation, ils n'avaient pas en tête, je crois, de faire de moi une nageuse professionnelle.

C'est au fil des années – et des louanges récoltées – qu'ils ont décidé d'intensifier mes entraînements, sans vraiment me demander mon avis. Selon eux, j'étais trop douée pour laisser filer ce talent. L'Amérique porte ses sportifs aux nues ? Tant mieux ! *A minima*, j'obtiendrais une bourse pour faire de grandes études. Dans le meilleur des cas, je porterais un jour fièrement les couleurs de notre pays lors de compétitions internationales. J'ai vingt et un ans, exactement quatre cent dix-neuf médailles, coupes et diplômes attestant de mes victoires, et je suis mentalement programmée pour participer aux jeux Olympiques depuis treize ans. Je n'ai pas franchement choisi cette passion, ça m'est plutôt tombé dessus. Et comme chez les Andrews, nous ne gâchons pas notre chance lorsqu'elle se présente à nous, la natation m'a toujours paru être une évidence. Je suis une nageuse, au même titre que je m'appelle Maddison, que je suis blonde, ou que je suis née le 6 janvier.

— Tu voulais me parler, papa ?

— Oui, j'ai appelé Mlle Jones, cette semaine. Elle m'a dit que tu n'étais pas en grande forme… commence le paternel, prudent mais ferme.

Mes parents sont comme ça. À venir mettre le nez dans les affaires de leur fille majeure, pour vérifier que je ne leur mens pas, que je ne faiblis pas, que j'atteindrai bien l'objectif fixé préalablement en famille.

— Je sais, papa… soupiré-je. Je vais me reprendre en main.

— Ah ? Tant mieux, parce qu'il est hors de question que ma fille foute sa vie en l'air pour une amourette !

Une *amourette* ? La référence à mon ex-petit ami me braque instantanément, d'autant que je n'ai pas encore digéré ni sa tromperie ni sa prouesse de jeudi soir. Mes parents ne savent rien de tout ça et mieux vaut ne pas leur dire. S'ils avaient mon âge lorsqu'ils se sont mariés, ils n'ont jamais cru à ma relation avec Julian. Rien à voir avec le nombre d'années. Selon eux, il n'était tout simplement pas fait pour moi notamment car il avait trop à penser avec sa propre carrière pour soutenir la mienne. Autant ne pas leur donner raison, une fois de plus. Chez les Andrews, certains détails doivent être gardés pour soi si l'on ne veut pas en entendre parler pendant les quinze années suivantes.

— Je ne fous rien en l'air du tout, papa, m'agacé-je. Tous les sportifs ont des moments de flottement avant de remonter la pente. Si tu veux tout savoir, j'ai déjà commencé une nouvelle méthode d'entraînement.

— Ah oui ? interroge mon père, l'air soudain très intéressé. Coach Jones ne m'a rien dit, je peux en savoir plus ?

— Non, elle n'est pas au courant. Pour l'instant, je préfère garder ça pour moi, c'est… une méthode expérimentale, improvisé-je.

Mon air mystérieux ne le rassure pas plus que ça, je le vois bien. Quant à moi, je regrette de ne pas avoir su retenir ma dernière phrase. Décidément, ces derniers temps beaucoup trop de choses s'échappent de ma bouche sans que j'aie le temps d'y tourner sept fois ma langue. Hors de question, néanmoins, de lui révéler que je me suis entraînée ce matin même avec un garçon qui, de surcroît, n'a rien d'un nageur professionnel ou semi-professionnel. Mon père en ferait un ulcère.

— N'expérimente pas trop, quand même. L'essentiel est de te qualifier en avril, Maddie. Il n'y a pas de temps à perdre, ça va venir vite.

— Oui, papa, acquiescé-je en me retenant de ne pas – trop – lever les yeux au ciel.

Maman fait son apparition dans la cuisine. Elle râle, Joshua la supplie de l'emmener en ville pour aller au cinéma avec ses copains alors qu'elle voulait profiter de ce dernier dimanche ensoleillé pour lire dans le jardin. Je connais la chanson, et la demande à peine dissimulée. Pour une fois, ça m'arrange. Offerte sur un plateau d'argent, voilà l'excuse parfaite pour échapper à l'interrogatoire de mon père tout en gagnant des bons points auprès de maman.

— Ne t'embête pas, m'man, je vais l'y conduire. Tu n'auras qu'à aller le chercher tout à l'heure ! Profite de ton après-midi, déclaré-je.

— Merci, ma chérie. Tu es un amour, soupire-t-elle.

— Joshy, on y va ! hurlé-je en bas des escaliers.

L'instant d'après mon presque ado de petit frère débarque, tout sourire et bagues apparentes sur les dents.

— Merci, Maddie ! C'est cool de passer un moment tous les deux, non ?

Mon cœur se serre. C'est vrai qu'on ne se voit pas beaucoup même si j'ai la chance d'avoir été acceptée à Brown, à seulement trente minutes de chez mes parents. Je n'ai pas le temps – du moins, je ne le prends pas – de m'intéresser à lui comme devrait le faire une super grande sœur. Je le regrette d'autant plus que Joshua est un petit mec super.

— Ça te ferait plaisir qu'on passe une journée tous les deux bientôt ? proposé-je.

— Carrément ! s'exclame-t-il. Je pourrai choisir le programme ?

— Je m'attends au pire, ris-je. Mais ça marche, on va essayer de s'organiser ça !

*

Lorsque je rentre dans ma chambre ce soir-là, je trouve Lexie en train de littéralement admirer son postérieur dans le miroir. En sous-vêtements, cambrée à outrance, elle s'examine sous toutes les coutures, visiblement satisfaite de ce qu'elle voit. *En toute honnêteté, on la comprend. On le serait pour moins que ça.*

— Fais pas cette tête, je pars dans dix minutes et si tout va bien je ne dors pas ici cette nuit, siffle-t-elle.

Mon ricanement l'agace même si elle tente de n'en rien laisser paraître.

— Grand bien te fasse, Lexie, grincé-je.

L'aventure de Julian et Lexie n'aura pas passé l'été. Au fond, je crois que cela aurait été moins douloureux s'il était tombé amoureux d'une autre plutôt que de tout gâcher pour une histoire de sexe.

J'aimerais réussir à me concentrer sur mes notes de cours, malheureusement mes yeux se reposent sans cesse sur la grande rousse qui se prépare en face de moi. Alors je ne tiens plus. Tandis que je devrais attendre sagement qu'elle déguerpisse, cette impression de me laisser marcher dessus est trop irritante. Comme si elle pouvait prendre ma place sans que je ne dise rien. Or je sais que s'il avait été question de natation, Lexie aurait sans doute déjà les cheveux roses, voire plus de cheveux du tout. Je me serais battue bec et ongles pour lui faire passer l'envie de s'en reprendre à moi un jour.

— Lexie ?

— Mh ? marmonne-t-elle sans se retourner.

— J'aimerais qu'on ait une discussion honnête, toutes les deux… commencé-je d'une voix faussement aimable. Nous n'avons pas eu l'occasion d'en parler franchement… Je tiens tout de même à ce que tu saches que je suis en colère parce que tu m'as volé mon mec.

— Oh, Andrews, souffle-t-elle en me lançant un regard hypocrite. Je ne t'ai rien volé du tout, c'est Julian qui est venu me chercher. Laisse-moi retrouver ce qu'il a dit… il me semble qu'il *s'ennuyait*.

Je dois faire un gros effort pour conserver une expression impassible lorsqu'elle lâche sa bombe avec un plaisir non dissimulé. Il est hors de question de lui céder un point en avouant, même silencieusement, que cette réflexion me blesse. Je poursuis :

— Si tu veux tout savoir, j'ai plutôt pitié que tu te contentes des restes. C'est sans doute une déformation professionnelle parce que moi, je ne vise que la première place. Or, dans le cas de Julian, tu n'auras eu que… des *miettes*.

Je hausse une épaule en plaquant un air navré sur mon visage. Lexie me fusille du regard sans piper mot. Son silence autant que son cul rebondi dans sa dentelle noire me font sortir de l'ignorance butée à laquelle je m'astreins depuis la rentrée. La rage que je contiens ne demande qu'à sortir. Elle est venue, m'a enlevé ce à quoi je tenais le plus, ne prenant même pas la peine de s'en excuser. *Rien, nada, zéro*. Pas même un regard contrit ni un sourire gêné. Alors je continue :

— J'ai d'autres projets d'avenir, pour ma part.

— Qu'est-ce que tu veux dire exactement ? ne peut-elle s'empêcher de grincer.

Lexie a très bien compris ce que je veux dire. Chacun fait comme il veut, elle peut s'intéresser davantage au sexe qu'à tout le reste, à peu près comme Hailey, ça ne me pose aucun problème. Du moins, ça ne m'en posait aucun jusqu'à ce que ma colocataire jette son dévolu sur mon copain, ou plutôt sur le sexe de mon copain.

Lexie a parfaitement le droit de brûler sa jeunesse en utilisant la fraîcheur de son corps comme elle veut. J'ai choisi de tirer le meilleur des performances sportives du mien, elle a bien le droit de profiter de la fermeté de sa peau et de l'harmonie de ses formes. Pour nous deux, malheureusement, la fin de cet âge d'or arrivera tôt ou tard. *Dans les deux cas, forcément toujours trop tôt*.

En quittant la pièce pour me réfugier sous la douche le temps que Lexie s'en aille, je sais que toute cette histoire aura au moins eu le mérite de me remettre du plomb dans la cervelle. Plus rien ne me détournera de mon objectif. Je ne consacrerai plus de temps à des hommes qui m'en font perdre. Un jour, j'aurai peut-être le temps d'être en couple. L'envie, aussi. Pour l'instant, je dois juste rester concentrée. Malheureusement, cela n'est pas compatible avec la construction d'une quelconque relation et son inévitable déconstruction.

Ceux qui prétendent que le temps c'est de l'argent ont tort. Pour moi, le temps ne peut être qu'en or.

9

Isaiah

Lundi, j'ai proposé mes services à Maddison pour la détendre. *Une bière ?*

Mercredi, j'ai proposé mes services à Maddison. *Un massage ?*

Ce matin, j'ai proposé mes services à Maddison. *Un orgasme ?*

Observer le contraste entre les réactions de son corps et l'expression de son visage à mes propositions plus ou moins indécentes est assez réjouissant. Là où son corps frissonne et se tend, ses lèvres se pincent, ses yeux mitraillent. Une part de Maddie voudrait probablement céder à ses pulsions, tandis que l'autre freine des quatre fers, persuadée sans doute que le sexe est une distraction qui l'éloignerait de ses objectifs. *Grossière erreur*. J'irai même jusqu'à dire : erreur de débutante.

Selon moi, le principe est simple : si je suis de bonne humeur, mes performances physiques sont meilleures. Je ne connais rien de plus puissant que les endorphines pour me redonner le moral. Par ailleurs, après un match mon taux de testostérone est à son maximum, ce qui a pour effet de booster ma libido. Un cercle vertueux, en somme. Je ne comprends pas comment on peut espérer réaliser des exploits sportifs en martyrisant son outil de travail, notamment en lui infligeant une trop grande frustration. *Le positif entraîne le positif, ce n'est pas plus compliqué que ça.*

Je n'ai pas besoin d'être nageur pour remarquer la raideur de Maddie quand elle plonge dans le bassin. Ses gestes sont puissants, précis, elle nage plus vite que les autres, pourtant rien chez elle ne dégage le moindre plaisir. Elle n'est jamais contente de son chrono, et je ne crois pas l'avoir déjà vue se détendre. Ce qui pourrait être de la concentration est une entrave. Il n'y a que le dimanche, lorsqu'on est tous les deux, que Maddie semble davantage heureuse de nager, probablement parce qu'elle passe ses nerfs sur moi. Ce qui m'est désagréable, mais est certainement utile pour elle, j'imagine. Toujours est-il que ce serait plus sympa pour tout le monde si elle prenait son pied. Avec moi, du coup.

J'en suis là dans mes réflexions lorsque je l'aperçois. Je n'avais pas prévu qu'elle serait au bar ce soir. *Ces enfoirés auraient pu me le dire !* Lorsque Cam et Liam m'ont appelé, je sortais du dernier cours de la journée alors qu'eux étaient déjà attablés. Royal. Une table un vendredi soir, c'est le Graal, la terre promise. Impossible de refuser une telle proposition. En arrivant, je remarque tout de suite sa tête blonde, ses cheveux ondulés ramassés rapidement en chignon sur le haut du crâne, sa silhouette fine. *Qu'est-ce qu'elle fout face à Cameron ?* Puis mes yeux se posent sur Hailey qui se dirige vers la table, deux bouteilles de bière à la main. Ça fait sens. Hailey et Liam sont potes, ils ont dû se croiser par hasard.

— Hey ! Salut ! Ice, c'est ça ? Le troisième mousquetaire ? me lance-t-elle.

— En personne, souris-je. La fameuse Hailey, j'imagine ?

— En chair et en os.

La jeune femme sourit, mutine sans être dragueuse, sûre d'elle, certaine de son charme. Décidément, une version féminine de Cameron, moins grossière quand même. En l'observant à la dérobée, je comprends vite, en revanche, qu'elle est l'exact contraire de son amie et pas uniquement physiquement. Hailey m'a l'air plus drôle, mais vachement moins attirante, si l'on me demande mon avis.

Puisque tout le monde semble installé, je file me chercher une bière aussi – le vendredi c'est service au bar –, et en revenant je pousse allègrement Maddie sur la banquette pour me faire une place à ses côtés.

— Ça faisait longtemps, dis donc ! ironisé-je dans le creux de son oreille. Je vais finir par croire que tu ne peux plus te passer de moi.

Cameron et Liam me lancent des regards amusés. Nous n'avons pas reparlé de Maddison, toutefois, à les voir, je sais qu'ils attendent avec impatience le moment où elle m'enverra proprement chier.

— Laisse-moi un peu d'air, Wolf. Si j'avais su dans quel plan Hailey m'entraînait, crois-moi, je serais en pyjama dans mon lit.

— Je n'ai aucun doute là-dessus, raillé-je.

— Pourquoi tu souris comme ça ?

— Je me demande quel genre de pyjama tu portes. Plutôt jogging ou nuisette courte ? demandé-je, l'air pensif.

En réalité, je surjoue pendant que Maddison fulmine en silence. Je tends l'oreille quand je surprends

la conversation de mes meilleurs amis qui parlent hockey avec Hailey.

— Du coup, Ice, tu es le capitaine, c'est bien ça ? demande la brune.

— Depuis quand tu l'appelles Ice ? s'étonne Maddison, l'air agacé.

— Relax, Maddie. Tout le monde m'appelle comme ça, aucune raison d'être jalouse, susurré-je en posant ma main sur la sienne.

Saisir toutes les perches qui me sont tendues. Évidemment, Maddison retire sa main comme si ma peau brûlait et se rembrunit encore un peu plus lorsque les autres rient.

— Sinon, pour répondre à ta question, Hailey, oui, je suis capitaine. À part que, pour l'instant, c'est chômage technique à cause de mon entorse au genou.

— Ah oui, Maddie m'a raconté. Tu vas pouvoir reprendre avant la fin de la saison ? m'interroge-t-elle l'air sincèrement intéressé.

— Oui, normalement, ça ne devrait plus être trop long. Ça va déjà mieux. Plus que trois semaines, j'espère. Après ça, je serai remis sur pied pour aller botter le cul de Harvard, affirmé-je d'un ton convaincu et que j'espère convaincant pour mes deux coéquipiers.

Hailey me sourit, Maddison a l'air complètement passionnée par ses mains, Cameron croise les doigts et Liam serre les dents.

— N'empêche qu'on va quand même devoir jouer le premier match de la saison sans toi. Et ça, mec, ça craint.

— Arrête de pleurnicher, Liam, le rembarré-je sèchement. Je serai sur le banc de touche avec ma

genouillère, je t'assure que ce n'est pas toi le plus à plaindre.

Aucune envie de penser à ça un vendredi soir. Jeudi prochain, les Bears affronteront l'équipe de Chicago. Une grosse équipe contre laquelle j'adore jouer. Ils ont des hockeyeurs de talent dont la moitié sera probablement recrutée en NHL à la fin de la saison. Leur jeu est très stratégique et rapide, ils commettent peu de fautes : c'est un vrai défi. Je serai, moi, le seul tocard à ne pas pouvoir me frotter à eux. Dans tous les cas, je suis baisé. Si mon équipe gagne sans moi, tout le monde se dira que je ne suis pas si indispensable, s'ils perdent je serai celui qui a empêché la victoire de Brown. Néanmoins, au fond de moi je sais que Liam a besoin que je le rassure. Il peut consoler son pote, mais personne ne tient mon rôle à ma place. Le temps de ma rééducation, il n'y a aucun capitaine pour remonter les bretelles de l'équipe quand il le faut et les encourager quand c'est nécessaire. Allumer la flamme avant les matchs ou leur donner la niaque. Ils ont de la peine pour Isaiah, probablement de l'empathie, néanmoins, l'absence de Wolf-numéro-dix-neuf creuse un manque dangereux à quelques jours du coup d'envoi de la saison. Je me promets de préparer un petit *speech* que je leur adresserai au prochain entraînement. Pour leur dire que, quoi qu'il arrive, chaque seconde du jeu que je passerai sur le banc, je serai avec eux. Dans chaque geste, chaque stratégie, chaque douleur, chaque point. Nous sommes une équipe, solidement liée, personne n'est irremplaçable sur la glace, ils s'en sortiront donc parfaitement sans moi. *J'espère. Ou pas ? Je n'en sais rien, en fait.*

Vu mes pensées confuses, il vaut mieux ce soir que j'occupe mon esprit avec d'autres sujets, histoire de ne pas broyer du noir et péter l'ambiance.

Finalement, je passe la majorité de la soirée au bar, laissant les filles avec mes meilleurs amis. J'ai besoin de changer d'air. Rire avec des inconnus, me laisser séduire par des filles que je ne reverrai pas, ne surtout pas parler encore de ma blessure ou même de hockey. Dans ce bar un peu éloigné du campus, mon visage est moins connu et je suis à deux doigts de m'inventer une vie juste pour changer de peau un instant. Je ne peux pas parler de ça avec les mecs, ça serait beaucoup trop gênant… Pourtant, c'est dur de continuer à être soi-même lorsqu'on vous retire ce qui fait votre identité. *Ce soir, clairement, j'ai du mal à être Isaiah Wolf.*

Si je fumais, j'irais m'en griller une. Comme si l'extérieur d'un bar était réservé aux fumeurs… Il faut dire quand même que je ne sais pas bien quoi faire, maintenant. C'est à ce moment-là que je remarque Maddison, assise sur un banc de l'autre côté de la rue, en train de regarder son téléphone. *Voilà.* Je vais juste aller m'asseoir à côté d'elle. Effet deux-en-un : je n'ai pas l'air d'un con planté tout seul un vendredi soir tout en passant un moment en tête à tête avec elle. Je ne m'explique pas ce que je lui trouve. Elle est pénible, assez rigide, franchement désagréable. Pourtant, je suis irrémédiablement attiré par cette fille. Comme si je sentais qu'il peut y avoir plus à découvrir. Une autre Maddie. Une Maddie qui mettrait ses reparties cinglantes et son intelligence qui fuse au service d'un humour décapant, qui prendrait conscience que son corps peut être davantage qu'un outil de torture. Aucun intérêt pour moi à me mêler de ça… Cependant, on dirait que cette fois, le loup ce n'est pas moi et que je suis bien décidé à me jeter dans sa gueule.

J'ai à peine le temps de m'asseoir à ses côtés que Maddie explose :

— Écoute, Isaiah, je vais te le dire une bonne fois pour toutes. Arrête de m'importuner avec tes propositions vaseuses ou tes réflexions de gros lourd. Je ne suis pas intéressée et pas le genre de filles avec qui tu t'amuses. Nous ne sommes pas faits pour nous entendre, c'est tout. Donc ce serait mieux pour tout le monde, en tout cas pour ma santé mentale, que tu gardes tes distances à partir de ce soir.

J'encaisse le coup. Je ne suis pas un enfoiré qui n'écoute pas les femmes et qui, trop accaparé par ce qui se passe entre ses jambes, n'entend pas ou n'accepte pas un *non*. Moi, je joue. Seulement pour jouer, il faut être deux. Alors cette fois, promis, j'arrête. Maddie ne rit pas du tout ? On arrête tout. *Vraiment une soirée de merde dans la peau d'Isaiah Wolf.* Doucement, je hoche la tête et ma gorge est serrée lorsque je prononce les seuls mots qui vaillent.

— OK, message reçu, Maddison. Je suis désolé. Mais pour ce que ça vaut, ce type ne te méritait pas. De toute façon, j'ai toujours su que c'était un enfoiré.

Pour la première fois de la soirée, elle plonge ses yeux dans les miens, interdite voire carrément surprise. Elle murmure un merci du bout des lèvres avant de plisser les paupières. Avec encore un brin de suspicion, Maddie me regarde en mordillant sa bouche comme si elle avait envie de dire quelque chose. Rien ne vient, simplement car il n'y a plus rien à ajouter. Ça ne sert à rien de prolonger ce moment alors je me lève en la saluant d'un bref hochement de tête.

— Euh… Wolf ? m'interpelle Maddison juste avant que je traverse.

Je tourne la tête dans sa direction, sans un mot.

— Pour l'entraînement de dimanche, tu…

— Ça ne change rien. Si t'en as toujours besoin, je serai là. J'ai l'impression que ça fait du bien à mon genou, de toute façon, grommelé-je.

— Oui. Je veux bien qu'on maintienne la séance du dimanche, murmure-t-elle presque, de sa voix éraillée, l'air désolé.

— À dimanche, alors.

Et maintenant, je n'ai plus qu'à tirer un coup si je ne veux pas finir dépressif avant la fin du week-end.

10

Maddison

Voilà trois semaines que j'ai demandé à Isaiah de me laisser tranquille et je dois avouer que j'ai été étonnée qu'il respecte autant sa parole. Étonnée… et un sentiment plus ambivalent, plus confus, que j'ai du mal à définir. Si je ne me connaissais pas, je dirais que je suis déçue. Pourtant, c'est impossible, je ne ressens que soulagement et libération, n'est-ce pas ?

Son attitude, dès le lendemain de notre altercation, m'a désarçonnée. Il ne me reluquait plus, me jetant à peine un regard quand j'arrivais en maillot de bain, se contentant de me saluer poliment. Je ne peux même pas dire qu'il était froid. Juste… normal. *Sacré changement d'ambiance.*

Bien sûr, je *déteste* son arrogance, sa suffisance ainsi que son obsession pour le sexe. Au fond, je déteste Isaiah dès qu'il ouvre la bouche. Néanmoins, si je suis parfaitement honnête, j'aimais bien l'intérêt qu'il me portait. J'adorais l'idée de pouvoir être moi aussi convoitée, désirée. Isaiah me donnait l'impression d'avoir un intérêt sensuel. D'être plus qu'une simple musculature, une technique prodigieuse, un talent ou un espoir olympique. En somme, j'adorais avoir l'impression de ne pas être qu'une nageuse, à ses yeux. J'adorais même qu'il n'en ait rien à faire de la natation, et qu'il soit quand même là le dimanche, juste pour me séduire. Car c'est bien pour ça qu'il venait, non ? À moins que je ne me sois fait un film toute seule ?

Lundi, Isaiah ne viendra pas à l'entraînement, si j'ai bien compris sa conversation avec coach Jones. Il est enfin autorisé à retourner sur la glace. C'est donc notre dernier dimanche. Il se tient debout, déjà au bord de l'eau, lorsque j'arrive. Visiblement, aujourd'hui Wolf n'a pas que ça à faire parce qu'il me presse pour démarrer.

Chaque longueur est pénible. Impossible de caler ma respiration sur mes gestes, je n'arrive pas à trouver mon rythme. À chaque mouvement que je fais dans l'eau, l'idée qui jaillit dans mon esprit devient de plus en plus lancinante. *Je regrette qu'il ne soit pas plus… plus lui.* Mon chrono est à chier. Pour la première fois depuis que je nage contre lui, Isaiah parvient même à me dépasser. Contre toute attente, il ne jubile pas et semble même passablement excédé.

— Je pense qu'il vaut mieux arrêter là pour aujourd'hui. Tu vas juste te dégoûter et moi je veux être en forme pour la reprise du hockey. Tu feras mieux demain, avec Jones.

Isaiah, qui a pris appui sur le bord du bassin, retire déjà son bonnet sans un regard dans ma direction.

— Je n'y arriverai pas, soupiré-je pour moi-même, sans tourner la tête vers lui.

— C'est un jour sans, ça arrive.

Il a dit ça d'un ton neutre, en posant sa main sur mon épaule une seconde. Une seconde qui suffit à m'électriser totalement. Si je n'étais pas entièrement immergée dans l'eau, je suis sûre que j'entrerais en combustion. *Pour une main sur l'épaule. Celle d'un mec compatissant que j'ai envoyé chier.* Et ça me fout encore plus les boules. Non, ça ne *peut pas* arriver. Ni mon corps qui s'embrase au contact de Wolf ni les « jours sans ». L'échéance approche alors autant tirer un trait tout de suite sur les jeux Olympiques si je ne parviens même pas à passer sous la barre fatidique des vingt-cinq secondes.

Le silence s'étire alors que nous nous extirpons du bassin. Je suis quelques mètres derrière lui, plongée dans mes pensées moroses. Soudain, je suis projetée en l'air, les mains d'Isaiah me retiennent derrière les genoux tandis que je suis bringuebalée sur son épaule. Il s'arrête au bord du bassin.

— Prête ?

— Wolf, non, ne fais pas ça ! hurlé-je en me débattant.

— C'est la leçon numéro 1, petite sirène. Ne pas oublier de s'amuser !

Son rire éclate alors qu'il saute, me retenant toujours prisonnière. *Une bombe. Ce connard a fait une bombe.* Nous plongeons sous l'eau, mon corps bloqué contre le sien, alors que nous cherchons tous les deux à retrouver la surface.

— Mais ça va pas ? m'écrié-je en reprenant mon souffle.

— Si ! Très bien. En revanche, je pense que toi, tu as besoin de t'amuser un peu. Depuis quand t'as pas joué dans la flotte ?

— Joué ? Dans l'eau ? Je ne suis pas une gamine !

— Et alors ? Moi je suis hockeyeur, ça ne m'empêche pas d'aller patiner sur les lacs gelés en hiver. Juste pour le plaisir, parce que j'aime ça.

Je le regarde avec des yeux ronds, ne sachant trop où il veut en venir. Il n'y a rien à répondre : la vérité, c'est que je ne me suis *jamais* amusée dans une piscine. Face à ses yeux pleins de malice et son corps beaucoup trop tentant, je sais ce qu'il me reste à faire. Puisque je n'ai aucune réponse à lui apporter, autant participer. C'est comme ça que je me retrouve à escalader son dos pour tenter de lui mettre la tête sous l'eau. Il se dégage de mon emprise avec une facilité déconcertante avant de me faire payer mon affront. Nous jouons ainsi pendant quelques précieuses minutes au cours desquelles j'ai l'impression de lâcher prise pour la première fois depuis longtemps.. Je ris à gorge déployée, je bois la tasse, en appréciant cette facette joyeuse et malicieuse de la personnalité d'Isaiah, en renouant avec la légèreté de l'enfance. L'insouciance.

Au moment où Wolf sort de l'eau, mes yeux sont irrémédiablement attirés par ses muscles. Je suis du regard chaque goutte d'eau qui perle le long de sa nuque et roule jusqu'à sa colonne vertébrale. J'imagine le grain de sa peau tannée par le soleil sous mes doigts, probablement douce. En silence, je reluque ses trapèzes vigoureux, ses grands dorsaux puissants, ses lombaires noueux. *C'est l'athlète qui admire l'athlète, n'est-ce pas ?*

Enfin, mon regard descend sur ses fesses, atrocement fermes et moulées dans ce foutu boxer de bain, alors je ne suis plus bien sûre qu'il s'agisse de sport… Mon ventre se serre et je surprends un léger picotement, une sorte de nuée de papillons inconnus. C'est à cet instant que la voix de Hailey s'immisce dans ma tête.

*

Elle avait l'air si convaincante quand elle m'a assuré que c'était la réponse à tous mes problèmes. Pour me prouver son raisonnement, elle est même allée jusqu'à me raconter que pour trouver son vibrato, elle avait consulté une sexologue. Selon elle, la puissance de sa voix ne s'est révélée que lorsqu'elle a trouvé le véritable plaisir charnel.

— N'importe quoi, Hell ! C'est psychologique.

— Pas du tout. C'est scientifiquement prouvé. L'orgasme permet de décontracter en profondeur certains muscles... et de t'apaiser aussi, a-t-elle ajouté sur un ton lourd de sous-entendus.

Je n'ai pas insisté davantage. Si ces derniers jours, j'étais pleine de doutes, aujourd'hui, je suis au fond du trou. On me dirait d'aller consulter un chaman, je serais prête à y claquer mes économies.

*

Avant que j'aie le temps de peser le pour et le contre, je m'entends le héler :

— Explique-moi pourquoi j'accepterais de coucher avec toi ?

Ma voix tremble plus que je ne l'aurais souhaité. Quitte à proférer ce genre de phrase, autant avoir l'air sexy, non ? *Eh bien, c'est raté*. Ça sonnait plutôt comme un appel désespéré. Isaiah prend son temps pour se retourner et s'approche, à peine, d'une démarche animale. Mon aversion pour lui remonte en flèche. Je *déteste* le Isaiah sûr de lui, même s'il est affreusement électrisant.

— Parce que tu m'adores, Maddie.

Sa voix grave flotte dans l'air. Évidemment, Isaiah, lui, ne perd pas de sa superbe. À part quand je l'ai presque accusé de harcèlement et qu'il a semblé prendre un coup de massue sur la tête, rien ne semble jamais le perturber ni le décontenancer.

Je ricane. Il y a beaucoup de choses que je ne comprends pas tout à fait sur l'effet que provoque Wolf en moi, il est en revanche assez clair que je ne *l'adore* pas.

— Dans tes rêves. Tu es superficiel, prétentieux et arrogant, énuméré-je.

— C'est vrai. Tout comme je suis aussi drôle, persévérant et incroyablement sexy, répond-il doucement. Tu reconnaîtras que ce sont d'indéniables qualités pour un amant, poursuit-il en s'avançant encore un peu.

— Si tu veux tout savoir, je n'ai pas besoin de toi. J'ai tout ce qu'il me faut…

— C'est bien ce qu'il m'avait semblé comprendre la dernière fois que nous avons discuté, rétorque-t-il, une pointe d'amertume dans la voix.

Qu'est-ce qu'il croit avoir compris ? Parce que, moi-même, je n'ai aucune idée de ce que j'ai voulu dire. J'ai sorti le premier truc qui me passait par la tête, alors que la vérité, c'est que je n'ai absolument pas tout ce qu'il me faut. Pourquoi donc me suis-je lancée dans cette joute verbale dont je ne maîtrise rien ? Tout ça est une très mauvaise idée, il faut croire qu'Hailey m'a retourné le cerveau. Le moment de flottement semble irriter Wolf si je me fie à l'ombre dans son regard et au soupir exaspéré qu'il laisse échapper.

— Tu veux que je te dise ton problème, Andrews ? Tu es beaucoup trop cérébrale, cingle-t-il.

— C'est quoi ça, Wolf ? Une insulte ? lui demandé-je sur le même ton. Figure-toi que je suis plutôt contente d'avoir un cerveau et de savoir m'en servir. Ravie que tu l'aies remarqué.

Il se rapproche pour poser ses deux mains sur mes épaules, ce qui a pour effet de me tétaniser entièrement. Je voudrais me défaire de ce contact mais la douce chaleur qui m'envahit m'interdit d'esquisser le moindre mouvement de recul.

— Tu ne peux pas espérer demander quoi que ce soit à ton corps si tu le brides constamment.

Ses yeux plantés dans les miens cherchent à me sonder. Je suis de plus en plus mal à l'aise. J'essaye de ne pas perdre la face sauf que je n'arrive pas à stopper le mouvement frénétique que font mes doigts le long de mes cuisses.

— Alors qu'est-ce que tu proposes, gros génie ? Toi aussi, tu as une méthode miracle ? Ne te gêne pas, Hailey, mon père, Jones, tout le monde a un avis sur la question. Il ne me manquait que les conseils avisés d'Isaiah Wolf.

Enfin il recule, et l'espace qu'il laisse entre nous instille un froid glacial dans mon corps. Je suis furieuse. Dépitée.

— Quand tu nages, pense à quelque chose que tu désires très fort, vraiment très très fort. Que tu désires tellement que tu ne l'as peut-être même jamais dit à voix haute. Et tu ne te l'autoriseras que lorsque tu auras atteint ton but.

— C'est tout ? C'est ça ta méthode révolutionnaire ? La technique de la carotte et du bâton ? ironisé-je.

— L'idée, c'est plutôt de réapprendre à ton corps qu'il sera récompensé pour les efforts qu'il déploie. Que ça vaut le coup, en somme.

Je réfléchis. Étonnamment, ses paroles ont du sens. Néanmoins, quand je cherche ce qui pourrait me servir de récompense, rien ne vient. Rien, sauf ce que j'ai en face de moi. Un homme musculeux, un monstre de virilité, contre lequel je m'imagine volontiers échouer. Serais-je capable de m'abandonner ? Laisser mon cerveau sur pause, faire fi de mon mépris pour Isaiah et laisser son corps satisfaire le mien ?

Toutes ces questions sont vite remplacées par une autre pensée, plus désagréable encore. Car si Julian, dont la vie sexuelle n'était quand même pas débridée, m'a trouvée ennuyeuse, aucun doute que je ne serai pas à la hauteur de celle, bien plus trépidante, d'Isaiah. Non pas que je fasse grand cas de ce qu'il pourrait penser de moi. Pourtant, l'idée que Wolf puisse rejoindre le club fondé par Julian des hommes qui trouvent Maddison Andrews ennuyeuse au pieu m'horripile au plus haut point.

11

Maddison

— C'est OK.

— Qu'est-ce qui est OK ? demande-t-il les sourcils froncés.

Je sais que j'envoie des signaux contradictoires. J'ai moi-même du mal à me suivre tant le gap entre ce qui se joue dans mon cerveau et ce qui sort de ma bouche est immense.

Depuis qu'Isaiah est entré dans ma vie, je ne cesse de souffler le chaud et le froid, et plutôt le froid que le chaud, incapable de prendre une décision. Je lui demande de me laisser tranquille, mais je ne veux pas qu'il m'ignore, je passe mon temps à le repousser tout en ne manquant pas une occasion de le reluquer.

Normal qu'il ait du mal à comprendre ce que je lui raconte. Ma bouche et mon corps ne délivrent pas le même message. Parce que j'ai beau lui dire que c'est d'accord, je suis raide comme un piquet, bras croisés sur la poitrine, incontestablement sur la défensive. Quant à mes yeux, ils doivent probablement envoyer des étincelles, tant une partie de moi est révoltée contre moi-même de ce que je m'apprête à faire.

— Bah tu sais… commencé-je, hésitante. C'est OK pour qu'on couche ensemble, le pouvoir de l'orgasme, tirer son coup pour se détendre, tout ça.

— Oh !

Il semble d'abord vraiment surpris avant qu'un sourire féroce vienne étirer ses lèvres. Je ne suis soudain plus du tout sûre de moi. Tout m'exaspère chez Isaiah. Son arrogance, son insupportable sourire *« Ultra Brite »,* son regard moqueur, ses sourcils narquois… Mais il est – reconnaissons-le – particulièrement sexy, intéressé, et je suis certaine qu'il ne demandera pas plus que ce que j'ai à lui proposer.

— Excuse-moi, Maddison… j'ai changé d'avis, déclare-t-il, visiblement amusé.

L'emploi de mon prénom me fait tiquer. C'est la première fois en six semaines qu'il ne m'appelle pas par un surnom. Et surtout… *Quoi ? C'est quoi ce délire ?*

— Ne joue pas les prudes avec moi, Wolf. Je connais ta réputation, attaqué-je pour garder une certaine contenance.

— Quelle réputation ? demande-t-il en arquant un sourcil, faisant semblant de ne pas comprendre.

— Je sais parfaitement que tu couches avec tout ce qui a des seins et veut bien de toi. Et que tu ne rappelles pas le lendemain. Je me trompe ?

— Non, c'est à peu près ça. Quoique je suis un peu plus sélectif que ce que tu as l'air de croire.

Je ne peux m'empêcher de lever les yeux au ciel. *Sélectif mon œil, oui.* Toutefois, je ne me laisse pas déconcentrer en reprenant rapidement mon raisonnement.

— Tu me cours après depuis des semaines et maintenant que j'accepte, tu changes d'avis ? m'insurgé-je. Tu te fous de moi ?

— Pas du tout, Maddie. Tu vois, tout ça, ça se mérite, commence-t-il en agitant ses mains de haut en bas m'obligeant une fois de plus à scruter son physique. Donc, tu n'y auras droit que lorsque ton chrono sera inférieur à…

Il laisse sa phrase en suspens, m'interrogeant du regard. Visiblement, il attend que je la complète.

— Vingt-quatre secondes et soixante sept centièmes, lâché-je. Laisse tomber, Wolf. Peu de chance que tu sois une motivation suffisante, détends-toi. Je vais me débrouiller autrement… sans toi, je veux dire.

Je suis mortifiée. Est-ce que je viens de me faire rejeter par le plus gros obsédé du campus qui m'a pourtant fait des avances assez claires ces dernières semaines ? *Oui.*

— Je suis curieux, reprend Wolf. Qu'est-ce qui t'a fait changer d'avis ?

— Hailey, déclaré-je sans hésiter.

— Hailey ?

Il semble déçu. Comme s'il espérait que ses réflexions lourdingues et son charme irrésistible avaient fini par opérer.

— Oui, Hailey. Ses arguments ont fait mouche. J'ai, en effet, besoin de sexe, pas le temps pour une histoire sérieuse, et pas envie de passer des heures à séduire un mec juste pour une partie de jambes en l'air sans orgasme garanti. Donc j'ai pensé à toi, puisque tu parais…

— Qui dit encore « partie de jambes en l'air », Maddie ?

— C'est tout ce que tu retiens ? m'agacé-je.

— Non, souffle-t-il.

Le souffle qu'il expire me frappe le visage tandis qu'il vient d'approcher d'un pas. Son regard est verrouillé au mien, je suis incapable d'esquisser le moindre geste. Il était presque moqueur il y a un instant, le voilà redevenu sauvage, presque animal. Une brûlure électrique me parcourt.

— Concernant cette histoire d'orgasme… je te l'ai déjà dit, Maddie. Crois-moi, c'est garanti.

— Quel frimeur, ricané-je en levant les yeux au ciel, exaspérée.

— Même pas, souffle-t-il en plantant son regard dans le mien.

Une vague de chaleur m'envahit. Est-ce… du désir ? Est-ce que Isaiah Wolf a réussi en un regard et une promesse d'orgasme à m'allumer au milieu d'un couloir de piscine aseptisé qui sent le chlore ? *Oui aussi.* À mon grand désarroi, mon corps est en feu.

— Tu veux qu'on aille boire un verre un de ces quatre, alors ? propose-t-il en fronçant les sourcils, l'air de réfléchir.

— Non. Pas du tout, rétorqué-je sur un ton plus sec que je ne l'aurais souhaité.

— C'est une formule *all inclusive*, tu sais. Un verre, un dîner sympa, un orgasme pour finir la soirée, débite-t-il.

— Je veux juste du sexe.

— Je vois. Tu n'es intéressée que par mon corps… Tu me brises le cœur, Andrews, grince-t-il en faisant mine d'être offusqué.

— Bah quoi ? À la fin, le but, c'est que j'atterrisse dans ton lit, non ?

— Non, on peut aller boire un verre sans passer la nuit ensemble. Je ne force personne à quoi que ce soit, s'offense-t-il. Par ailleurs, ce n'est pas parce que je ne rappelle pas le lendemain qu'on n'a pas le droit de soigner le *before*.

— OK, si tu veux, c'est tout à ton honneur. Enfin, j'imagine. Cela dit, je te propose de sauter l'étape soirée pour passer directement aux choses sérieuses. Je n'ai pas beaucoup de temps à consacrer à ce projet, je préfère qu'on aille à l'essentiel.

Isaiah me fixe sans rien dire.

— Du coup ? Oui ou non ? m'impatienté-je cherchant à reprendre une contenance.

— C'est bon pour moi, murmure-t-il à mon oreille avant de tourner les talons. Dès que tu seras sous la barre des vingt-cinq secondes.

Il aura ma peau et, à ce stade, probablement au sens propre.

12

Isaiah

Je savoure chaque pas. Le craquement du bois sous mes pieds. L'odeur de caoutchouc mêlée à celle du bois humide qui vient me piquer les narines. C'est comme si je revenais pour la première fois. Parce qu'aujourd'hui, je ne vais pas juste regarder mes coéquipiers depuis mon banc de touche. Aujourd'hui, je reviens à la patinoire pour de vrai. *Back in town, baby*[1].

Pour la première fois depuis quatre mois, je vais pouvoir m'entraîner avec mon coach et mes potes. Je ne vais pas me contenter de les regarder, je vais participer. Moi aussi, je vais chausser mes patins, glisser, tirer, faire des pointes de vitesse, leur taper dans le dos, gueuler. Retrouver ma place de capitaine. Jouer. Vibrer. Respirer. Vivre.

Je suis arrivé en avance pour avoir le temps de profiter de chaque geste. On ne dirait pas, mais je suis un sentimental dès qu'il s'agit de hockey. Aujourd'hui, en enfilant mon équipement, je sais que je vais retrouver cette part de moi dont j'ai été privé ces dernières semaines. Je revêts mon costume

1. De retour à la maison, bébé.

de scène, le seul endroit où paradoxalement je sais qui je suis.

Les gars arrivent progressivement pendant que je m'habille. Chandail, gaine de protection, jambières moulées, protège-coudes, protège-dents, casque avec coquille en deux pièces, culotte de hockey, patins d'entraînement, maillot. Wolf, numéro dix-neuf. J'attrape ma crosse, on est bon. Le loup est prêt à hurler, le chef de la meute a retrouvé son clan.

Je ne suis pas encore sorti des vestiaires que mon sang pulse déjà dans mes veines, mon cœur battant à tout rompre. Aucun enjeu. Pourtant, le cocktail d'adrénaline et de testostérone est explosif, exactement comme avant les grands matchs.

L'ambiance est joyeuse, bon enfant. Les mecs sont heureux de me voir de retour, quant à moi, je savoure cette sensation d'être revenu parmi les miens. Dans quelques semaines, le tournoi universitaire va commencer. Sur les trois matchs amicaux que notre équipe a disputés, nous en avons remporté deux. Ce n'est pas suffisant pour nous placer comme favori et une lourde responsabilité pèse sur mes épaules. En effet, les commentateurs n'ont eu de cesse de répéter que dès que je serais de retour, les Bears retrouveraient leur flamboyance. D'autant que je sais à quel point Dufour va me jauger sur ce premier entraînement. C'est maintenant qu'il va décider, plus ou moins consciemment, si je suis apte à reprendre ma place à cent pour cent ou si je dois rester en retrait. Par mesure de précaution, j'ai gardé ma genouillère. Mâchoires serrées, je suis prêt à en découdre. Aujourd'hui, je ne joue contre personne d'autre que moi. Or tous les sportifs savent à quel point nous sommes parfois notre adversaire le plus farouche. *Un retour sans pression, en somme.*

L'impatience coule dans mes veines, mais je reconnais également une forme d'appréhension. Le trac de revenir sur scène, la crainte de ne pas être à la hauteur en tant que joueur ni en tant que capitaine. En mon for intérieur, je lutte pour ne pas laisser le doute s'installer. Je dois être au maximum, c'est tout. *Pas le choix.*

Enfin, je vois les gueules de Cameron et Liam dans l'embrasure de la porte. Notre émotion est palpable au moment où ils s'installent en silence à côté de moi. On ne va pas faire de longs discours. Rien ne sert de poser des mots. Je sais qu'ils sont soulagés de me retrouver ici, c'est comme si l'année pouvait vraiment commencer. *Notre* année. Ensemble, rien ne peut nous arriver. Ils sont ma motivation et ma meilleure défense. Alors ce soir, pour fêter mon retour sur la glace, nous irons boire et draguer, comme c'était prévu dans le plan de départ.

Coach Dufour est au milieu de la glace lorsque nous arrivons. Comme d'habitude, nous nous installons sur les bancs, assis sagement, en attendant qu'il nous donne le programme de la séance.

— Aujourd'hui, pas de crosse, pas de rondelle. La séance sera entièrement dédiée au travail de vitesse ainsi qu'à l'explosivité de vos foulées. On commence gentiment avec trois tours en marche avant, trois tours à reculons, puis je vous laisserai vous mettre en binôme. En avant, les gars ! tonne-t-il.

Une lueur de malice brille dans son regard lorsqu'il le pose sur moi.

— Ice, bon retour parmi nous. Tu nous as manqué.

— Vous aussi, coach.

Je suis le premier à m'élancer sur la glace. *Putain, comme c'est bon.* Ici, je fais le vide. Plus rien n'existe hormis le moment présent. Rapidement, je retrouve mes sensations et j'accélère le rythme, bientôt rejoint par Cameron et Liam qui m'envoient chacun une bonne claque dans le dos.

— Comment on fait pour les binômes ? demandé-je.

— Mettez-vous tous les deux, répond Cam du tac au tac. Je vais faire équipe avec Vince.

— Sûr ?

— Certain, Ice. J'ai des conseils à lui demander pour draguer sa sœur.

Nous le regardons, interloqués, ne parvenant pas à discerner s'il nous fait marcher ou non. Cameron éclate de rire avant de hausser les épaules :

— Qui ne tente rien n'a rien.

— Pas d'histoire à cause des gonzesses dans l'équipe, râle Liam.

— Laisse sa frangine tranquille, ordonné-je.

— Même pas en rêve, nous nargue Cameron avant de se barrer dans l'autre sens en, en marche arrière.

L'échauffement terminé, Dufour nous montre un sac de sangles en nous expliquant l'exercice. Un joueur passe une sangle autour de sa taille en essayant d'avancer le plus vite possible alors que le second le freine en tirant en arrière.

C'est sûr, Dufour cherche à me tester. Cet exercice ne tire que dans les jambes. Je le comprends, c'est vrai que pour assurer cette saison, notre patinage doit être au summum de sa puissance. Cet entraînement s'avère nécessaire… et meurtrier. À la fin de la première traversée, nous avons tous les quadriceps en feu. Encore deux à faire avant le prochain exercice.

La seconde partie de la séance consiste à réduire notre nombre de foulées pour traverser le terrain. L'idée c'est de ne pas perdre en vitesse, d'arriver au même endroit en développant notre puissance et en allongeant nos mouvements.

De retour aux vestiaires, je suis cuit. Tous mes muscles me font mal et mon genou tire un peu. *Mais putain, quel pied !*

— On sort pour fêter ça ? lancé-je.

Cameron et Liam se jettent un regard, si bien que je me demande ce qu'ils ont bien pu prévoir sans moi. *Paranoïa de merde.*

— Ice, on ne sait même pas pourquoi tu poses la question ! Évidemment qu'on sort, les mecs de l'équipe sont chauds aussi. Ce soir, mon vieux, tu vas picoler sec ! s'exclame Cameron.

*

Ma tête me lance méchamment, mes jambes me brûlent, mes bras sont lourds. Le réveil du mercredi avec la gueule de bois et des courbatures, c'est le meilleur des deux mondes, rien à dire là-dessus.

À ma gauche, ça s'agite. Je n'ai plus de souvenir après le cinquième shot de tequila. Il est clair que celle qui est dans mon lit est arrivée *après* ce moment fatidique. Lorsque je tourne la tête, je ne distingue que quelques mèches blondes sortant de sous la couette. Je ne me sens pas très bien, d'un coup. *Serait-ce possible que… ? Non. Non, je m'en souviendrais… pas vrai ?* Mal assuré, je tapote sur l'épaule de la demoiselle en croisant les doigts de l'autre main pour que ce ne soit pas *elle*. La belle endormie se tourne dans son sommeil, je découvre donc avec soulagement qu'il ne s'agit pas de Maddison. C'est déjà ça. Même si c'est peu glorieux, ça aurait pu être pire. Pour une raison qui m'échappe, ça m'aurait vraiment fait chier de ne plus me souvenir de ma première nuit avec Maddison. Et cette simple pensée en fait immédiatement surgir deux autres, tout aussi perturbantes pour mon esprit embrumé.

Premièrement : il m'apparaît comme quasiment impossible que le souvenir du sexe avec Maddie puisse disparaître dans un trou noir. Deuxièmement : je suis à peu près certain, à ce stade, que lorsque nous en serons enfin à ce stade, ni l'un ni l'autre ne nous contenterons d'une seule fois.

— Hé, je sais que c'est un peu brutal, mais j'ai cours ce matin, il faudrait qu'on s'active…

— Ouais, bredouille-t-elle. J'arrive.

— Tu veux un café ?

La politesse, mon vieux. Même au fond du trou.

13

Maddison

— Tu as fait quoi ? s'écrie Hailey dans le salon de thé bondé où nous avons nos habitudes.

Dans cet établissement aux abords du campus, l'ambiance est feutrée. Autant dire que le cri perçant que ma meilleure amie vient de pousser nous vaut quelques regards outrés de vieilles en train de discuter ou d'étudiants qui révisent.

— Oh ça va, ne fais pas cette tête ! ronchonné-je. C'est toi qui m'as poussée à faire ça.

— Ne te méprends pas, je suis ravie ! Super excitée, aussi ! Vous vous êtes déjà… vus ?

Elle accompagne sa question d'un geste pour le moins obscène alors je me renfrogne un peu. D'autant que c'est là où le bât blesse. Depuis qu'Isaiah m'a fixé ce défi, mon chrono, bien qu'il s'améliore, n'est toujours pas descendu en dessous de la fameuse barre des vingt-cinq secondes. Je ne l'ai donc pas appelé. Même si je n'arrive pas à déterminer s'il était sérieux. De toute façon, cela ne fait que trois jours, je ne tiens pas à avoir l'air à ce point désespérée.

J'explique tout à Hailey dont les yeux pétillent de malice un peu plus à mesure que mon récit progresse.

— Il est très fort, ce type ! s'enthousiasme-t-elle.

— Pourquoi tu dis ça ? grommelé-je.

— Parce que soit tu parviens au chrono fixé rapidement et il aura l'impression d'avoir été une super motivation. Soit tu craques en l'appelant avant et tu lui cours après. Vraiment très fort, répète-t-elle, un brin admirative.

— Tu oublies la troisième option ! m'écrié-je.

— Quelle option ?

Hailey hausse les sourcils, visiblement assez peu convaincue qu'il existe une alternative.

— Celle de ne pas le rappeler du tout, lâché-je.

Hailey rit de bon cœur.

— Maddie, lâche-toi un peu. Ice n'a pas tort. Si tu laisses vivre ton corps, il te le rendra peut-être au centuple. Ce mec te plaît, alors laisse-toi aller.

— Isaiah ne me plaît pas, il… m'insupporte.

— Si tu le dis… En revanche, ce n'est pas ce que raconte ton corps. Par ailleurs, vu ce que Liam m'en a dit, il n'a pas l'air si diabolique que ça, m'informe ma meilleure amie.

— Tu parles beaucoup avec Liam, non ? demandé-je pour faire diversion.

— Pas vraiment, on se croise juste de temps en temps au bar où le groupe joue. Il est vraiment cool.

— Et… ?

— Et rien du tout, Maddie. C'est un pote. Il n'essaye pas de me mettre dans son lit et je suis contente d'avoir un ami mec, me coupe-t-elle. Mes histoires le divertissent, quant aux siennes, elles sont à hurler de rire.

— OK, si tu le dis… Donc vous avez parlé d'Isaiah ? Alors, qu'est-ce qu'il t'a raconté ?

— Qu'il sortait moins depuis sa blessure, qu'il avait même du mal à le reconnaître… commence-t-elle, pensive. Tu veux que je te dise ? Je me demande si votre arrangement ne lui permettrait pas de retrouver confiance en lui. Gagnant-gagnant.

— Isaiah a recommencé le hockey cette semaine. Il n'aura plus de problème de ce genre, grincé-je. Pourquoi irait-il s'embêter avec une fille comme moi ?

— C'est quoi une fille comme toi ? raille Hailey.

— Bah… je ne suis pas *experte* dans le domaine, tu sais. Même Julian a fini par se lasser !

Ma meilleure amie lève les yeux au ciel comme chaque fois que j'évoque mon ex. Comme chaque fois que j'évoque mes non-performances sexuelles. Comme chaque fois que la conversation commence à l'ennuyer, aussi.

— Fais comme tu veux, Maddie, mais tu te prends beaucoup trop la tête. Tu as vingt et un ans, profite un peu.

— Je sais, je sais… Tu as peut-être raison, finis-je par concéder pour mettre un terme à cette conversation.

— Laisse-moi te poser une question, lance Hailey en fixant ses yeux dans les miens : Est-ce que tu en as *envie* ?

Bonne question. Je n'arrive pas à formuler la réponse à voix haute tant elle me plonge dans un abîme de perplexité. À quel moment, dans ma vie, les choses ont-elles basculé au point que je puisse être attirée par un mec comme Isaiah Wolf ?

Parce que *bien sûr* que j'en ai envie. Ses abdominaux viennent jouer les trouble-fêtes dans mes rêves. Ses pectoraux s'imposent à moi quand mes pensées se perdent. Je revois ses bras puissants lorsque je suis dans l'eau. Mon corps bouillonne à la simple évocation de son nom. Pourtant, je n'en démords pas, il est tout ce que je méprise le plus. La vie facile du sportif populaire. Tout lui est servi tout cuit sur un plateau d'argent. La gloire à portée de main, l'argent, les filles faciles… une vie trop simple comparée à la mienne où tout n'est que règles, contraintes et organisation.

Mes pommettes rougies me trahissent et confirment à Hailey ce qu'elle pressentait.

— Alors vas-y, Maddie, fonce ! On s'en fout du chrono ou je ne sais quoi. Tu en as envie, lui aussi, c'est clair entre vous… ça me paraît être un bon *deal*, s'exclame Hailey au plus fort de sa discrétion.

Je m'enfonce encore un peu plus dans mon siège, gênée à l'idée que tout le salon de thé soit mis au courant de mes projets.

— Au fait, demain après leur entraînement, les garçons vont passer me voir jouer au bar. Tu viens ? me demande Hailey en me lançant un clin d'œil grivois.

Je ressens une étrange pointe de jalousie à l'idée que ma meilleure amie puisse avoir des projets avec cette bande de mecs. Tout semble tellement simple et sans prise de tête dans la vie de Hailey. Néanmoins, pas question de revivre le fiasco de la dernière fois.

— Non, demain, je ne peux pas, j'ai prévu de travailler. La prochaine fois, promis ! souris-je, légèrement crispée.

*

Même si mes entraînements du dimanche avec Isaiah ne tiennent plus, j'ai décidé de conserver cette habitude. J'arrive donc aux alentours de 10 heures à la piscine. Les couloirs sont vides, et ce silence m'apaise.

— En retard, comme d'habitude.

Il est là. En jean brut et col roulé noir, sa silhouette est admirablement mise en valeur. *Trois fois rien, pourtant il a l'air d'un putain de modèle pour parfum.* Ses courtes boucles brunes savamment désordonnées semblent attendre qu'on glisse les doigts dedans… *Oh, oh, pardon ?* Appuyé nonchalamment contre le chambranle de la porte des vestiaires des filles, Isaiah me détaille sans vergogne, un sourire narquois plaqué aux lèvres.

— Qu'est-ce que tu fous là ? demandé-je trop vivement.

Je ne réagis pas toujours bien lorsque tout ne se passe pas comme prévu. En l'occurrence, je suis surprise. Surtout qu'en vérité, je crève de trouille de me retrouver face à lui. C'est la première fois depuis que nous avons évoqué la possibilité de coucher ensemble et je ne sais pas du tout comment réagir.

— Tout doux, Maddie, répond Isaiah en riant. Quitte à sortir les crocs, je préfère que tu me mordes pour de vrai.

Le clin d'œil qui conclut sa phrase met le feu aux poudres. Mon ventre s'embrase, mes joues s'enflamment. En gros, je perds pied.

— Il n'y a rien à venir chercher, cinglé-je. Mon chrono n'est pas passé en dessous des vingt-cinq secondes.

Lui n'a pas l'air gêné le moins du monde car son sourire s'étend.

— Je suis au courant, dit-il doucement. Hailey me l'a dit.

Elle en a parlé avec lui ? *Je vais la tuer.*

— Intéressant… soufflé-je. J'occupe tes pensées au point que tu ne peux pas passer une soirée sans parler de moi ?

— Oublie le chrono, Maddie. On va faire autrement. J'ai besoin de toi.

Je hausse un sourcil pour l'encourager à poursuivre.

— Hailey a vu juste. Moi aussi, j'ai beaucoup à gagner avec ce *deal.*

— Et pourquoi avec moi, Isaiah ? Si j'ai bien compris, ce ne sont pas les prétendantes qui manquent, on ne se supporte pas… réponds-je, décidément sur la défensive.

— Parce que tu es… rafraîchissante.

Sérieusement ? Rafraîchissante… je ne sais même pas si c'est un compliment ou non tant je trouve cette remarque incongrue. Le sourire d'Isaiah est flamboyant, il croise les bras sur son torse, l'air de me défier.

Mes yeux s'attardent sur ses avant-bras, les veines qui palpitent sous sa peau, ses muscles bandés. À bout d'arguments, je soupire en ouvrant la porte des vestiaires.

— Entre, ordonné-je.

Cette fois, c'est lui qui semble pris au dépourvu. *Enfin !* Je tiens à garder l'avantage alors je poursuis pour donner le change, l'air plus sûre de moi que je ne le suis vraiment.

— Disons que c'est une nouvelle forme d'entraînement, soupiré-je. Vestiaire, maintenant.

14

Isaiah

Maddie entre dans les vestiaires, déterminée à ce que je la suive. Les mains dans les poches, je la suis, intrigué. La lourde porte se ferme derrière moi.

— Et maintenant ? lui demandé-je, la voix légèrement plus grave et plus rauque qu'à l'accoutumée.

— Maintenant, on baise.

OK. Je ne m'attendais certainement pas à *ça*. Un instant pris au dépourvu, je ne réponds rien. Ces mots crus auraient pu être redoutablement excitants et mettre le feu aux poudres si Maddie n'avait pas commencé à se déshabiller de façon mécanique. Est-elle vraiment en train de faire ça… comme ça ? Je ne peux me retenir de ricaner. Cette fille est complètement barrée. Une fois en sous-vêtements, elle croise les bras, l'air contrarié.

— On peut savoir ce que tu attends ? m'interpelle-t-elle.

— C'est un peu… militaire, ton truc, expliqué-je. Je ne suis pas une machine, quand même.

— Ah bon ? Ce n'est pas ce que la légende raconte, raille-t-elle.

— La légende dit que je suis un dieu du sexe, pas que je peux bander sur commande, contré-je.

— J'ai du mal à te suivre, Wolf. Si je ne te plais pas, qu'est-ce qu'on fait là ?

Super. Maintenant, voilà qu'elle est vexée. Dommage, je ne suis ni psy ni sexologue. Je ne sais pas ce que c'est, son putain de problème… Moi, je suis partisan du bon temps, pas des prises de tête en continu. Surtout sur ce sujet. Surtout quand ce n'est pas ma copine. C'est d'ailleurs, entre autres raisons, *précisément* pour éviter ce genre de désagrément, que je n'ai *pas* de copine.

J'ai juste le temps de voir son air mortifié avant qu'elle ne me tourne le dos.

— Peut-être que tu ferais mieux de partir, finalement, siffle-t-elle.

— Ouais, je crois aussi. C'est assez mal parti, là, réponds-je sur le ton le plus doux possible, histoire de ne pas en rajouter.

— Je t'avais bien dit qu'elle était merdique, ton idée.

La faute à qui ? Non mais qui se comporte comme ça ? Je ne suis pas un putain de *sextoy* ! D'accord, un plan cul ne demande pas de faire d'efforts particuliers mais on peut quand même conserver une part de surprise, d'érotisme… se mettre un peu dans l'ambiance quoi.

J'erre dans le couloir de la piscine en me dirigeant vers la sortie. Mes pensées divaguent quand soudain l'image surgit dans ma tête. Maddie presque à poil. J'étais tellement sidéré par son comportement que je n'ai même pas réalisé. *Le plus important.* Son ensemble en dentelle blanche. Beaucoup plus sexy que ce que je m'attendais à trouver. Son cul rebondi sur lequel s'échouerait délicieusement ma main. Sa peau de pêche qui n'attend que d'être caressée. Ses seins ronds qui méritent d'être mordillés. Son ventre plat sur lequel ma langue gourmande et aventureuse pourrait serpenter. Ses jambes, qui s'enrouleraient à merveille autour de ma taille. Ses hanches fines et incroyablement sensuelles, promesses de mille ondulations tentatrices.

Impossible de comprendre pourquoi j'ai envie de Maddie à ce point. C'est indéfinissable, pourtant, je sens que derrière son masque de glace, il y a un volcan en elle qui ne demande qu'à se réveiller. *Et j'ai carrément envie d'être là quand ça arrivera.*

OK, tout n'est pas perdu. Je fais le chemin inverse en courant presque. *Faites qu'elle soit toujours en sous-vêtements, faites qu'elle soit encore en sous-vêtements.* Lorsque j'arrive devant les vestiaires, j'ouvre la porte à la volée.

— Quoi encore ? s'énerve-t-elle alors que je découvre avec soulagement qu'elle n'a pas eu le temps de remettre ses vêtements..

Maddie semble furieuse. En une enjambée, je suis à quelques centimètres d'elle. Alors qu'elle se recule, je continue à avancer, jusqu'à ce qu'elle soit littéralement dos au mur. Enfin, dos aux casiers. Penché sur elle, son visage levé vers le mien, son souffle lourd et chaud s'écrase contre ma peau. C'est là que je la revois : l'étincelle, le feu au fond de ses yeux. La preuve que Maddie peut être bien plus sauvage qu'elle veut bien le laisser croire. Plus sauvage qu'elle ne le sait elle-même.

J'attrape ses mains pour les plaquer au-dessus de sa tête, ce qui lui arrache un cri de surprise. En prenant le temps d'admirer ce que j'ai sous les yeux, je durcis immédiatement. Fort. Mon jean exerce une pression presque insoutenable contre mon érection, mais mon intuition me dicte que le moment qui arrive ne doit être consacré qu'à Maddie. Ma queue attendra. J'embrasse la peau fine de son cou, remonte doucement jusqu'au carré sensible au-dessous de son oreille tout en collant mon entrejambe contre sa cuisse. Sa respiration est saccadée, je sens son cœur battre à une allure folle contre moi.

— Tu veux toujours jouer, Maddie ? murmuré-je à son oreille.

— Isaiah…

— Dis-le, Maddie.

— Oui.

— Oui, quoi ?

— Pitié, tais-toi et fais-moi jouir, supplie-t-elle presque de sa voix éraillée.

Ma queue bondit et je fonds pour retrouver sa peau fine déjà recouverte d'un léger voile de transpiration. C'est sauvage, urgent, passionné. Maddie me rend chacun de mes assauts en tirant mes cheveux d'une main, l'autre toujours retenue prisonnière.

— Fais-moi jouir… répète-t-elle, la voix entrecoupée.

— Patience… la légende est en marche, m'amusé-je.

Maddie ne rit pas, elle s'impatiente. Elle gémit. Elle frémit. Le son qui provient de sa gorge lorsque ma main s'aventure entre ses cuisses me fait perdre la tête. *J'avais raison.* Je l'ai senti, le feu sous la glace. Je quitte sa nuque pour venir embrasser la naissance de ses seins, que j'empaume tout en poursuivant mon voyage vers le sud. À genoux devant elle, j'écarte délicatement la dentelle de son tanga pour la goûter. Maddie lâche un premier cri de délivrance lorsque ma langue vient caresser sa fente. Je la goûte, savourant ainsi la femme qui a occupé presque l'intégralité de mes fantasmes ces dernières semaines. J'aspire, je mordille et j'embrasse avant d'introduire un doigt pour augmenter encore son plaisir.

— Dis-moi ce que tu aimes, Maddie, murmuré-je contre son intimité.

Je lève les yeux vers elle. Les paupières closes, les traits métamorphosés par le plaisir qui grandit en elle, Maddie ne semble pas décidée à répondre.

— Maddie, soufflé-je. Qu'est-ce que tu veux ?

— Un autre. Mets-en un autre, ordonne-t-elle péniblement.

— Putain… grondé-je.

Elle va me rendre dingue. Je donne tout ce que j'ai, avec mes doigts, ma langue, mes lèvres, mes dents, alternant douceur et bestialité. Ses jambes sont prises de tremblements, ses cris grimpent dans les aigus pour emplir les vestiaires dont l'acoustique rend hommage à son plaisir. Enfin, elle se contracte sur mes doigts. Lorsque ses ongles se plantent dans mes épaules, je lève les yeux vers son visage pour la regarder se laisser emporter par l'orgasme qui la submerge. Je m'en serais voulu de rater ce spectacle. La tête basculée en arrière, yeux fermés, elle est si…

— On t'a déjà dit que t'étais plutôt pas mal quand tu jouis ? Sans déconner, ça te va plutôt bien, ris-je.

Soudain, l'air gêné, elle se laisse glisser sur le sol à mes côtés, le visage caché dans ses mains.

— Je… OK… Wouah, souffle-t-elle.

— Je sais… C'est ce qu'elles disent toutes, flambé-je en lâchant un petit rire.

— Quel connard, soupire Maddie en essayant de masquer le sourire qui vient étirer ses lèvres.

J'éclate de rire et profite ce moment inattendu. Je viens de faire jouir Maddison Andrews qui n'a rien dit de désagréable depuis près de vingt minutes, et nous sourions par terre tandis qu'elle est presque nue. La scène paraît improbable.

— On s'arrête là ? demande-t-elle soudainement. Tu dois être… frustré ? dit-elle en jetant un œil sur la bosse bien visible à travers mon jean.

— Moi ça va… Je suis revenu pour te voir jouir.

— Pour tester la légende sur moi, ajoute-t-elle d'un air pincé.

— Non, plutôt pour savoir si j'avais raison.

— À quel propos ?

— J'étais sûr que tu cachais bien ton jeu Maddison Andrews, expliqué-je en faisant jouer mes sourcils.

— Quel jeu ?

— Le feu sous la glace… réponds-je en lui adressant un clin d'œil.

Maddie me fixe quelques instants avant de s'installer à califourchon sur moi, ses lèvres pulpeuses attaquant mon cou avec une sorte d'appétit inconnu. Je l'attrape par les hanches pour la positionner plus près de mon torse et son intimité sur mon érection de plus en plus douloureuse. Maddie semble être revenue à son état normal. Elle est un peu gauche, ses mouvements maladroits. Ma bouche retrouve le chemin de sa peau, je dépose un baiser léger dans le creux de sa clavicule, embrasse le haut de son sein droit…

— Je reviendrai m'occuper de vous… mais une autre fois, les gars, désolé, annoncé-je les yeux rivés sur sa poitrine.

— Comment ça, une autre fois ? Tu t'en vas ? demande-t-elle surprise et – je l'espère – peut-être un peu déçue.

— Faut savoir se faire désirer, dans la vie, réponds-je nonchalamment.

— Et si je ne veux pas d'une prochaine fois ? Si c'est maintenant ou jamais ? me défie-t-elle.

— Je prends le risque, petite sirène. Crois-moi, même si tu ne rappelles pas, le spectacle d'aujourd'hui valait la peine d'être vu !

Je ne peux résister à donner une petite claque sur ses fesses qui la fait glapir de surprise pour la faire se redresser avant de sauter sur mes pieds. Il est temps de partir d'ici pour me foutre sous une douche glacée afin de calmer mon excitation.

Se faire désirer, c'est bien, en revanche ça ne détend pas beaucoup.

15

Maddison

Immobile. Ça fait vingt minutes que je suis immobile, à moitié nue, dans les vestiaires de la piscine.

Je n'ai aucune envie d'aller dans l'eau. Je n'ai envie de rien… Enfin, si. J'en veux encore.

Cette sensation folle, ce plaisir proche de la torture. Cette délivrance enfin, le feu d'artifice qui explose, la sensation de passer de l'autre côté d'une montagne, de plonger dans le vide, de me transformer en une boule de feu, tel le phénix qui ressuscite.

J'en veux encore. Je veux encore *ça*.

Jamais Julian ne m'avait fait *ça*, léchée avec autant d'avidité. Jamais je n'avais eu l'impression qu'il avait envie de moi au point de me dévorer. Jamais je n'avais été à ce point dépourvue de repères, livrée à mes seules sensations. Sous les mains expertes d'Isaiah, sous sa langue insolente, j'ai oublié les mots terribles de mon ex. Mon esprit s'est libéré de ses critiques insidieuses, des paroles blessantes, pour n'être plus qu'en osmose avec mon corps. J'ai retrouvé – découvert peut-être – la sensation d'être belle, désirable, désirée. Contrairement à tout ce que Julian avait bien voulu me faire croire, je ne suis ni coincée ni frigide. Chacun de mes muscles peut en témoigner, encore tremblants de l'orgasme qui m'a terrassée. L'espace de quelques minutes suspendues, j'ai accepté l'idée que mon corps pouvait recevoir du plaisir. Et maintenant ? Maintenant je veux savoir s'il est aussi capable d'en donner. Mieux, je veux qu'Isaiah tremble comme j'ai tremblé, je veux voir les flammes de la jouissance brûler l'océan de ses yeux avant de l'entendre gémir mon nom comme j'ai été surprise de hurler le sien.

Alors comme s'il s'agissait de la meilleure des drogues, de la plus douce et la plus addictive des substances, j'ai l'impression qu'il m'en faut encore. Tout de suite. Quitte à en faire une overdose.

Je me lève pour faire les cent pas dans le vestiaire. *Je n'ai même pas son numéro.* Mais qui fait ça ? Qui pense sérieusement à rappeler un mec à peine quelques minutes après qu'il s'est tiré ?

Je devrais en parler à Hailey pour qu'elle me raisonne, toutefois, je n'ai aucune envie pour l'instant de poser des mots sur ce qui vient de se passer. J'ai l'impression d'être à la fois Christophe Colomb qui découvre l'Amérique et le dindon de la farce d'être la dernière personne sur Terre à découvrir qu'un tel trésor existait *en moi*.

*

Ceci n'est pas raisonnable. Ceci est une erreur terrible. C'est ridicule. *Je* suis ridicule. Je devrais faire demi-tour, prendre mes jambes à mon cou avant qu'il soit trop tard. La porte s'ouvre. *Bon, maintenant c'est trop tard.*

C'est un Cameron torse nu et cheveux humides qui me reçoit. Il m'observe, les yeux écarquillés, l'air aussi surpris que moi de me trouver ici.

— Maddison ?

— Je... ouais. Pardon de passer à l'improviste. Je me demandais... Est-ce qu'Isaiah est dans les parages ? balbutié-je.

Pas moyen de faire machine arrière. Cameron jette un coup d'œil à l'intérieur.

— Les mecs font une partie de GTA. Mais entre. Liam ne devrait pas tarder à lui foutre une raclée, sourit-il. Ça devrait bientôt être terminé.

J'avais déjà pu remarquer que Cameron était le plus jovial et sympathique des trois. Je n'avais, en revanche, pas encore eu l'occasion de le découvrir dans cette tenue. Tout comme son colocataire, il ne fait pas mentir les fantasmes que les filles nourrissent sur les hockeyeurs. À mon grand soulagement, je ne suis prise d'aucun trouble. Aucun désir ne vient me saisir au ventre. *C'est déjà ça. Au moins, je ne suis pas devenue une obsédée sexuelle*. Quoique ça aurait peut-être arrangé mes affaires. Pourquoi diable a-t-il fallu que mon corps explose avec un type aussi insupportable qu'Isaiah Wolf ?

Cameron me guide jusqu'à la cuisine, et je prends place sur un tabouret haut face à l'îlot central.

— Je suis en train de préparer une *Beach Pie*[1] mais elle n'est pas encore prête... Tu veux boire un

1. La Beach Pie est originaire de Caroline du Nord. Si vous êtes sage, peut-être qu'un jour Cameron vous donnera sa recette secrète.

truc en attendant ? propose le jeune homme blond comme les blés qui se tient face à moi.

— Non… merci. Je… comment dire ? Isaiah suit la filière biologie, c'est ça ?

— Ouais, exactement. Pourquoi ?

— J'ai une question pour lui, réponds-je, évasive et de plus en plus mal à l'aise.

— À propos de… biologie ?

Le sourire de Cameron est lourd de sous-entendus. Visiblement, mon excuse, en plus de ne pas être crédible, est assez tendancieuse. Foutu pour foutu, autant ne pas perdre complètement la face.

— Je suis nageuse semi-pro. Ça concerne mes entraînements, tenté-je.

— Je vois… Je ne savais pas qu'Ice donnait dans les cours particuliers à domicile, maintenant… commence-t-il, songeur. Sois la bienvenue ici. Tu connais les lieux…

Heureusement, ce moment de plus en plus gênant prend fin lorsque Liam entre à son tour.

— Maddison ? Qu'est-ce que tu fais là ? Hailey va bien ? demande-t-il.

Hein ? Qu'est-ce que Hailey vient faire là-dedans ?

— Euh oui, oui. Je crois, en tout cas. Depuis hier. Je suis…

— Elle est venue voir Ice, me coupe Cameron.

— Ah. Évidemment ! J'aurais dû y penser, s'exclame le brun.

Les deux se regardent, le rire au bord des lèvres, et je voudrais pouvoir rentrer sous terre. Je sais ce qu'ils pensent. Je ne suis qu'une greluche de plus à m'être laissée prendre dans les filets de leur pote. *Et est-ce qu'ils ont vraiment tort de penser ça ? Malheu-*

reusement pour moi, non. Néanmoins, m'enfuir n'est pas une option. Isaiah serait quand même mis au courant de ma venue et mon départ précipité ne la rendrait que plus suspecte.

Mon malaise croît encore d'un cran lorsque le troisième colocataire fait enfin son entrée. L'air se raréfie, je suis probablement cramoisie car j'ai le sentiment que la température vient d'augmenter d'un cran.

— Encore une branlée ! Je ne jouerai plus contre toi, Liam…

Isaiah relève enfin la tête de son téléphone lorsque Cameron toussote pour attirer son attention.

— Maddison ?

Oh bordel. Ils vont tous me faire ce coup ? Il faudrait que je trouve quelque chose à dire, pourtant je reste obstinément muette. Les yeux d'Isaiah trahissent bien trop ses pensées indécentes pour que mon esprit fonctionne correctement. Je le vois bien qu'il m'imagine nue. Le pire c'est que désormais, il sait précisément à quoi je ressemble.

Alors que le silence commence à s'éterniser, Liam rit dans sa barbe en prenant une bouteille de jus dans le réfrigérateur. Je vois ses épaules tressauter sous l'effet du rire qu'il tente de contenir.

— Elle avait une question pour toi, si j'ai bien compris, lâche Cameron, volant à mon secours. Une question de… biologie, je crois.

Il ne prend pas la peine de dissimuler l'ironie dans sa voix. Il ne vole pas du tout à mon secours, en fait. Il se fout ouvertement de moi.

— Évidemment, lâche Isaiah en haussant un sourcil, l'air beaucoup plus amusé que moi par la situation. Viens, le système des terminaisons nerveuses est toujours un peu complexe à piger, au départ.

Et sous le regard curieux de ses colocataires, j'emboîte le pas à Isaiah.

16

Maddison

Bizarrement, je m'attendais à ce que sa chambre soit mal rangée, sente le fauve, une sorte de tanière, de garçonnière désagréable, voire un peu glauque. Comme souvent lorsqu'il s'agit de Wolf, j'avais tort. C'est propre, organisé, son bureau est ordonné, son lit est fait et ça sent… la lessive fraîche.

Isaiah s'assoit sur son lit, prend appui sur ses coudes en m'observant me démener dans ma gêne. Ma nervosité n'est que le miroir inversé de sa nonchalance. Je pose une fesse sur son bureau, à bonne distance de lui, et le scrute sans vergogne. Peut-être qu'en le regardant bien, je finirai par comprendre ce qu'il s'est passé un peu plus tôt aujourd'hui. Il se laisse reluquer quelques secondes, visiblement amusé par la situation, avant de rompre le silence.

— Tu es venue chercher ta récompense car tu es passée sous la barre des vingt-cinq ?

— Non.

Il m'interroge du regard.

— Je n'ai pas nagé, expliqué-je.

— Tu es donc vraiment venue me poser une question sur la biologie ?

— Presque.

— Sept à huit mille terminaisons nerveuses, assène-t-il.

— Pardon ? Mais de quoi tu parles ? bredouillé-je, confuse.

— Ton clitoris. Sept à huit mille terminaisons nerveuses. Ça explique en partie l'intensité de ton orgasme. Ça… et mon talent, bien sûr.

Son sourire satisfait s'étale, provoquant en moi l'envie irrépressible de lui coller mon poing dans la tronche. Juste histoire de lui faire ravaler sa fierté. À la place, je respire un grand coup. Il va falloir que je sois plus claire parce que j'ai *vraiment* besoin de comprendre.

— Bon, passons. Je… ça, ce que tu as fait, je… enfin. L'orgasme. Je n'ai jamais eu…

— Oui, Maddie, m'interrompt-il. Tu n'avais jamais eu d'orgasme. Je crois que j'avais déjà compris. Où veux-tu en venir exactement ?

Isaiah me fixe intensément. Son sourire en coin est toujours plein d'arrogance – ça doit être une marque de fabrique –, en revanche ses yeux sont étonnamment bienveillants.

— J'en veux encore, soufflé-je.

Mais. Pourquoi. J'ai. Dit. Ça ? Même Isaiah a l'air surpris. Une seconde. Juste avant d'éclater de rire. Un rire franc, massif, joyeux, qui finit par m'emporter avec lui jusqu'à ce que la voix de Cameron nous parvienne depuis le bas des escaliers.

— Ice ! On sort faire un tour.

— OK ! Ramenez les pizzas, répond Isaiah.

Et le silence retombe. Wolf s'est approché. Seuls quelques centimètres nous séparent, à présent. Comment ne pas laisser transparaître l'excitation et la peur qui s'emparent de moi ?

— Donc, pour résumer, tu es venue jusqu'ici parce que tu veux… un autre orgasme ? demande-t-il à voix basse.

— Oui, je crois, dis-je d'une voix mal assurée. Et pour comprendre.

— Comprendre quoi ?

Wolf avance encore d'un pas. Maintenant que nos corps se frôlent presque, ma respiration se fait irrégulière. Ma respiration se bloque et mon rythme cardiaque s'accélère dangereusement. Je sens le rouge me monter aux joues sans savoir si c'est de la gêne, la chaleur étouffante de cette pièce exiguë… du désir. Certainement un mélange de tout ça. Lui n'esquisse plus le moindre geste, suspendu à mes lèvres, dans l'attente d'une réponse.

— Ce que tu m'as fait… Comment tu as fait…

Isaiah ne sourit pas. Au contraire, son visage est très sérieux.

— Je ne peux pas te révéler tous mes secrets, pérore-t-il. Mais… je veux bien te faire profiter de mes talents.

Je ne peux m'empêcher de lever les yeux au ciel. Tant de condescendance dans un seul homme, est-ce bien raisonnable ? Lorsque ses mains se posent sous mes fesses pour m'asseoir plus confortablement sur le bureau, je me maudis de ne pas parvenir à retenir un glapissement, puis il écarte mes cuisses d'un geste ferme pour se glisser entre mes jambes. Il est si sûr de lui, presque autoritaire, que c'en est irritant, agaçant, exaspérant. Pourtant, la brûlure qui me tord le ventre, la chaleur qui monte doucement entre mes jambes, me souffle que c'est surtout hautement excitant.

— Par contre, il va falloir m'en dire plus. Qu'est-ce que tu aimes, Maddison ?

Sa main s'est avancée pour enrouler une mèche de mes cheveux autour de son doigt. Sous le regard de Wolf qui me scrute, je n'ose plus bouger d'un millimètre.

— Comment ça ? parviens-je à articuler, le souffle court.

— Qu'est-ce qui t'excite ?

Son visage s'approche du mien. Son nez vient à la rencontre de ma joue, effleure l'arête de ma mâchoire, de la peau sensible sous mon oreille. Désormais au bord du malaise, ma tête tourne. Il serait plus raisonnable de m'enfuir en courant. *De toute évidence, je ne suis pas de taille à affronter Wolf.* Pourtant, non seulement mes jambes seraient bien incapables de me porter pour l'instant, mais quelque chose me retient ici. *La vérité, c'est que je n'ai aucune envie de foutre le camp.* Le désir lancinant qui brûle mes entrailles, le tissu de mon sous-vêtement déjà humide, l'odeur sauvage qui se dégage du cou d'Isaiah, la douceur de quelques boucles de ses cheveux qui m'effleurent. Il faut qu'il me soulage, qu'il me libère.

— Qu'est-ce qui te fait perdre pied ?

Les paupières closes, je sens ses lèvres remuer contre ma nuque. C'est une expérience multisensorielle. Sa voix grave résonne sous ma peau, sa bouche licencieuse me fait frissonner, son parfum viril est un appel au sexe. Il me bombarde de questions et… Silence radio. Aucune idée. Rien ne me vient. Je ne connaissais jusqu'à ce matin que le coït-parfois-sympa-jamais-transcendant. Que pourrais-je répondre de sexy ? Quels mots pourraient le surprendre, l'exciter, le foutre à terre comme l'excitation qui me ravage de l'intérieur, me cloue le cul à ce bureau ?

— Charge à toi de trouver, le défié-je en tâchant de reprendre le contrôle sur mes émotions.

— Je vois.

Toujours entre mes jambes, Isaiah semble plongé dans ses réflexions tandis qu'il fait remonter ses doigts le long de ma colonne vertébrale, créant dans leur sillage une nuée de frissons. Sans me quitter des yeux, il retire ses vêtements pour s'afficher torse nu, dévoilant ses abdominaux saillants, sa peau soyeuse, ses obliques totalement indécents.

— Tu me fais quoi, là ? Un strip-tease ? Pour m'exciter ?

Je tente l'ironie, pourtant rien ne pourra me sauver ni me permettre de faire illusion. Un sourire effronté sur les lèvres, Isaiah saisit mon menton entre son index et son pouce.

— Arrête. De. Réfléchir, murmure-t-il à mon oreille.

Je sens ses doigts remonter le long de ma cuisse, pour venir s'arrêter à l'intérieur, tout proche du cœur battant de mon anatomie. De là où il est, peut-il sentir à quel point je suis bouillante, la chaleur que je devine se dégager de mon sexe transperce-t-elle à travers mon jean ?

— La fille que j'ai vue tout à l'heure, dans les vestiaires, elle est *torride*, poursuit-il doucement en accentuant ses caresses à travers mon pantalon. Elle sait ce qu'elle veut, elle le demande et elle l'obtient.

Comment fait-il ça ? Ses lèvres s'étirent en entendant le feulement qui m'échappe. Il semble satisfait. En posant sa bouche au coin de la mienne, il achève :

— Ce n'est pas plus compliqué que ça, de jouir, Maddie.

Mon ventre se contracte tandis que la douleur lancinante de la frustration grandit entre mes cuisses. Ce dernier coup est fatal et fait tomber mes dernières résistances.

— Ta langue. Sur moi. En moi.

Ses lèvres se posent au coin des miennes, je respire de plus en plus difficilement.

— Toi. Toi, tu me fais perdre pied, chuchoté-je.

Ses mains glissent sous mon haut, s'aventurent jusqu'à ma poitrine, se faufilent sous la dentelle de mon soutien-gorge pour caresser mes tétons durcis. Je bascule la tête en arrière, sans retenir le gémissement qui s'échappe de ma bouche. Je suis certaine que je pourrais jouir au contact de Wolf sur mes seins.

— Ton corps. Tout ton corps m'excite beaucoup trop, finis-je par avouer tremblante d'impatience, de colère et de désir.

— Et tu veux en faire quoi, de mon corps, Maddie ? murmure-t-il.

— Je veux… sentir que je t'excite.

Ice prend ma main et la pose fermement sur la bosse entre ses jambes. L'érection qui déforme son jean me fait tressaillir.

— Ça, c'est l'effet que *toi*, tu me fais. Tu sens comme elle est dure ? susurre-t-il. C'est juste pour toi, ça, Maddie.

Je hoche la tête, presque intimidée.

— Quoi d'autre ?

— Je veux te faire jouir, articulé-je péniblement.

— Fort ?

J'acquiesce de nouveau en silence, incapable d'en dire plus. Je suis liquide et tétanisée.

— Déshabille-toi, ordonne-t-il.

Je ne sais pas dans quoi je m'embarque, mais allons-y. Pourvu qu'il y ait un orgasme à la clé. Me voilà donc nue face à Isaiah, sublime, en boxer. Il reprend sa place sur le bord de son lit et m'attire à lui, une main posée sur mes fesses. Je pourrais supplier de mettre fin à cette douloureuse attente, mais le supplice est trop bon. Ses lèvres déposent des baisers légers sur mon ventre, s'attardent sur le tatouage qui s'étend sur mes côtes, ses dents attaquent ma peau rendue hypersensible, avant de glisser enfin un doigt dans mon intimité prête depuis longtemps à le recevoir. Des gémissements s'échappent, que je ne parviens pas à contrôler.

Isaiah me fait basculer en avant et je me retrouve à califourchon sur ses genoux. Sentir son excitation contre la mienne me transcende. Avec l'impression d'être comme en dehors de moi, j'étire le tissu de son boxer pour saisir son sexe avec délicatesse, avant que mes doigts ne viennent caresser son gland sur lequel son plaisir perle déjà.

— J'ai tellement envie de te baiser, gronde-t-il.

— Montre-moi, supplié-je.

Isaiah se débarrasse de son sous-vêtement, dernière barrière de tissu entre nous avant d'étirer son bras pour attraper un carré d'aluminium. Une fois la protection enfilée, il me soulève légèrement pour me faire coulisser sur lui de façon insupportablement lente. Je supplie, ses yeux s'assombrissent à chacun de mes soupirs, je mords son cou, et il s'enfonce en moi d'un coup de reins puissant et dévastateur.

— Encore…

Il me guide, s'impose en moi en dictant son rythme. Il joue avec mes cris, alterne les mouvements lents et profonds. J'en demande plus, il ralentit. Je voudrais que ça dure toujours, il accélère. Cette douce agonie, ce calvaire délicieux fait grimper mon plaisir autant que ma frustration. Je suis à deux doigts de le supplier ; il est à deux doigts de me faire jouir. Je me cambre pour faciliter l'accès à ses dents qui viennent mordiller les pointes érigées de mes seins. Je bascule totalement dans cet autre monde, celui où mon corps est fait pour le plaisir, où la femme se réveille, mon corps meurtri réconcilié avec lui-même. Ses râles accompagnent mes suppliques, plus vite, plus fort, chaque assaut est une décharge de plaisir contre laquelle je ne peux pas lutter. Dans ce tourbillon, j'admire la puissance du corps de mon amant, la beauté sauvage de ses traits, l'incroyable éclat qui brûle dans son regard et sous lequel mon corps se consume. La délivrance, enfin, lorsque le pouce d'Isaiah vient se poser sur mon bouton de chair. Wolf pousse une dernière fois au fond de moi et lorsqu'il pose son front sur ma poitrine, la respiration affolée, je sais que cette fois, Wolf a joui aussi. À cette simple pensée, ma satisfaction grandit encore.

Et maintenant ? Je suis nue, le corps moite contre celui d'un type que je ne supporte pas – enfin je crois, à ce stade, je ne suis plus sûre de rien – et je ne sais pas comment faire. Cette fois, c'est à moi de partir.

— Tu peux prendre une douche, si tu veux. Les mecs ne vont pas rentrer tout de suite.

Je le remercie d'un regard puis ouvre la porte attenante à sa chambre qu'il me désigne du doigt. Lorsque je sors, rafraîchie et habillée, Isaiah n'est plus dans la chambre. Timidement, je retourne à la cuisine, où il s'active à faire la vaisselle des ustensiles de cuisine laissés en plan par Cameron. *Décidément surprenant, celui-là.*

— Comment ça se passe, ton retour sur la glace ? demandé-je depuis l'encadrement de la porte, soucieuse de rester à bonne distance afin de garder le contrôle de mon corps.

Isaiah lève la tête, me jauge quelques secondes, visiblement hésitant. Il finit par se laisser tomber sur l'un des tabourets de bar.

— Ça me fait du bien de retrouver mes sensations, mais ce n'est pas aussi facile que ce que je croyais. J'ai toujours mal, de temps en temps… Je ne sais pas trop à qui en parler, en fait.

— Pourquoi pas à ton coach ? suggéré-je.

— Non, pas question. Il risque de me renvoyer sur la touche s'il apprend que j'ai encore des douleurs.

Je m'approche et m'installe face à lui, pensive. Comment réagirais-je à sa place si une blessure remettait en cause mes espoirs de médaille ? Il est fort probable que je serais incapable de rester si calme, imperturbable.

— Tu as peur ? murmuré-je.

— Parfois, oui. Mais tu sais ce qu'on dit… répond-il, avec un éclat étrange dans les yeux.

— Non… ?

Apparemment, je devrais saisir un sous-entendu qui m'échappe. Comme pour me donner un indice, ses yeux descendent imperceptiblement vers ma poitrine… l'espace d'un instant, je le soupçonne d'être à nouveau en proie à des pensées lubriques – ce qui aurait plutôt tendance à me faire plaisir – avant de comprendre enfin où il veut en venir. J'approuve d'un mouvement de tête, presque intimidée qu'il connaisse ce mantra, cette partie si intime de moi. *Feel the fear and do it anyway*[1]. Ces quelques mots gravés sur mon corps pour ne pas laisser la peur me paralyser ou m'empêcher d'atteindre les objectifs que je me suis fixés.

— Tant mieux alors… tant que tu ne te laisses pas dominer par la peur, ça va, réponds-je en pensant à haute voix.

Il rit doucement, en hochant la tête, perdu dans des pensées qu'il ne partage pas avec moi. Isaiah finit par rompre le silence.

— C'est pour ça que je dois m'entraîner comme un fou s'il le faut pour retrouver mon niveau. C'est pas plus compliqué que ça.

— C'est surtout qu'on n'a rien sans rien. Tu vas faire ta rééducation et tu ne vas rien lâcher, OK ? Ça sera dur, peut-être que tu vas en chier, mais tu vas serrer les dents. Et te battre. Compris ?

Ma tirade terminée, un sentiment diffus de gêne m'envahit. Je ne me laisse pas souvent emporter par ce genre de discours véhément. Isaiah hausse les épaules, désinvolte, mettant silencieusement un terme à cette introspection. Je décèle néanmoins dans ses yeux un voile auquel je ne m'attendais pas et cette conversation me laisse un goût amer en bouche. En effet, à mesure que je le côtoie, je m'aperçois qu'Isaiah est loin de n'être que cet ath-

1. Ressens la peur, et fais-le quand même.

lète débile qui ne pense qu'au cul, comme je le soupçonnais. Cette autre facette de lui que je découvre progressivement – plus complexe et torturée – me trouble. Elle me trouble même beaucoup plus que ce que je ne suis capable de le tolérer.

— Je vais y aller, annoncé-je soudainement.

— Ça marche. Bon entraînement, demain, lance-t-il avec son foutu clin d'œil, mi-complice, mi-moqueur.

Au moment de franchir la porte, j'ai une seconde d'hésitation avant de me lancer. Sans bien savoir où je mets les pieds. C'est ce fichu besoin de bien ranger chaque aspect de ma vie dans une case, avec une étiquette, qui me pousse à poser cette question. Ça, et probablement l'envie lancinante de recommencer encore cent fois ce que nous avons pu faire cet après-midi. Impossible de dissimuler ce que j'ai ressenti, l'écho de mes gémissements résonne encore entre ces murs. *C'était trop bon.*

— Tu connais le principe des *sex friends* ? demandé-je très sérieusement.

— Je ne connais que ça, Maddie.

Sa voix est douce, son sourire joueur. Maudit soit Isaiah Wolf.

17

Isaiah

L'entraînement se termine dans la douleur. La séance était consacrée aux attaques et aux feintes. En temps normal, c'est ma force. Là où j'excelle, le critère sur lequel je serai probablement recruté en ligue nationale. Néanmoins, à mon grand désarroi, j'ai senti aujourd'hui que mon genou ne pouvait pas suivre. À plusieurs reprises, j'ai même dû m'arrêter car la douleur était trop vive, trop intense. Mes coéquipiers l'ont remarqué, Dufour aussi, tout le monde l'a vu.

Ça n'a donc pas été une grande surprise lorsque le coach m'a demandé de passer le voir à son bureau dès que je serais changé.

— Wolf, je ne vais pas tourner autour du pot, ça n'a pas l'air d'aller fort. Le premier match de la saison est dans deux semaines. Alors je te le demande : est-ce que tu es prêt ?

— Oui, coach, affirmé-je d'une voix forte.

Rater le match de lancement officiel de la saison ? Même pas en rêve. Manquer le match contre Yale ? Plutôt crever. Je *dois* jouer ce match.

— Wolf, tonne Dufour. Me prends pas pour un con. Je vois bien que ça ne va pas. Si tu veux qu'on trouve une solution, il faut me dire la vérité.

— Je ne veux pas manquer le match, réponds-je, obstiné.

— Je vois. Que disent les kinés ? Tu récupéreras toutes tes facultés ?

— Quel est le rapport ?

Je fronce les sourcils. Dufour me fout la trouille et je n'aime pas du tout le tour que prend cette conversation. Je me sens même prêt à lui tenir tête.

— Il y a beaucoup en jeu, gamin. Cette blessure, elle remet en question ta sélection en NHL en fonction des conséquences à long terme…

— Je sais, l'interromps-je. Pas besoin de retourner le couteau dans la plaie.

— Wolf ! tonne-t-il.

Ses sourcils broussailleux se froncent. Ses traits sont bien trop crispés, son air est grave.

— À court terme, c'est ta bourse pour l'université que ça peut te coûter !

— Pardon ? m'écrié-je. De quoi vous parlez ? Je fais partie de l'équipe, je mérite cette bourse. C'est une menace ?

— Je ne te menace pas, Wolf. Je dis simplement que si tu ne peux plus jouer, tu n'as plus de raison d'être dans l'équipe. Et si tu n'es pas capitaine des Bears, tu n'as plus de raison d'avoir de bourse. Or, si je ne m'abuse, il te reste encore deux ans d'étude. La politique de l'autruche ne sert à rien, Wolf. Je suis là pour t'aider, simplement j'ai besoin d'avoir toutes les cartes en main.

Je suis abasourdi. Mon instinct me trompe rarement alors l'entrevue désagréable avec Dufour, je l'ai vue arriver il y a un moment. Mais ça, non. Je ne pensais pas que mon coach pourrait me faire ça. Trois ans qu'il est à mes côtés, il connaît les sacrifices que j'ai faits pour parvenir à ce niveau, il sait tout ce que le hockey représente pour moi. Alors l'entendre me menacer de supprimer ma bourse universitaire si mon entorse ne guérit pas rapidement, c'est un peu trop dur à avaler. Un coup de massue derrière la tête. Je ris jaune en repensant à la discussion avec Maddison dans ma cuisine. Est-ce que j'ai peur ? Putain, oui, à cet instant je crève de trouille. Le pire, c'est que je n'ai décidément personne à qui en parler.

Je sors de la pièce en claquant la porte. Je pourrais tout péter là-dedans, tant la rage qui s'écoule dans mes veines est brûlante. J'ai envie de lui gueuler dessus encore, à Dufour. De laisser suinter la frustration qui m'a tiraillée pendant six semaines de ne pas chausser mes patins. De gueuler parce que j'ai mal d'avoir mal au genou. Mal aussi qu'il remette en question ma participation aux prochains matchs alors que j'ai fait exactement ce qu'on m'a dit de faire. J'ai fermé ma gueule, j'ai serré les dents et j'ai suivi à la lettre les recommandations des kinés. *Tout ça pour quoi ?*

Cameron et Liam m'attendent à la sortie, le visage inquiet.

— Qu'est-ce qu'il te voulait, le coach ?

— Rien dont j'ai envie de discuter maintenant, grommelé-je. Si vous voulez mon avis, il est temps que je me mette à bosser sérieusement en bio.

Le sourire goguenard de Cameron disparaît vite quand il comprend que je ne blague pas. Liam s'installe au volant de sa voiture pour nous ramener à l'appartement et le trajet se fait dans un silence tendu.

— Je reviens, je vais appeler mon père, annoncé-je en passant la porte d'entrée.

*

Je passe le week-end dans le New Hampshire. Besoin de souffler, de parler sérieusement avec mon paternel, voir un peu les jumelles. J'arrive devant le petit cottage blanc peu avant midi. Deux coups de klaxon suffisent à les faire sortir presque immédiatement en courant. À croire qu'elles regardaient par la fenêtre pour espionner mon arrivée.

— Ice ! m'accueillent-elles en criant.

La vie avec Hope et Faith, c'est un peu comme être bourré : tu vois double et tu entends tout en stéréo en permanence. Parvenues à mon niveau, elles me sautent dessus et comme si nous ne nous étions jamais quittés, comme depuis dix-huit ans, Hope se place à ma gauche, Faith à ma droite. Nous nous enlaçons longuement avant de mettre un terme à ces effusions.

— Papa est là ? demandé-je.

— Il est allé chercher des bûches…, commence Hope.

— … Pour la cheminée. Il ne devrait pas tarder à rentrer, achève Faith.

— Alors vous avez le temps de me raconter les derniers potins de la vie des sœurs Wolf en attendant son retour, souris-je en les prenant par les épaules.

Elles ne se font pas prier et c'est Faith qui donne le premier coup.

— Hope a fait le mur.

— Faith a un copain.

— Hope aussi !

— Faith s'est plantée en maths.

— Hope ne veut pas aller à la fac l'an prochain…

Et ça continue encore et encore, même lorsque nous pénétrons enfin à l'intérieur de notre jolie maison. Bien qu'elle ne soit pas immense, c'est un véritable foyer dans lequel nous avons reçu tout l'amour dont nous avions besoin.

Lorsque maman s'est tirée, les jumelles avaient trois ans, moi cinq. Elles n'ont aucun souvenir d'elle et n'ont jamais manqué de rien, notamment parce que papa a assuré comme un chef. Je me souviens même l'avoir surpris devant des tutoriels vidéo pour apprendre à faire des tresses. Son cœur brisé n'était pas trop abîmé pour nous aimer plus que tout, et nous avons grandi certains d'avoir une place à prendre et un rôle à jouer dans le monde. Ainsi, Faith se voit en grande militante écologiste quand Hope veut brûler les planches de Broadway. Quant à moi, si je suis sûr d'une chose, c'est que je ne prendrai pas le risque de me maquer avec quelqu'un.

— Et toi, Ice ? Tu nous dis pourquoi tu es ici ?

Faith plante ses grands yeux bleus suspicieux dans les miens.

— Pour parler hockey avec papa, affirmé-je.

La jeune activiste lève les yeux au ciel et cette mimique me fait ricaner.

— Quoi ? grogne ma sœur.

— Rien, ça m'a fait penser à quelqu'un, cette façon de lever les yeux au ciel.

— Ah ! Ça y est, on le tient, le sujet intéressant, s'extasie Hope en battant des mains.

Je ne comprends pas son engouement soudain, contrairement à sa sœur de toute évidence, qui vient se poster à côté d'elle. Les poings sur les hanches, le regard inquisiteur, elles me toisent, sournoises, curieuses. De véritables pestes, ces deux-là.

— Elle s'appelle comment ? interroge Faith.

Je les regarde tour à tour avant d'éclater de rire. À mesure qu'elles grandissent, je nous découvre de plus en plus d'affinités et de points communs. Même si je n'ai aucune envie de m'épancher sur ma vie privée avec elles, rien ne pourrait me rendre plus heureux que cette nouvelle complicité avec les jumelles. Alors je cède. *Une info, rien qu'une information à se mettre sous la dent.*

— Maddison, révélé-je.

Mon aveu les laisse sans voix. C'est la première fois que je leur donne un os à ronger, ou, dans le cas présent, un prénom à ressasser.

— Elle est comment ? Blonde ? Brune ?

— C'est qui ?! C'est ta copine ? réagit Hope, tout excitée.

— Non.

— Bah alors, c'est qui ? marmonne Hope, boudeuse.

Je ris en regardant Faith qui fait semblant de mettre deux doigts dans sa bouche.

— Oh ! OK, laisse tomber. Oublie ce que j'ai dit. Je ne veux pas *du tout* savoir qui est Maddison. Beurk.

Elles s'esclaffent et dans ce son strident et suraigu, je les vois telles qu'elles sont vraiment. Entre deux âges. De plus en plus souvent de superbes jeunes femmes pleines d'ambition, parfois encore de gros bébés vraiment casse-pieds.

— Ice, t'es là ? Viens m'aider à porter les bûches ! résonne la voix de mon père.

*

Les filles sont enfermées dans leur chambre, à faire des trucs de filles. Ou des trucs tout court, je n'en sais rien et je ne veux rien savoir, en réalité. Merci de ne pas éclairer ma lanterne sur ce qu'il se passe derrière les portes fermées des jumelles. Jamais. Je frémis. Elles ont des mecs, putain. *Dégueu.* Papa, lui, s'est installé à la table de la cuisine avec une bière, attendant patiemment que je lance les hostilités.

— Tu vas finir par me le dire, fils ?

— Dire quoi ?

— Pourquoi tu es ici.

J'ai un mouvement d'épaules.

— On n'a pas le droit de vouloir voir son vieux, de temps en temps ?

Il se marre en secouant la tête, avant qu'un voile de nostalgie s'empare du bleu de ses yeux, si semblable au mien.

— Raconte ce que tu veux à tes sœurs, ça leur fait plaisir. Moi, je sais qu'un beau jeune gars de ton âge a mieux à faire de ses week-ends qu'aller rendre une visite de courtoisie à son père.

— Je me suis disputé avec le coach. Il a sous-entendu que je pourrais perdre ma bourse si mon genou ne guérissait pas. J'ai pété les plombs et je suis venu. Besoin de te voir, achevé-je en marmonnant.

Le paternel semble accuser le coup. Quelques instants durant lesquels son corps s'affaisse, d'infimes secondes de tristesse avant de se ressaisir.

— Je vois, soupire-t-il. C'est désagréable, mais c'est son rôle, à Dufour. Le mien, c'est de te mettre en garde. Tu es bon, fiston. Quand je te regarde, tu fais vibrer ton père de fierté, et trembler d'excitation le fan de hockey que je suis. Mais dans la vie, fils, c'est trop risqué de tout miser sur le même cheval.

— Ça veut dire quoi, ça ? grogné-je, déjà irrité par la tournure que prend la conversation.

— Ça veut dire qu'il n'y a aucune raison d'abandonner le hockey ou de baisser les bras tant que ce ne sera pas foutu officiellement. En revanche, il est urgent de trouver un filet de sécurité.

— Comme quoi ?

— D'abord, un job alimentaire, histoire d'assurer tes arrières si jamais on supprime ta bourse. Et pourquoi pas, trouver une autre passion. En tout cas, bouffer la vie et profiter de tout ce qu'elle a à offrir, au-delà du sport.

J'arque un sourcil, pas bien sûr de comprendre ce qu'il a en tête. Mon père ne développe pas, laissant planer un silence inconfortable dans la pièce. Je m'impatiente.

— Oh ! Tu peux être plus clair, là, au lieu de jouer les oracles ?

Le vieux ricane.

— Ne laisse pas tes rancœurs et tes blessures te voler ta vie, Ice. Va te trouver un boulot. Apprends à jouer aux échecs. Laisse une place à l'amour.

— Tiercé gagnant, ironisé-je. T'as d'autres super plans de vie, dans ton tiroir, ou je me tire une balle dans le cul tout de suite ?

— Ice ! gronde mon père. Ton langage.

Yeux au ciel.

— L'amour, hein ? répété-je. T'es bien placé pour me faire la leçon, faut dire. Ça transpire le couple épanoui, par ici.

Un voile de tristesse dans le regard, mon père ne baisse pas la tête. *Bordel.* C'est ce qui me trouble le plus chez lui. Sa façon d'assumer sa peine sans trembler, sans rien masquer. Un putain de mec qui porte sa paire de couilles dans une main et ses blessures dans l'autre. Il a beau vivre seul avec ses deux filles, faire la bouffe, les courses, le ménage, essuyer les peines de cœur tout en faisant bouillir la marmite, il transpire la virilité. Moi, je peux bien rouler des mécaniques et me servir de ma queue dès que l'occasion se présente, face à lui je me sens comme un petit garçon qui attendrait impatiemment ses premiers poils au menton.

— Parfois, il faut payer cher ses erreurs pour bien retenir la leçon. Évite d'être aussi borné que moi, Ice. J'ai payé pour plusieurs générations.

Cette fois, il se lève. Fin de la conversation. Je retiens l'essentiel. *Il me faut un job.*

18

Maddison

Je n'ai pas revu Isaiah depuis notre *entraînement spécial*, il y a plus d'une semaine. J'aurais préféré que ça ne soit pas le cas, je crois, pourtant force est de constater qu'il avait raison. Que Hailey avait raison. J'ai beaucoup mieux nagé, toute la semaine. Plus vite, plus fluide, plus gracieux. Invincible. Une sorte de cercle vertueux s'est alors enclenché. Comme dopée à la confiance, j'ai été chaque jour plus spectaculaire que le jour d'avant. Une sensation grisante, étourdissante que j'aurais voulu ne jamais quitter. Je dors beaucoup mieux, aussi. Mes cauchemars sont moins peuplés de noyades, de cœurs arrachés, littéralement dévorés par Julian et Lexie autour d'un feu de camp, mes pieds transformés en palme tandis que je deviens la risée du campus, Lexie qui remporte la médaille d'or aux jeux Olympiques…

Tout était rentré dans l'ordre, les choses étaient enfin ce qu'elles auraient dû être depuis la rentrée. Tout allait bien donc, jusqu'à dimanche. Parce que dimanche, Isaiah n'est pas venu. Je n'avais même pas réfléchi à cette possibilité. J'étais certaine de l'y trouver. Je m'étais préparée, un peu stressée à l'idée de le revoir et parfaitement excitée, impatiente de retrouver ces sensations à peine découvertes. *Mais non.* Pour la première fois en un mois et demi, pas d'Isaiah dimanche. Et comme une fatalité, ma puissance dans l'eau s'est effondrée. L'entraînement était poussif, pénible. Rebelote hier. Jones était furieuse. *Et moi donc.* D'autant que je ne pouvais décemment pas expliquer à ma coach que mes performances étaient moins bonnes parce que je ne m'étais pas envoyée en l'air. Je ne pense pas qu'elle aurait apprécié ce genre d'explications.

J'enrage que mes performances puissent être indexées sur mes relations avec les hommes. Comme un affront fait à toutes les femmes, un pied-de-nez à l'émancipation et à l'indépendance. *Pas le temps de m'appesantir sur la question, on a des qualifications à aller chercher.* Donc je suis là. Plantée devant la patinoire, grelottante à cause du froid tombé sur Brown.

Il sort enfin. Flanqué évidemment de ses deux inséparables, le blond et le brun. Une sorte de *boys band* nouvelle génération qui s'avance avec suffisance dans la nuit. Ils parlent à voix basse et leurs épaules fières, leur morgue naturelle leur confèrent une prestance presque intimidante. *Aucun problème de mojo par ici, c'est certain.*

Enfin, Isaiah m'aperçoit. Ses yeux glacés se plantent dans les miens, Liam et Cameron se tournent vers moi avant de poursuivre leur chemin, tranquillement, tandis qu'Isaiah me rejoint.

— Tu tombes bien, lâche-t-il en arrivant à ma hauteur.

— Tu n'étais pas à la piscine, dimanche.

Je n'avais pas prévu de commencer par là. Je n'avais pas vraiment préparé ce que j'allais dire, en revanche l'attaquer en guise de bonjour n'est probablement pas une méthode recommandée.

— C'est un reproche ? demande-t-il, sourcils froncés et traits tirés.

Je l'observe vraiment pour la première fois depuis qu'il est sorti. Pas de sourire graveleux, pas de sous-entendus douteux, pas de mécaniques roulées. Je n'ai pas en face de moi le même Isaiah que d'habitude.

— Non, un constat, grimacé-je.

— Je t'ai manqué ?

Sa voix est dure. Il n'est pas enjôleur. Pas séducteur. Plutôt… prédateur. Quant à moi, je ne suis pas certaine d'avoir le cœur suffisamment accroché pour me faire bouffer toute crue. Je bats en retraite.

— Écoute, je suis mal placée pour te reprocher ta mauvaise humeur, quelle qu'en soit la raison. Mais je ne suis pas venue pour ça, donc je vais rentrer. Bonne soirée.

— Pourquoi es-tu là ?

Sa main s'enroule fermement autour de mon poignet. Le contact de sa main douce et décidée sur ma peau me fait frémir. Peut-être est-ce juste le froid. *Peut-être*… mais soudain, je n'ai plus envie du tout de faire demi-tour. Je veux que sa main s'échappe ailleurs. Je veux que mon corps exulte et retrouver mon chrono de la semaine dernière.

— J'ai attendu plusieurs jours pour en être certaine, et crois-moi j'aurais préféré que ce soit un hasard… commencé-je.

— De quoi tu parles ? m'interroge-t-il, en plissant légèrement les yeux.

— Mon chrono, Wolf, mon chrono. Je t'assure que j'aurais préféré manger des limaces au petit déjeuner plutôt que d'avoir à le reconnaître, pourtant… j'imagine que tu avais raison.

Ma voix se meurt, plus rocailleuse encore qu'à l'accoutumée.

— À quel sujet ?

Le sourcil relevé, Isaiah ne va pas me faciliter la tâche. Il va falloir que j'explique tout ? Tant pis, j'assume. J'en ai trop besoin pour me rétracter.

— À propos du sexe. Que le sexe n'est pas incompatible avec le sport et qu'il pourrait même être hautement recommandé.

— Je vois… Donc, tu es là pour… ? poursuit Isaiah, un sourire apparaissant enfin aux coins de ses lèvres.

— Du sexe, évidemment, m'agacé-je. C'est bon ? On peut y aller ?

— Tu as mieux nagé ?

— Oui.

— Tant mieux.

Il s'arrête un instant, en hochant doucement la tête. Je m'attendais à devoir affronter un Isaiah jubilant, débordant d'arrogance et de fierté mal placée, mais la version que j'ai sous les yeux me décontenance plus encore. Un modèle ombrageux, plus dangereux, moins chaleureux. Un bloc de glace, c'est ça. *Ice*.

— OK. Allons-y, tranche-t-il.

Sans un mot, je le suis jusqu'à sa voiture. Pas besoin de me dire où il nous conduit, je commence à connaître le chemin.

— Le premier match de la saison a lieu la semaine prochaine, finit-il par dire, rompant ainsi le silence qui avait pris possession de l'habitacle.

— Quel rapport avec moi ? demandé-je doucement.

— Le sexe.

Sa main glisse le long de ma cuisse, prometteuse. Ses gestes ne sont pas pressés, il me laisse même le temps de le repousser si telle était mon intention. *Jamais de la vie*. Ma culotte est déjà trempée, et je ressens pour la première fois qu'il a autant besoin de *ça* que moi. Pour cette raison, à peine sommes-nous parvenus à destination que nous montons dans sa chambre, sans échanger de paroles inutiles.

Aussitôt la porte refermée, Isaiah me plaque au mur et d'instinct, ma jambe s'enroule autour de sa hanche, mon pied planté dans ses fesses pour rapprocher son bassin du mien. Je suis prise d'un irrépressible besoin de me frotter à lui pour soulager la faim qui me tiraille déjà.

— Patience… s'amuse-t-il contre moi en glissant sa main sous mon pull.

— Je ne peux pas…

— Dis-le.

— Je ne peux pas attendre, répété-je, haletante, suppliante.

— Non, dis-moi ce que tu veux.

Comment prononcer ces mots crus que je n'ai même jamais osé penser ? Je n'arrive pas à mettre de l'ordre dans mes pensées, l'érection d'Isaiah me déconcentre, sa main gauche qui s'aventure sur mon flanc tout autant. Entre son index et son pouce, Isaiah capture mon téton et le pince.

— Est-ce que tu aimes *ça* ? souffle-t-il.

La surprise m'arrache un cri, à moins que ça ne soit la douleur. Ou la vague de plaisir et d'excitation qui déferle sur moi. Incapable d'articuler la moindre syllabe, j'opine du chef, presque gênée d'acquiescer.

— Et *ça* ?

Au moment même où il prononce ces mots, ses dents se plantent dans mon épaule. Puis sa langue vient apaiser ma peau agressée. Sous ses lèvres, mon corps s'enflamme. *Pourquoi j'aime ça, bordel ?* Malgré tout, en tirant les cheveux dans le bas de sa nuque, je croque sa lèvre inférieure pour approuver. *Moi aussi, je mords.*

— Et *ça* ?

Il m'observe, tranquille et insolent, pendant que j'attends la prochaine offensive. Soudain, sa main claque contre ma fesse, juste à la lisière de mon intimité, mon dos se cambre et je m'embrase. Tout entière. Le sang afflue dans la zone. Sous ses mains, ses lèvres, je ne suis plus qu'un corps crépitant. Je ne suis plus que chair et matière, peau et muscles. Avec beaucoup, *beaucoup* de terminaisons nerveuses.

— Maintenant, Isaiah. Prends-moi, maintenant.

Mon ton ne doit pas laisser de place à la discussion, car cette fois, il s'exécute. Nos vêtements volent tandis qu'il se protège, puis mes jambes s'enroulent de nouveau autour de ses hanches, Isaiah me soulève ; l'instant d'après, sa longueur me pénètre et me comble. D'une poussée, jusqu'à la garde. À chaque assaut, je crie, je remercie le ciel et sa queue. J'oublie à quoi ressemble mon visage, trop captivée par le sien, déformé par le plaisir. Le muscle de sa mâchoire qui tressaute, son regard ravageur, sa lèvre dans laquelle il mord quand ce ne sont pas mes dents qui y sont plantées. Isaiah dévore ma poitrine et pétrit mes fesses dans des gestes pleins d'ardeur et de dévotion. Il m'empale sur lui avec ferveur, mon dos claque contre le mur, et chaque assaut fait jaillir un nouveau râle de plaisir des tréfonds de mon ventre. Mes ongles plantés dans sa peau, je m'accroche à lui pour ne pas défaillir, et mon bassin roule de plus en plus vite contre son corps, allant chercher toute la virilité de Wolf pour l'enfoncer encore plus loin en moi. Il jure et je supplie. Je jure et il grogne. À mon oreille, ses paroles crues m'embrasent, décuplant l'euphorie délicieuse qui me mène tout droit aux portes de la jouissance. C'est intense, à la limite presque du supportable, jusqu'à ce que l'orgasme nous percute de plein fouet. C'était animal, sauvage, dévorant, libérateur, épuisant. *Bon. Très bon. Excellent, même.* Je suis épuisée, et chancelante. Terrassée, je me laisse tomber sur le lit d'Isaiah, incapable de retrouver mon souffle que j'ai perdu dans ses bras.

*

— Tu as besoin de moi quand ? demandé-je sérieusement, en enfilant mes vêtements.

Isaiah me dévisage, interloqué, avant d'exploser de rire. Il a l'air d'avoir retrouvé en chemin son flegme habituel et ça me rassure plutôt.

— Quoi ? me renfrogné-je.

— Tu as une manière de présenter ça vraiment très…

— Professionnelle ?

Isaiah retient un nouveau fou rire en plantant ses dents blanches dans sa lèvre trop charnue pour mon équilibre mental. Confuse, je pique un fard en m'apercevant de l'énormité que je viens de sortir.

— Terre à terre, corrige-t-il. Quand tu veux, petite sirène. J'ai besoin de toi quand tu veux. Cela dit, mardi soir prochain, ce serait nickel. La veille du match.

S'ensuit une explication pour le moins dépourvue de romantisme sur les rituels d'avant-match des joueurs de hockey. Certains ne peuvent pas jouer sans un bracelet, glissent un bout de tissu ou un papier dans leur équipement, d'autres doivent téléphoner à leur mère... Isaiah a seulement besoin de tirer son coup la veille. *Allons bon, cela ne m'étonne même pas.* Toutes les excuses sont bonnes, pas vrai ?

— C'est OK, réponds-je sans réfléchir. En échange, je te réquisitionne encore le dimanche.

— Il faudra que je nage ? demande-t-il sérieusement.

— Non, réponds-je en me surprenant moi-même à sourire.

— *Deal*, souffle-t-il en se penchant légèrement en avant pour happer mon téton droit à travers le tissu.

Il le mordille légèrement et sa langue s'enroule autour, présage d'autres ébats. Son souffle est chaud, son corps brûlant, ma peau embrasée. Quant à la décharge qui transperce mes entrailles depuis mon intimité jusqu'au creux de mon ventre, elle est d'une violence déconcertante. Encore électrisé, réagissant au moindre contact, mon corps exige d'être comblé sur-le-champ, il est donc impératif que je m'éloigne de lui pour recouvrer mes esprits quelques instants. *Parce qu'il faut qu'on parle.*

— Il faut qu'on fixe des règles, annoncé-je.

Isaiah me regarde, sceptique pendant que je m'agite, farfouille sur son bureau, à la recherche d'une feuille et d'un stylo. Son regard reste posé sur moi – ou plutôt sur mon postérieur toujours à moitié nu.

— Concentre-toi, ordonné-je en claquant des doigts sous ses yeux. Je suis sérieuse.

— Pas besoin de règles, Maddie. Tu te prends trop la tête. On baise quand on veut et *basta*, soupire-t-il en haussant les épaules, l'air néanmoins plus amusé qu'exaspéré.

— Oui, dans les grandes lignes, c'est ça. Mais il faut un cadre précis pour bien fixer les termes de notre accord.

Je m'assois en tailleur sur une chaise, face au lit dans lequel Isaiah est toujours allongé. Il se redresse un peu en calant ses mains derrière sa tête. Le drap tombe et découvre son torse sur lequel mon regard s'arrête. Ses muscles saillants, ses obliques ciselés, ses pectoraux carrés, ses abdominaux dessinés. C'est à la fois une leçon d'anatomie sur les muscles humains et un appel à la tentation.

— Concentre-toi, Maddie, m'imite-t-il. Je ne suis pas qu'un objet.

— Si, justement, affirmé-je.

— OK, comme tu voudras, ricane-t-il en levant les deux mains. Ça me convient très bien.

— Il faut d'ailleurs que ce soit notre première règle.

— Règle numéro 1. Isaiah Wolf est un objet sexuel qui doit être utilisé le plus souvent possible afin de s'assurer son bon fonctionnement, dicte-t-il enjoué.

Règle numéro 1 : Rien que du sexe

Les deux parties s'engagent mutuellement à ne considérer l'autre qu'en tant qu'objet sexuel. Chaque partie s'engage néanmoins à veiller au plaisir de l'autre.

Règle numéro 2 : Satisfait ou remboursé

Si lors d'une rencontre l'une des deux parties n'a pas été satisfaite, elle sera prioritaire lors d'une prochaine entrevue.

Règle numéro 3 : Aucune obligation d'achat

Chacune des parties est libre de refuser de voir l'autre, sans excuse particulière.

Règle numéro 4 : Mandat sans exclusivité

Il est entendu entre les deux parties que leur arrangement n'exclut pas la possibilité de fréquenter d'autres personnes.

Règle numéro 4 bis : Sortez couvert

Il est inenvisageable que l'une des deux parties prenne le moindre risque en matière de contraception.

Règle numéro 5 : Respect de l'intimité

Étant entendu que les deux parties pourraient être amenées à se croiser, il n'est pas interdit de se fréquenter en dehors des rendez-vous sexuels. Néanmoins, il serait inconvenant et tout à fait déplacé de se retrouver lors de tout autre moment intime (dormir ensemble, réunion de famille, etc.).

Règle n° 6 : Rien que la vérité

Afin que l'accord entre les deux parties soit optimal, il est nécessaire que l'honnêteté soit de mise.

Règle n° 7 : Pas de susceptibilité

Pour que chacune des parties trouve du plaisir, aucune susceptibilité ne sera tolérée. Les remarques sur les performances sexuelles de l'autre ne serviront à aucun moment à l'humilier ou à le rabaisser, mais à tirer le meilleur de chacun afin d'atteindre une jouissance maximale.

Isaiah ne prend pas tellement part à la rédaction de cette charte, cependant il accepte de la signer, goguenard.

— C'est très sérieux, Isaiah, je ne rigole pas, boudé-je en croisant les bras sous ma poitrine.

— Je vois, Maddie, que tu prends ça très au sérieux… Je peux te poser une question ?

— Mh ?

— Pourquoi ? On ne pouvait pas juste se dire qu'on baise sans sentiment, point barre ? m'interroge-t-il.

Le silence s'installe le temps que je réfléchisse. Isaiah est visiblement passé à un autre sujet, toutefois je tiens à lui offrir une réponse honnête.

— Non. J'ai besoin que les règles soient inscrites noir sur blanc, j'ai l'impression que ça me protège un peu.

— Te protéger de quoi ? De moi ?

— Pas de toi. De tout ça… je…

Il faut que je reprenne mon souffle, avant que ma voix ne s'éraille dans un sanglot qui me ferait perdre tout amour-propre. Après la brûlure du désir qui enflammait mes entrailles il y a encore quelques minutes, je suis comme tiraillée de nouveau par *l'autre* douleur. Celle qui comprimait ma poitrine, me donnait la nausée, m'empêchant même de me lever certains matins. Cette autre douleur, le revers de la médaille. Le côté face d'une relation. Ce qui arrive quand on rend les armes, quand on accepte d'aimer, de se donner entière, cœur compris, à un être totalement déloyal qui ne se gênera pas pour vous jeter à la poubelle à la première pétasse venue. *Comme une merde.*

— Après ma rupture avec Julian, j'ai décidé de tirer un trait sur les mecs, expliqué-je laconique. Sexe compris. Alors j'ai bien compris que ça ne servait à rien de me passer d'orgasme, mais hors de question de prendre le moindre risque sur… *le reste.*

Le rire d'Isaiah envahit sa chambre. *Il est insupportablement beau, hein, même quand il se fout de moi.* Je me prends à rêver que je lui casse ses dents parfaitement blanches en lui envoyant un uppercut bien senti. Ça rendrait peut-être sa beauté un peu plus tolérable ?

— Qu'est-ce qu'il y a de drôle, encore ?

— Tu es en train de me dire que tu m'as fait signer cette putain de charte parce que toi, Maddison Andrews, tu as peur de tomber amoureuse de moi ?

— Mais t'es malade ou quoi ? Ce n'est pas *du tout* ce que j'ai dit ! m'insurgé-je.

L'air dubitatif, Isaiah hoche la tête en me dévisageant, un sourire sarcastique plaqué sur les lèvres. *Bah oui, ce n'est pas ce que j'ai dit, c'est vrai.*

— Comment tu peux être si sûr que ça ne t'arrivera pas, à toi ? renchéris-je.

Qu'est-ce qui me passe par la tête en évoquant cette option, qui n'est même pas une possibilité dans l'esprit de Wolf ?

— Laisse tomber. Je ne sais même pas pourquoi j'ai dit ça. J'imagine qu'il n'y a aucun risque que tu tombes amoureux de ton côté.

— En effet…

Je suis mortifiée. Non seulement j'ai admis à demi-mot que je pourrais tomber dans le piège du loup, mais, comme si ça ne suffisait pas, je l'oblige à m'avouer que je ne lui plais pas du tout. Enfin, pas plus que ça, juste pour du sexe. *Peut-être même n'y prend-il pas autant de plaisir que moi ?*

— Fais pas cette tête, Maddie, soupire Isaiah.

— Quelle tête ?

— La tête de la fille vexée.

— Je ne le suis pas. Je savais pertinemment que je n'étais pas ton genre, je te l'ai déjà dit.

Un silence gêné s'installe. Gênant. En secouant la tête, Isaiah passe la main sur son visage, l'air soudain bien las.

— Tu es tout à fait mon genre, souffle-t-il en glissant un doigt sous mon menton pour que je redresse la tête. C'est juste que je ne tombe pas amoureux, Maddie. *Jamais.*

J'ose à peine respirer. Mon cœur, ce traître, s'est emballé à la seconde où, les yeux plantés dans les miens, Wolf a dit que j'étais son genre. *Cela fait de moi quel genre de fille, au fait ?* Quant à mon cerveau, il n'a qu'une envie : découvrir pourquoi Wolf a tiré un trait sur l'amour.

19

Isaiah

Il nous faudra un peu plus d'une heure et demie de route pour rejoindre Yale. New Haven, Connecticut. Dans le bus, le coach nous briefe une dernière fois avant de nous foutre la paix. Les visages sont tendus. Ils traduisent le stress, le trac, la concentration des joueurs. Même Cameron se dispense de faire le mariole au fond du bus. AirPods dans les oreilles, il s'enferme dans sa bulle, rituel d'avant-match.

— T'étais où hier soir ? me demande Liam, assis à ma gauche.

— Dans la piaule de Maddison, sur le campus.

Liam hoche la tête. Pas besoin d'en savoir plus, il se doute que je n'ai pas joué au Scrabble. Par ailleurs, en deux ans, il a largement eu le temps de remarquer que c'est *ça*, mon rituel d'avant-match à moi. En revanche, que ce prénom revienne de plus en plus régulièrement – voire revienne tout court – pourrait l'étonner. Si c'est le cas, il n'en dit rien.

— Ton genou ? Ça va ?

Je grogne. Qu'on ne vienne pas me prendre la tête avant le premier match de la compétition avec ça.

— Ouais, finis-je par lâcher.

Il faut que ça aille, de toute façon. Ma visite chez mon père, la semaine dernière, a eu le mérite de remettre les points sur les i. D'abord, tant qu'on n'est pas mort, on est debout. Proverbe paternel. Je n'en suis pas convaincu à 100 %, néanmoins mon père s'est accroché à cette maxime inventée de toute pièce pour se lever chaque matin et ça a plutôt bien marché. Le brave homme est non seulement toujours debout, mais semble même avoir retrouvé le goût de vivre. Ensuite, on se prépare à la suite en ne mettant pas tous ses œufs dans le même panier. Proverbe paternel bis. Conclusion : je joue tout ce que j'ai à jouer, chaque match comme si c'était le dernier, en travaillant mes cours d'arrache-pied et en me cherchant un travail à côté. *Au cas où.*

Un travail alimentaire ne couvrira pas les frais universitaires comme une bourse, mais améliorera mon dossier pour contracter un prêt auprès des banques. Bref, je pensais retrouver un peu de temps libre en étant libéré de la rééducation à la piscine, c'est raté. Dernier point : on y va quand même, même si on a peur. Celui-là est gravé sur le corps de Maddison et je ne me lasse pas de le regarder. On dirait qu'il a été écrit pour moi, ce putain de proverbe. *Et elle, qu'est-ce qui lui fout la trouille à ce point ?*

J'imagine que ça devait se passer comme ça. On ne peut pas rester un jeune con pour toujours en vivant éternellement insouciant, si ? Ça finira bien par nous arriver à tous, la réalité de la vie qui revient en boomerang dans ta face. Même dans celle de Cameron. Liam, c'est différent. Il s'est déjà mangé suffisamment de merde pour avoir le droit de souffler un peu.

Le panneau de signalétique nous indique que nous sommes arrivés dans le Connecticut. L'excitation monte d'un cran. Chacun, pour des raisons qui lui sont propres, veut en découdre avec Yale en frappant un grand coup.

Liam, Cameron, les trois joueurs de dernière année et moi, on veut marquer les esprits… et les recruteurs. Se faire une place dans leurs petits papiers quand notre moment sera venu. Les nouveaux, eux, veulent trouver leur place. Se faire respecter au sein de l'équipe en s'inscrivant dès leurs premières sorties comme les étoiles montantes de Brown. Parce qu'avant l'an dernier, Brown n'était pas parvenu en finale du tournoi de la NCAA depuis 1951, et n'a jamais gagné le Frozen Four. Voilà que nous faisons à présent figure d'ultra-favoris. Nous nous *devons* d'être à la hauteur. De notre talent et des espoirs qui pèsent sur nos épaules.

— Vous êtes chauds, les Bears ?

Je lève mon cul du siège et traverse l'allée centrale du bus pour reprendre mon rôle de capitaine. Motiver les gars, leur insuffler la confiance suffisante et la rage nécessaire pour jouer un grand match. Aucun doute, ils sont chauds. Le coup d'envoi sera donné dans deux heures. En attendant, nous avons l'autorisation de nous échauffer et de nous entraîner sur la glace de Yale.

Dans les couloirs, nous croisons les joueurs que nous affronterons bientôt. Les paroles prononcées sont polies, les regards échangés furtivement déjà noirs et furieux. Dans quelques heures, nous serons devenus les animaux qui ont donné leur nom à nos équipes respectives : la puissance implacable des ours[1] contre la ténacité féroce des Bulldogs[2]. Tous boostés par l'hormone mâle et l'adrénaline, nous chercherons à provoquer l'équipe adverse, à la pousser dans ses retranchements pour coller les meilleurs joueurs sur le banc de pénalité.

*

Il ne reste plus que cinq minutes de match et nous sommes au coude à coude. Trois partout. *Ils sont bons, ces enfoirés.* Nous aussi, mais ça ne suffit pas. On doit être meilleurs. Sur le banc, je trépigne comme un con que ma pénalité soit levée. Je piaffe d'impatience de retourner jouer pour marquer le foutu but qui nous permettra d'arracher la victoire. Avec les dents, s'il le faut.

Ça y est. Propulsion, explosion, les entraînements de Dufour portent leurs fruits, je suis une flèche. Increvable. Je souris, flamboyant, arrogant derrière mon protège-dents. Liam m'a vu, il s'élance pour aller récupérer le palet que ce tocard de Mc Floyd ne veut pas lâcher. *Putain.* Après un duel tendu dont les épaules des joueurs se souviendront quelques jours, le palet est enfin dans la crosse de Liam. Je sais qu'il ne laissera pas filer notre chance, c'est donc à moi de jouer. Sa crosse glisse, la rondelle file vers moi, je récupère. C'est rapide, précis, la surface de la glace jaillit à mesure que j'avance, et je tire.

Beaver, leur gardien de but, n'a le temps de rien. Il m'a à peine aperçu que le palet surgit à sa droite. Ma

1. Référence au Bears (« ours », en anglais), nom de l'équipe de Brown.

2. Nom de l'équipe de hockey de Yale.

crosse n'est pas encore redescendue que la rondelle s'est déjà enfoncée contre le filet. Je marque. 4-3.

Il ne reste plus que deux minutes de jeu. C'est à la défense d'assurer, maintenant. Rodés, ils savent ce qu'ils ont à faire. Les milieux de terrain jouent aux cons pour déconcentrer l'équipe de Yale. Smith, leur joueur vedette, le meilleur probablement de notre génération, voit rouge. Marqué par trois des nôtres, il s'agace, commence à partir méchamment au contact. Même s'il est trop intelligent pour aller se bouffer une pénalité maintenant, il est suffisamment gêné pour jouer les dernières secondes comme il devrait.

Ça sonne.

C'est fini.

Les Bears remportent la première rencontre de la saison.

J'arrache mon protège-dents et me laisse glisser vers Cameron et Liam. Cette victoire, on se la devait. C'est décidé, on va jouer chaque match comme ça. Comme on se l'est promis. *Pour graver nos trois noms dans l'histoire de Brown.*

*

Si l'on avait joué à domicile, nul doute sur le fait qu'on serait allés boire jusqu'à plus soif toute la nuit pour fêter ça. Toutefois, le sas de décompression du bus nous fait tous redescendre. À l'arrivée, chacun n'a qu'une envie, se foutre au pieu et soigner ses blessures. Pour moi, ce sera poche de glace sur le genou qui m'élance méchamment et pommade sur les ecchymoses, merci. Liam a été salement amoché aussi. Seul Cameron s'en sortira demain avec quelques courbatures. Si on lui demandait, je suis certain que lui serait plutôt partant pour aller au bar.

— Je pense que je vais sortir boire une bière, les gars. Ça me ferait trop chier de ne pas fêter ça. En plus, j'ai beaucoup trop de testostérone pour ne pas en profiter, nous annonce-t-il en souriant largement, fier de sa vanne.

Qu'est-ce que je disais ! Cameron trouve un ou deux partenaires de beuverie chez les « première année » qui se rendront vite compte qu'il est surtout parti chercher une jolie nana avec qui passer le reste de la nuit.

Je suis couché depuis dix bonnes minutes, mes yeux commencent déjà à se fermer lorsque mon téléphone vibre.

[Alors ? Ce match ?]

Le numéro est inconnu, pourtant je n'ai aucun doute sur l'expéditeur de ce message. Qui d'autre pourrait m'envoyer un message à cette heure-ci pour me demander le résultat du match alors qu'il est accessible partout ?

Je suis d'ailleurs étonné qu'elle l'ait fait, enfreignant probablement une ou deux de ses sacro-saintes règles à la con qu'elle a tenu à rédiger la semaine dernière. *Si ça peut lui faire plaisir*. Moi, tant qu'on baise sans prise de tête – enfin autant que faire se peut, parce qu'avec Maddie, ce n'est jamais totalement relax –, ça me va. Ma seule règle, jusqu'à présent, c'était de ne pas remettre le couvert avec une fille et je l'ai déjà enfreinte, alors au point où j'en suis…

J'hésite à la faire poireauter jusqu'à demain. Si ça l'intéresse vraiment, elle n'a qu'à regarder sur Internet.

[Chaque jour prouve que j'avais raison.
Pas de victoire sans sexe.]

[L'aphorisme vaut ce qu'il vaut, mais ne signifie pas nécessairement que s'il y a sexe, il y a victoire.]

[Tsss. Maddie, Maddie, Maddie. Je suis un joueur de hockey
aussi talentueux qu'un *sex friend* spectaculaire.
Bien sûr qu'on a gagné.]

Elle ne répond plus. Je visualise très bien sa mine renfrognée, ses yeux levés vers le ciel, son soupir d'agacement. *Qu'est-ce que c'est jouissif, de faire chier Maddison Andrews !* Je me marre tout seul en pensant que les mots « jouissif » et « Maddison Andrews » vont décidément trop bien ensemble ces derniers temps, avant de sombrer dans le sommeil.

20

Maddison

— Oh là laà ! quelle idée de merde ce week-end des familles, râlé-je assise en tailleur sur le lit de Hailey.

Elle jette la tête en arrière, secouée d'un grand rire.

— C'est surtout une drôle d'idée de ta part de les avoir prévenus ! Regarde, moi je n'ai rien dit. Résultat, pas de contraintes ! jubile-t-elle.

— Hors de question que tu t'en sortes si facilement. Josh t'adore ! En plus, si tu es là mes parents n'oseront pas me harceler. Donc c'est décidé, nous avons voté à l'unanimité avec moi-même : tu passes le week-end avec nous.

Hailey secoue la tête en agitant le doigt. Elle veut me faire enrager, elle adorerait même que je la supplie, mais je sais d'avance qu'elle finira par passer du temps avec nous. Parce qu'elle a beau dire le contraire, sa famille lui manque. Ou plutôt l'idée d'une famille lui manque. Elle n'a pas parlé de ce week-end à ses parents, simplement parce qu'elle connaît si bien leur réaction d'avance qu'elle préfère s'épargner une énième déception. Ils se moquent de ces événements et n'y prennent part qu'en de très rares occasions, trop occupés, sans doute, à se déchirer pour s'intéresser à leur enfant. Deux ans que dure ce petit manège. C'est le départ de Hailey qui a mis le feu aux poudres dans le couple, et depuis leur famille implose. Alors quand, de temps en temps, ils se souviennent qu'ils ont une fille, c'est surtout pour lui jeter la pierre d'être partie. *Comme s'il fallait qu'elle s'excuse de vouloir vivre sa vie. Qui se contenterait d'être un pansement sur les failles de l'existence de ses parents ?*

Bref. Hailey aime mes parents et mon frère. Elle adore nos disputes, nos tensions, notre amour. Donc elle sera là. Pas tout le temps, parce que ce serait bizarre, que mes parents trouveraient ça suspect – comme si j'essayais de leur dissimuler un secret honteux, ou que sais-je ? –, suffisamment quand même pour que je ne passe pas tout le week-end sous pression. D'autant que je ne pourrai pas avoir recours à mon nouveau traitement contre le stress, communément appelé Isaiah Wolf, disponible partout sauf en pharmacie. *Isaiah Wolf à l'horizontale. Isaiah Wolf à la verticale, mais muet. Bref. Isaiah Wolf à poil.*

— D'accord… C'est bien parce que c'est toi. Je passerai un moment avec vous samedi, concède Hailey.

— Et dimanche.

— Vendu. En revanche, pas le dîner de samedi soir.

— Qu'est-ce qu'une étudiante normale pourrait bien avoir de mieux à faire un samedi soir que passer la soirée avec la famille de sa meilleure amie, dis-moi ? ironisé-je.

— Avec Liam, on a prévu une contre-soirée des orphelins, m'annonce-t-elle pourtant, très premier degré.

— Bah ? Tu n'es *pas* orpheline, m'offusqué-je.

— Peut-être pas officiellement mais Liam oui. Il m'accepte dans son club samedi soir, vu que mes parents sont nuls et aux abonnés absents.

Je trouve quand même la comparaison grossière encore que si ça permet à Liam de ne pas se trouver seul samedi soir, tant mieux. *Je ne savais pas qu'il avait perdu ses parent*s. Réflexion faite, comment aurais-je pu le savoir alors que j'ignore tout de la vie du type avec qui je couche plusieurs fois par semaine ? Même si je suis la première à avoir voulu instaurer des limites entre nous, l'idée de ne rien savoir d'Isaiah me file le vertige. *Peut-être qu'il faudrait que je lui demande, quand même.*

— Hailey ? Tu crois que c'est important de connaître certains pans de la vie des gens avec qui tu t'envoies en l'air ? demandé-je.

La question paraît atrocement naïve et je me maudis de me sentir obligée de demander ça. De quoi j'ai l'air, maintenant ? Maddie, la fille qui a même besoin d'un manuel *Sex friends pour les nuls.*

— Tu veux dire en général ou dans le cas d'Isaiah et toi ?

Assise en face de moi sur sa chaise de bureau, Hailey mâchouille un chewing-gum en refaisant sa manucure. Je suis admirative de ces gestes experts et précis, de sa délicatesse et sa patience. Moi, c'est bien simple, j'ai à peine le temps d'appliquer le vernis sur une main que déjà un corps étranger, une poussière, mes cheveux, n'importe quoi, vient se coller sur la pâte encore molle pour tout faire foirer.

— Euh, les deux ? hésité-je, peu rassurée à l'idée qu'elle puisse faire la différence entre le cas général et ma relation avec Wolf.

— Moi, je demande rarement à ceux avec qui je m'envoie en l'air quelle est leur couleur préférée…

— Mais ?

— Mais… dans le cas d'Ice et toi, je trouve bizarre, en effet, de se voir autant sans se parler. Je n'arriverais pas à faire ça, je crois, conclut-elle.

— On ne se voit pas tant que ça, marmonné-je. Donc… Quelle est ta conclusion ?

— Rien, Maddie ! Arrête un peu, il n'y a pas de règles, pas de normes et surtout rien de gravé dans le marbre. Si ça te convient, très bien. Si ça ne te convient plus, tu lui poses les questions que tu veux. Tu verras s'il répond !

Dit comme ça, c'est vrai que je me prends beaucoup trop la tête. Pour ma défense, néanmoins, je n'ai pas d'autres choix que de segmenter chaque aspect de ma vie et de tout réglementer afin que rien ne dépasse. C'est ma manière à moi de ne pas me laisser dépasser par les événements. Ainsi, en verrouillant tout à double tour, je suis certaine de ne prendre aucun risque inconsidéré, notamment en ce qui concerne les sentiments amoureux. Lorsque Julian a débarqué par surprise, grisée, je me suis laissé aveugler alors que j'aurais mieux fait de me fixer des limites. À l'instant où je suis tombée amoureuse, j'aurais dû savoir que j'étais foutue. Lui accorder ma confiance a été une erreur monumentale que je ne commettrai pas à nouveau, avec aucun autre. Si c'est pour finir dévalorisée, humiliée, piétinée même, je préfère me passer des quelques moments d'euphorie glanés avant l'inévitable drame. Le plan est donc simple. Désormais, je compartimente et si d'aventure je devais me sentir flancher, je prendrai la tangente sans me retourner. *Point barre.* Ceci dit, Hailey a peut-être raison, et ça ne sert à rien de me monter le bourrichon. C'est Isaiah, alors même si je lui demande quel parfum de glace il aime ou la situation familiale de ses parents, aucun risque de glisser sur un terrain dangereux.

[Hello. On se voit ce soir, avant le week-end des familles ?]

Mon téléphone vibre presque instantanément et je me surprends à m'en réjouir *vraiment*.

[Pas possible. Je suis pris. On se voit la semaine prochaine.]

Comment ça, *il est pris ?* Pris par quoi ? Par qui ? Hailey, vexée que je ne l'écoute plus depuis déjà quelques secondes, se penche en avant pour lire la conversation avec Isaiah, toujours ouverte sur mon téléphone. Contre toute attente, ou plutôt exactement comme Hailey réagit toujours dans ce genre de cas, elle me dévisage avant d'éclater d'un rire joyeux et franchement moqueur :

— Tu es jalouse !

— N'importe quoi.

— Si, tu es jalouse parce que tu ne peux pas t'empêcher de te demander ce qu'il fait ce soir !

Je marmonne, trop froissée pour lui donner raison officiellement. Je ne suis pas *jalouse* à proprement parler. Je suis juste… étonnée. Voilà, c'est ça. Cela dit, Isaiah a, en effet, tout à fait le droit de faire ce qu'il veut avec qui il veut tant que la règle intangible de la contraception est respectée, cela coule de source.

— Bonne nouvelle pour toi, j'accepte d'être ton plan B ! fanfaronne Hailey.

— Hein ? Ah, oui, j'y suis. Très bien, et qu'est-ce qu'on fait ?

— La fête, Maddie ! Par contre, je te préviens, pas de Virgin Mojito entre nous. Je connais ta technique mais tu n'as pas de compétition de natation dans les prochains jours. En plus, j'ai cru comprendre que tu nageais vite et bien depuis quelques semaines, il est donc hors de question que je sois la seule à m'amuser ce soir. Conclusion : *tu bois !*

*

Et j'ai bu. Cela fait même plusieurs heures que nous sommes dans un bar, et j'ai consommé plus d'alcool que de raison. Ce n'est pas la première fois, bien sûr, sauf que cela reste suffisamment rare pour que je sois encore étonnée du sentiment que cela procure. J'en suis à ma deuxième couche de vêtements retirés, me trémoussant sur le dernier tube à la mode tout en disputant une partie de fléchettes avec de parfaits inconnus. Même la petite voix qui traîne toujours dans un coin de ma tête pour me rappeler à l'ordre – comprendre ma vie réglée au millimètre près – semble avoir disparu. Et ça ne me fait même pas flipper. C'est grisant. Je suis libre, j'ai vingt et un ans et je m'éclate. C'est aussi simple que ça.

— Maddie ! Regarde, il y a ton mec qui vient d'entrer ! s'exclame Hailey, passablement éméchée elle aussi.

En me retournant vers la porte, je suis aussitôt projetée dans le regard lagon d'Isaiah. Les trois cocktails ingurgités plus tôt dans la soirée m'ont fait oublier ma jalousie-entre-guillemets, ce qui explique que je ne prenne même pas la peine de corriger Hailey. *Parce que soyons bien claires, Isaiah* n'*est* pas *mon mec.* Je lui offre tout de même un sourire resplendissant en continuant à me dandiner en rythme, mes fléchettes à la main, dans une sorte d'invitation lascive et silencieuse à s'approcher, certaine que c'est ce qu'il va faire. Au moins pour me saluer.

Eh bien non.

Non seulement Isaiah ne s'approche pas, mais je remarque rapidement qu'il est suivi de près par une superbe brune. Le genre de fille à vous filer des complexes en un temps record. Non contente d'accompagner le plus beau mec du bar – *en toute objectivité* –, elle vient même se nicher dans son bras pour murmurer à son oreille juste avant qu'ils ne s'approchent du comptoir. Je ne suis toujours pas jalouse. *N'est-ce pas ?* Néanmoins, cela devient de plus en plus difficile de garder la face. J'ai conscience que mes hanches ne sont plus en rythme, je me sens gauche, pataude. Je suis de nouveau la Maddie pas très à l'aise avec son corps, maladroite et pas assez rigolote au pieu pour que son mec ne la trompe pas avec la première venue. Évidemment, comment aurait-elle pu partir bien loin aussi rapidement ? Le pire ? Je suis incapable de détourner le regard alors qu'Isaiah, qui ne peut pas ne pas m'avoir vue, fait comme si je n'existais pas. Son dédain me cisaille le bide.

Il peut baiser qui il veut, mais ne pas me dire bonjour ? C'est quand même très grossier, non ?

À moins qu'il cherche à n'enfreindre aucune règle ? Mais enfin, un sourire, ça n'a jamais tué personne. Il est obligé de se comporter comme le dernier des trous du cul ?

Il veut jouer ? Très bien. Jouons.

Je m'approche, toujours à contretemps, du mec le plus mignon avec qui je jouais encore quelques minutes auparavant. Il n'a pas l'air contrarié que je me frotte à lui parce qu'il se moule immédiatement dans mon dos, les mains posées sur mes hanches. Ce type dont je ne connais même pas le nom n'est pas désagréable, mais je me hais de rentrer dans son manège. Je me déteste de me servir de lui pour essayer de rendre jaloux Isaiah qui n'en a, en plus, rien à secouer. De temps en temps, je crois sentir son regard posé sur moi, ça me revigore, je crois tenir ma – petite – vengeance. Puis, je tourne la tête pour vérifier… et rien. Il est toujours plongé dans sa conversation avec Bombastic. Cette danse que j'aurais voulue sensuelle devient de plus en plus pénible alors je finis par m'écarter avec un sourire contrit. Le summum de mon humiliation est atteint lorsque le couple de gravures de mode se dirige vers la sortie sans, bien sûr, m'accorder le moindre intérêt.

— Il ne sera pas resté longtemps, sifflé-je à l'attention de Hailey. Au moins, je suis fixée sur ce qu'il avait prévu de faire ce soir.

Pour une fois, ma meilleure amie ne sait pas quoi dire et reste muette. Je profite de son silence pour aller faire un tour au bar afin de commander une tournée de shots. En pleine discussion avec un inconnu, elle ne m'a pas suivie. Tant pis pour elle, la tequila est délicieuse, je m'enfile sa dose.

— Maddie, je crois qu'il est temps de rentrer, maintenant.

— Je commence à peine à m'amuser ! Le meilleur est à venir, bredouillé-je en dansant sur la piste.

J'ai les bras en l'air, mon corps est moite, mes cheveux collants, et je noie ma colère dans les notes de musique – *peut-on vraiment qualifier ce boucan de musique ?* – qui s'échappent des enceintes.

— Non, là, Maddie, tu es juste bourrée et tu vas me tuer demain si je ne mets pas fin à ce spectacle maintenant. Donc, je te ramène, ordonne-t-elle en glissant sa main dans la mienne pour me guider vers la sortie.

— Tu m'aimes, Hell ?

— Oui, Maddie. Je t'aime, tout va bien.

— Tu me fais confiance ?

— La plupart du temps, oui. En revanche, dans ton état, pas du tout. Je te mets dans un taxi et j'attends ton message quand tu seras au lit.

Le taxi rose – signe qu'il est réservé aux femmes – arrive quelques minutes plus tard. Hailey se charge d'indiquer à la conductrice l'adresse de ma résidence avant de s'engouffrer elle-même dans une autre voiture.

— Hé ! J'ai changé d'avis. Nous allons plutôt aller là, déclaré-je en montrant une adresse sur le GPS de mon téléphone.

— T'es sûre, ma belle ? Ce serait plus raisonnable de rentrer directement, sourit mon chauffeur féminin.

— Ouais, je vois, vous vous êtes toutes passé le mot. On fait un *deal*, OK ? Tu me déposes à cette adresse et tu m'attends cinq minutes devant, d'accord ?

La jeune femme au volant tourne légèrement la tête vers moi avant d'acquiescer brièvement. Le temps du trajet, je tente de lui raconter comment j'en suis arrivée à me rendre chez mon *sex friend* en plein milieu de la nuit, dans un état d'ébriété avancé, même si je reconnais volontiers que mes explications semblent un peu confuses. *C'est bizarre, mais plus je parle, moins je la sens convaincue par mon plan.*

Enfin nous arrivons. Je grimpe en titubant les quelques marches du perron avant de frapper à la porte. L'idée de réveiller toute la maisonnée ne m'a pas traversé l'esprit. Au pire, si je tombe sur Cameron et qu'il est disponible… *Hein ?* Je n'ai pas le temps de divaguer plus longtemps, la porte s'ouvre.

— Évidemment, grogné-je.

La brune de tout à l'heure se tient face à moi, en débardeur et shorty noir. Sa queue de cheval virevoltant derrière sa tête, ses jambes divinement fuselées, et ses seins refaits, je ne vois pas d'autre explication. Je la reluque sans gêne, afin de bien imprimer dans mes rétines tout ce que je ne serai jamais.

— On se connaît ? demande-t-elle en me dévisageant, l'air peu avenant.

— Je…

— Faith ? Tout va bien ?

Je ne sais pas ce que je m'apprête à dire lorsque je manque de défaillir en voyant apparaître dans l'encadrement de la porte une autre brune sculpturale. La copie conforme de la première. Même chevelure soyeuse, même bouche en cœur, même poitrine plantureuse, même teint hâlé. *Même putain de shorty sur jambes beaucoup trop longues.* Cette fois, c'est clair, Isaiah Wolf avait mieux à faire ce soir car il avait prévu un plan à trois avec des jumelles. *Quel gros salaud de pervers !*

Il est temps de mettre un terme à mon humiliation. Mon bafouillement est inintelligible puis j'essuie des larmes d'alcool et de rage en m'enfuyant au pas de course pour rejoindre mon taxi rose qui a au moins eu la bonté de m'attendre. *En voilà une qui risque de bien se marrer lorsque je vais lui raconter ce que j'ai trouvé derrière la porte.*

De toute façon, c'était évident que je n'allais pas satisfaire Wolf et ses besoins de sexe. Cela semble même parfaitement logique, quand j'y pense. Julian était un coup moyen qui m'a trompée avec ma colocataire. Une nana un peu vulgaire qui sent le parfum capiteux de supermarché. Isaiah est un expert qui pour être comblé va se dégoter une paire de jumelles foutues comme des déesses. Julian Morris, une pétasse. Isaiah Wolf, deux Lara Croft. C'est une formule mathématique simple, pourtant. Alors moi, pauvre fille bourrée, ridicule, aux cheveux ternes et plats, aux courbes plus normales qu'affriolantes, comment ai-je pu penser que je suffirais au dieu du clitoris et au roi des connards ?

Isaiah voulait jouer, et c'est moi qui ai perdu. Encore. Parce que je ne suis ni drôle ni délurée. Ni une *pornstar* ni une *supermodel.* Une *girl next door* tout ce qu'il y a de plus rébarbatif et banal. Mais est-ce que cela justifie vraiment que tous ces enfoirés parviennent à la même conclusion ? À savoir que je mérite si peu de respect qu'ils peuvent juste me balayer d'un revers de manche sans la moindre considération ? Wolf aurait pu me le dire. Il aurait dû m'en parler. Prendre son courage à deux mains pour m'informer que c'était sympa mais qu'on s'arrêtait là. Un truc propre, sans trémolo ni mépris. Mon ego en aurait peut-être été égratigné, mais j'aurais compris. Désireuse de conserver mon amour-propre intact, j'aurais acquiescé, remercié pour les quelques parties de jambes en l'air mémorables avant de lui serrer la main et disparaître de son champ de vision.

Demain matin, j'aurai mal à la tête, un goût de ferraille dans la bouche et les yeux gonflés d'avoir pleuré trop de larmes saveur Mojito. Vraiment, la combinaison idéale pour accueillir ma famille.

21

Isaiah

— Quoi ? m'écrié-je devant mon café, les yeux encore à moitié collés du sommeil dont je peine à émerger.

— Je ne sais même pas lequel d'entre vous elle était venue retrouver, on n'a eu le temps de rien dire, se défend Faith.

— Elle est partie en furie en nous voyant, s'esclaffe Hope.

— Heureusement qu'aucun d'entre vous n'a de relation suivie…

— … sinon vous auriez eu droit à une scène de ménage en bonne et due forme.

Ce matin, leur manie qu'elles ont de terminer les phrases l'une de l'autre m'exaspère au plus haut point. Mon regard navigue entre elles deux, comme si je suivais une partie de ping-pong. Pour une raison que j'ignore, j'ai un sale pressentiment. Je sens que c'est pour ma gueule.

— C'est quoi cette tronche, Ice ? m'interroge Cameron en entrant dans la cuisine. Mesdemoiselles, bonjour, ajoute-t-il en observant les jumelles.

La voix suave qu'il prend pour s'adresser à elles me hérisse le poil. *Même pas en rêve, crétin.*

— Il y a une nana qui est venue sonner chez vous cette nuit… commence Hope.

— … et c'est nous qui avons ouvert, termine Faith.

— Les risques du métier, se marre Cam. Elle était comment ?

— Blonde.

— Bourrée.

— Jolie.

— Probablement une sportive, vu comment elle était gaulée.

— Clairement énervée.

— Maladivement jalouse.

C'est pour ma gueule. Ça ne peut être que Maddison. Vu son état hier au bar, et les éclairs de feu que ses yeux lançaient quand elle m'a aperçu avec Faith, aucun doute n'est possible. Même si je n'ai rien fait de mal, même si les règles qu'elle a tenu à fixer elle-même n'interdisent rien, ça va me tomber dessus, c'est sûr. Pourtant, elle avait l'air bien occupée quand je suis arrivé. Drôlement jolie dans son ivresse, son corps délié qui ondulait dans un rythme connu de lui seul, comme une invitation à venir écouter sa musique. *N'importe quoi. Je délire sévèrement.* Et puis le type contre lequel elle se frottait, c'était qui ? Est-ce que je suis allé faire un scandale, moi ? À moins que tout ça n'ait été qu'une mise en scène minable pour se venger de la présence de Faith ? Et après avoir découvert les jumelles à la maison, où est-elle allée ? A-t-elle rejoint le mec du bar ? *Arrête de gamberger, mon vieux. Aucun intérêt.*

— Aucune importance, grommelé-je. Personne ici ne doit quoi que ce soit à qui que ce soit. Le sujet est clos.

Les jumelles haussent les épaules alors que Cam m'adresse un sourire narquois. À ce stade, lui aussi a probablement compris de qui il s'agissait.

— Alors vous êtes venues seules ? demande Cameron en s'asseyant devant son bol de céréales.

— Papa n'était pas dispo…

— Il nous a envoyées pour lui faire un rapport complet sur la vie dissolue d'Isaiah…

— Et toi, Cameron ? Tu rejoins ta famille aujourd'hui ? questionne Faith en battant des cils.

— Ils arrivent en fin de journée. Si vous avez besoin d'un guide pour vous faire visiter Brown, mesdemoiselles, je suis votre homme.

Même si Cameron roule des mécaniques et que les jumelles flirtent ouvertement avec mon pote, je sais que personne ne bougera le petit doigt. J'ai une confiance absolue en lui. Quant aux filles, elles sont assez intelligentes pour ne pas s'approcher trop près du feu. Alors même si toute cette scène m'exaspère, je ferme ma gueule. J'ai d'autres chats à fouetter ce matin.

*

Maddie n'a répondu ni à mon message ni à mon appel. J'en tire donc la conclusion qui m'arrange, à savoir qu'on s'en fout. Si je ne suis pas un salaud, je ne suis pas non plus un saint, un canard ou tout ce qu'on voudra. *On couche ensemble, c'est tout.* Maddison a tenu à écrire noir sur blanc qu'on pouvait aller voir ailleurs, donc ses états d'âme de fin de soirée, elle peut bien se les garder pour elle. Lorsqu'elle aura fini de bouder et découvrira que les jumelles qu'elle a croisées chez moi sont mes sœurs, elle fera moins la maligne. Je ris à la seule perspective de voir sa tronche dépitée quand elle prendra conscience de sa méprise.

C'est donc revigoré et de bien meilleure humeur que je m'installe au restaurant avec mes meilleurs amis et mes sœurs. Ma grande famille, celle du sang et celle du cœur, réunie à la même table. *Un putain de bon moment.*

Rarement à court d'idées pour me mettre dans l'embarras, Faith et Hope ont chacune revêtu le teddy[1] aux couleurs de l'équipe de hockey qui porte mon nom et mon numéro.

— Vous êtes au courant qu'il y a d'autres joueurs dans l'équipe ? se moque gentiment Liam. Vous n'êtes pas obligées de porter le même blouson.

— Il n'y a pas d'autre joueur qui porte notre nom…

— … et pas d'autre capitaine, conclut Hope.

Liam se marre et Cameron bougonne.

— Mon numéro est quand même beaucoup plus cool que celui d'Ice fanfaronne Cameron.

— Ne t'avise même pas de finir ta phrase, le menacé-je.

— Ah bon ? Pourquoi ? minaude Faith d'une manière qui me colle des boutons.

— Cam, grondé-je.

— Le soixante-neuf, répond-il en m'ignorant royalement. Détends-toi, mec ! Ce sont des bébés, elles ne savent même pas de quoi je parle.

Je grimace en surprenant le regard que les jumelles se lancent, un sourire entendu plaqué sur les lèvres. *Ce ne sont définitivement plus des bébés, non.*

1. Blouson porté par les sportifs à l'effigie de leur université.

Il faudra peut-être quand même surveiller d'un peu plus près l'autre abruti quand il est avec les filles.

Le tintement de la porte résonne. Il suffit que je surprenne l'expression de Liam – qui fait face à l'entrée – pour comprendre qui vient de pénétrer dans le restaurant. Sans surprise, j'aperçois Maddie, lorsque je tourne légèrement la tête pour vérifier le bien-fondé de mon intuition. Accompagnée de sa famille, si je me fie à leur ressemblance troublante, et de Hailey.

— Salut tout le monde, s'écrie Hailey en s'approchant.

— Hé, salut ! Tu veux t'asseoir ? propose Liam en se décalant pour lui laisser une place.

— Non, j'ai promis à Maddie de rester avec elle pour le déjeuner avec ses parents. Et vous ? Vous n'êtes pas en famille ? ajoute-t-elle en plantant son regard dans le mien.

Je sais pertinemment ce qu'elle cherche à faire. Dommage, ça ne fonctionnera pas. Si Maddison veut des infos, qu'elle vienne les chercher en personne. *Du courage, Maddie, du courage !*

— Comme tu vois, réponds-je évasif.

Hailey interprétera ça comme elle veut. Par provocation, je prends les jumelles par les épaules tandis que la chanteuse de rock opine du chef, dubitative.

— Bon, je vais vous laisser profiter de votre… moment, hésite-t-elle. Liam ? Ça tient toujours pour tout à l'heure ?

— Yes, à ce soir ! Je t'envoie un message pour qu'on se cale.

Au moment où la jeune femme s'éloigne, tous les regards se tournent vers mon pote.

— Quoi ? grogne-t-il. Vous voulez ma photo ? Perso, mon numéro, c'est le quarante-cinq, mais, contrairement à ces deux abrutis, je n'y voue pas un culte.

— Alors c'est sérieux ?

— Ça dure depuis combien de temps ?

— Liam Johnson maqué, souffle Hope.

— Incroyable, opine Faith.

Cameron et moi retenons difficilement notre rire pendant que notre pote se fait charrier par mes sœurs. Harceler, serait le terme plus adapté. Deux ans qu'elles le connaissent, largement le temps de très bien savoir de quoi le cœur de Liam est fait. *De glace aussi solide que celle sur laquelle il patine.*

— Fermez un peu votre grande bouche, les couches-culottes. C'est juste une pote.

— Une pote… répète Faith.

— Comme la fille de cette nuit est probablement la *pote* de l'un d'entre vous, ricane la deuxième.

— Non, non, j'insiste, se détend Liam en comprenant que le sujet est en train de dévier. Celle de cette nuit, je crois savoir de qui il s'agit et on n'est pas sur le même genre d'*amie*.

— Ah ? Tu en sais plus que nous, on dirait !

— Balance !

Je sais qu'il faut que je reste muet. Au moindre mot de ma part, Faith et Hope vont s'engouffrer dans la brèche et gratter jusqu'à trouver ce qu'elles cherchent.

— Je ne dirai rien, assure Liam.

— Nous sommes de vraies tombes, ajoute Cam.

Et comme les filles sont loin d'être idiotes, elles tournent leur tête en même temps vers moi.

— Donc, c'était pour toi !

— J'en étais sûre !

— C'est la Maddison dont tu nous as parlé le mois dernier ?

— Tu leur as parlé de Maddie ? s'étonne Cameron.

— Vous connaissez *Maddie* ? s'exclame Hope en insistant sur le surnom, qui accentue le sentiment de proximité entre mon plan cul et mes potes.

Je n'en peux plus. Si je n'avais pas envie de gueuler un bon coup pour faire redescendre tout le monde en pression et cesser cette hystérie collective, je crois que j'éclaterais de rire. *Ils sont malades.* Au lieu de ça, je jette un œil vers la table à laquelle les Andrews sont installés. Les traits de Maddie sont tirés même si la discussion a l'air calme. Si je me fie à ce que je vois, sa contrariété n'a rien à voir avec moi mais plutôt tout avec ce que lui dit son père.

— Ice !

Faith claque des doigts devant mon visage pour me rappeler à l'ordre.

— Tu ne peux pas nous laisser comme ça.

— On *veut* savoir.

— Il *faut* qu'on sache.

Las, je cède – encore – à la pression de mes sœurs. De toute façon, au point où j'en suis, je ne vois pas tellement l'intérêt de leur cacher plus longtemps qu'elle se tient à quelques mètres de nous. Les filles ne tarderont pas à la voir et reconnaître celle qui est venue sonner à notre porte la nuit dernière. Autant leur dire maintenant, qu'on en finisse.

— C'est elle, réponds-je en pointant le menton vers Maddison.

— En effet, acquiesce Hope en regardant dans la direction indiquée.

— C'est bien la fille d'hier.

22

Maddison

— Pitié, Hailey, sauve-moi ! Je ne peux pas y aller toute seule, supplié-je ma meilleure amie au téléphone.

— Qu'est-ce que tu veux que je fasse à la piscine un dimanche matin ? soupire-t-elle.

— Me soutenir ?

— Ton père va trouver ça louche et ça n'arrangera rien. Maddie, courage. C'est un mauvais moment à passer, fais juste comme s'il n'était pas là. Nage pour toi, tu n'as rien à lui prouver.

— Plus facile à dire qu'à faire, grommelé-je.

J'aime mon père plus que tout. Là n'est pas la question. Simplement, je ne supporte pas sa manie de venir me regarder nager en se prenant pour mon coach alors qu'il n'est pas foutu d'aligner deux brasses correctement. J'ai toujours une pression de dingue quand il est là, bien plus qu'en compétition. Il me fait perdre tous mes moyens. Ce qui a évidemment pour effet de lui donner encore plus de raison de se lancer dans un *coaching* personnalisé.

— Promis, on se voit après leur départ pour que tu souffles un peu.

— OK, murmuré-je dépitée.

— Soirée pyjama chez moi ?
— Oui.
— Avec du pop-corn ?
— Il y a plutôt intérêt !
Hailey donne tout ce qu'elle a pour me mettre du baume au cœur… et je me laisse avoir. Son stratagème de diversion fonctionne, comme toujours.
— Avec une comédie romantique, tenté-je.
— *Friends with Benefits*[1] avec Mila Kunis et Justin Timberlake ? Ça pourra t'inspirer !
— Très drôle, grincé-je avant de raccrocher.
Ma meilleure amie a de très nombreuses qualités mais ne supporte pas les films à l'eau de rose. C'est, à mes yeux, son plus gros défaut. *Le signe d'une personne sans cœur, à n'en point douter*. La preuve, elle refuse de venir avec moi ce matin.

Mon père a tenu à ce que je maintienne mon entraînement dominical afin de pouvoir y assister. J'ai beau être adulte et vaccinée, je n'arrive pas à lui tenir tête ni à imposer mes choix. D'autant que je sais qu'il ne comprendrait pas mes réticences, s'en trouverait blessé, or la dernière chose au monde que je souhaite est bien de lui faire de la peine. Donc, j'ai accepté.

N'empêche, j'aurais bien aimé pouvoir profiter du calme de l'eau ce matin. Y noyer ma colère et ma frustration. Ma honte. Le souvenir de l'humiliation que m'a fait subir Julian, qui est revenue comme un boomerang lorsque j'ai découvert non pas une mais deux filles absolument sublimes et légèrement vêtues chez Wolf.. J'aimerais l'ignorer, dire à mon cerveau que les situations sont *complètement* différentes, et

---

1. *Sexe entre amis* (2011)

pourtant, la douleur est bien là, comme un brasier qu'on pensait éteint, ravivé en quelques coups de bâton. Comme si croiser Isaiah accompagné ne suffisait pas, il a fallu que je me traîne jusqu'à chez lui pour voir mes doutes confirmés, et même dépassés. Alors, retomber sur lui, le lendemain, attablé avec ses greluches et ses meilleurs amis comme si c'était parfaitement normal a fini par m'achever.

*

— 9 h 42, annonce une voix grave en sifflant d'approbation. Arriver en retard n'était donc qu'un traitement de faveur rien que pour mes beaux yeux ?

Le nez plongé dans mon téléphone, je n'avais pas remarqué Isaiah, appuyé nonchalamment contre le mur de la piscine. Mes sentiments contradictoires resurgissent alors que je n'avais pas besoin qu'ils s'ajoutent à la liste de mes emmerdements de ce matin.

— Qu'est-ce que tu fous là ?

— Je viens m'entraîner. Me faire un petit shoot de chlore. M'assurer que tu tiens tes objectifs. Remettre mon slip de bain qui me va plutôt pas mal, en fait. Te voir. Tu peux rayer les mentions inutiles, répond-il tranquillement, arquant son sourcil droit de façon beaucoup trop sexy.

Remballe ta sexytude, Wolf, avant que je t'arrache les yeux. Son regard me sonde et j'ai la désagréable sensation qu'il lit en moi comme dans un livre ouvert. Puisque, de toute façon, ma dignité est aux objets trouvés depuis vendredi soir, autant vider mon sac.

— Qu'est-ce qu'il y a ? Tu as fait le tour des plans à trois ? Tes greluches t'ont planté ? Tu avais envie d'un petit *quickie* du dimanche et elles ne sont pas du matin ? Faudrait leur dire que la moindre des politesses si tu les invites à déjeuner c'est…

— Maddie, gronde-t-il.

Isaiah m'interrompt et ne rit plus du tout. Ses mâchoires sont serrées, ses yeux féroces. *On rigole moins, maintenant, hein ? Bah, tant pis, parce que je n'ai pas fini.*

— Dommage pour toi, Wolf, mais je te l'ai déjà dit, j'ai une cervelle et pas de temps à perdre avec des conneries de ce genre. Tout ce que j'espère, c'est qu'au moins tu as pensé à te protéger avec tes pintades.

Je sais qu'il ne m'a rien promis, qu'il n'a théoriquement rien fait de mal, mais mon cœur n'en fait qu'à sa tête. La blessure qu'a laissée Julian est encore trop vive, bien plus vive que je voulais me l'avouer, et c'est elle qui parle à ma place. Je ne supporterai pas de me sentir humiliée comme avec Julian. Lorsque mon ex m'a appelée pour m'annoncer qu'il m'avait trompée en laissant sous-entendre que ça pouvait être de ma faute, je n'ai rien dit. Aucune réplique bien sentie, aucune insulte proférée. Juste le silence plombé des gens à qui on a arraché le cœur et la langue d'un même coup. Ça n'arrivera pas cette fois. Foutu pour foutu, autant que je me libère de ce fardeau. Il va bouffer pour tous les autres et je ne chialerai plus une larme à cause de lui. Isaiah ne dit rien, ses yeux glacés plantés dans les miens. Il prend le temps de m'observer quelques secondes, froid et impassible, un sourire carnassier vient étirer ses lèvres. Le silence flotte autour de nous encore quelques instants avant que Wolf se décide enfin à le rompre :

— À l'avenir, Maddie, j'aimerais que tu fasses davantage attention aux mots que tu emploies pour parler de mes petites sœurs.

Non.

Non, non, non. C'est une blague, pas vrai ? Parce que si je pensais que mon honneur s'était fait la malle, ce n'est rien comparé au moment que je suis en train de vivre. J'aurais pu penser que je respirerais mieux – et au fond, pourquoi aurais-je mieux respiré, il ne me doit rien, il peut bien faire ce qu'il veut avec qui il veut, même si elles sont deux et roulées comme les mannequins des années 1990 –, or ce n'est pas le cas. J'avais un poids dans la cage thoracique, maintenant je suffoque.

— On va s'entraîner, maintenant ? lâche-t-il, visiblement fier de son petit effet, avant de s'engouffrer à l'intérieur du bâtiment en me laissant plantée là, incapable de bouger pendant de longues secondes.

Quelques minutes sont nécessaires pour que je reprenne mon souffle autant que mes esprits. Lorsqu'enfin j'entre dans l'enceinte de la piscine, aucune trace d'Isaiah.

— C'est à cette heure-là que tu arrives ? tonne la voix de mon père. Maddison, même si tu t'entraînes seule, tu te dois d'être rigoureuse. Tu dis 10 heures, tu es dans la flotte à 10 heures. Il n'y a que comme ça que…

— Pardon, monsieur. C'est moi qui l'ai retardée.

Pour la deuxième fois de la matinée, le sol se dérobe sous mes pieds. La scène qui se déroule sous mes yeux est surréaliste. Wolf en boxer de bain qui tend la main à mon père, raide comme un piquet.

— C'est qui encore, celui-là ? me demande mon père après avoir toisé Isaiah de la tête aux pieds.

— Son partenaire, répond-il à ma place.

— Son… partenaire ? Je croyais que c'était terminé, tout ça, s'agace mon père. Écoute, Maddison, si les olympiades ne sont plus un objectif, ainsi soit-il, mais j'aimerais autant que tu évites de nous faire perdre du temps avec…

— Pardonnez-moi, monsieur, reprend Isaiah. Je crains de n'avoir pas été très clair. Son partenaire *de piscine*. Le dimanche. Soyez assuré qu'il n'y a que les performances sportives de votre fille qui m'intéressent.

Éberluée, j'assiste à cette scène sans parvenir à en placer une. Chaque fois que j'ouvre la bouche, l'un d'entre eux me coupe la chique en sortant une énormité plus grosse encore que la précédente. Et puis Wolf vient de porter le coup de grâce. Seules mes performances l'intéressent. Évidemment. *C'est même la base de notre accord*. Du sexe contre des performances, ou l'inverse, je ne sais plus. À ce stade, tout ça n'a plus grande importance.

Même si mon père reste sur ses gardes, le regard méfiant, il semble tout de même se détendre légèrement.

— Je serai dans les gradins. Jeune homme, autant attendre Maddison dans l'eau, vous serez plus à l'aise, semble ordonner mon père qui semble néanmoins plus mal à l'aise que Wolf.

— J'arrive, bafouillé-je, les yeux rivés au sol, honteuse pour tellement de raisons que j'aurais bien du mal à en dresser la liste.

Il me faut cinq ou six minutes supplémentaires pour me changer et retrouver un semblant de calme.

Lorsque j'arrive près du bassin, Isaiah a visiblement fait quelques longueurs sous l'œil sceptique de mon paternel. Aucun doute que ce dernier ne se fait désormais plus aucune illusion sur l'amateurisme de mon *partenaire*, néanmoins il ne dit plus rien. Dans les vestiaires, je me suis apaisée. Je me sens presque prête à faire abstraction de mon père et du type qui a cru drôle de venir me surprendre ce matin.

Mâchoires serrées, j'abaisse mes lunettes sur mes yeux et prends place sur le plongeoir pour pénétrer dans l'eau. Cinq longueurs d'échauffement. Je ne cherche pas à aller vite, seules mes sensations comptent. Le contact de l'eau sur ma peau. Le calme environnant. L'odeur du chlore, apaisante, envahissante, celle qui anesthésie tout, depuis toujours. Qui est presque devenue mon parfum au fil des ans. Le dos droit, les bras alignés, les pieds en pointe, mon corps se met en place par automatisme. *Par cœur, il connaît ça par cœur.* Parfois, il me semble que nager est plus naturel pour moi que respirer. Note pour moi-même, penser à me faire implanter des branchies. L'idée me fait sourire, un bref instant, avant que le regard pesant de mon spectateur du jour ne me rappelle à l'ordre.

Je jette un coup d'œil vers Isaiah pour savoir s'il est prêt à démarrer. Quitte à ce qu'il soit là, autant que je m'entraîne *vraiment* avec lui. D'un signe de tête presque imperceptible, il m'indique que nous pouvons commencer. Lui ne paraît pas intimidé pour deux sous par la présence de mon père et sa confiance me rassure un peu. De manière à être dos aux gradins, il se tourne un peu plus vers moi, puis murmure :

— Ça va aller, Andrews. T'es la meilleure.

Le chaud et le froid. Il faut croire qu'Isaiah Wolf maîtrise à la perfection l'art de la douche écossaise. Un instant, il vous donne l'impression de n'être rien, rien qu'un passe-temps tout au plus, et le suivant, ses yeux limpides plongés dans les vôtres, il vous fait sentir importante. Puissante. Unique. Et ça me donne des ailes. Ou des palmes, dans mon cas. Car autant dire que je l'éclate. À plate couture. Je n'ai pas aussi bien nagé depuis… c'est simple, je n'ai *jamais* aussi bien nagé. Je suis grisée par cette victoire qui ne compte pour personne, mais qui est si importante pour moi. En plus de ce chrono de folie, j'ai fait d'une pierre deux coups : j'ai triomphé devant mon père en écrasant le monstre de muscles, redoutablement séduisant, mais terriblement pénible, qui se tient dans le couloir à ma gauche.

Accoudée au bord de la piscine, je laisse éclater ma joie dans un cri victorieux. Dans un instant d'étourdissement, je laisse tomber les armes, je fends l'armure, je ne suis que joie. Je suis à deux doigts de pleurer de soulagement. *Calmos, Maddison. Garde tes larmes pour la médaille d'or.*

Mon père ne trouve rien à redire donc il hoche la tête d'un air satisfait. *Et toc.* Je m'apprête à lancer une pique bien sentie à Isaiah, qui saurait lui dire merci, sans dire merci. Une vanne qui n'appartiendrait qu'à nous, parce que force est de reconnaître qu'il doit bien exister un « nous » quelque part. Avant que j'aie le temps d'ouvrir la bouche, il me lance un sourire qui manque de faire trébucher mon cœur alors j'en oublie de parler.

— Maddison, je t'attends dans la voiture. Ton frère et ta mère sont déjà installés pour le brunch.

J'espère que, cette fois, Joshua ne va pas tricher. Aujourd'hui, je compte bien tout rafler, même le quiz du dimanche.

— Je me change, j'arrive ! lancé-je.

Isaiah passe à côté de moi en effleurant légèrement ma hanche de sa main. C'est léger, presque imperceptible, la caresse d'une brise plus qu'une quelconque marque d'affection, mais je frissonne. Comme si mon corps n'était pas encore rassasié et devinait déjà les mots que Wolf allait murmurer avant de s'enfermer dans les vestiaires.

— Je t'attends ce soir pour venir chercher ta récompense. Chez moi, 20 heures.

C'est culotté. Presque outrageusement grossier. Je voudrais l'envoyer chier sauf que, bêtement, je souris. Entre regarder un film avec ma meilleure amie ou passer du bon temps avec… *mon plan cul*, le choix est vite fait. J'aimerais dire que j'hésite, mais ce n'est pas le cas. C'est couru d'avance. *Ce soir, je m'envoie en l'air.*

Mes lèvres s'étirent et mon ventre s'enflamme. Une phrase, une simple phrase suffit parfois à allumer un brasier. Surtout quand c'est Wolf qui la prononce.

23

Isaiah

Il est 20 heures lorsque la sonnette du duplex retentit.

— J'ai fait attention à être à l'heure, cette fois, souffle Maddie à peine ai-je ouvert la porte.

— Ta famille est bien rentrée ?

Maddison me dévisage d'un drôle d'air, me détaillant de la tête aux pieds, les sourcils froncés. Elle secoue doucement la tête et quelques mèches virevoltent. À mon tour de la détailler. Rien à signaler. Maddie est toujours Maddie. En jean et sneakers. Un long manteau en laine sur le dos. Simple. Sans fioritures.

— Pas besoin de parler, Wolf. Je ne suis pas venue pour ça.

Elle me rabroue méchamment, mais le rictus qui étire le coin de ses lèvres m'arrache un rire sincère. *Elle est complètement barrée.* Je sais qu'elle commence à se faire à moi. Quand elle me cherche désormais, c'est pour me trouver. Pour que je réplique, pour qu'on s'affronte dans une joute verbale de plus ou moins haute volée avant de finir… nus et gémissants.

Son regard se charge de me révéler précisément le programme qu'elle a en tête. *Ça me va.* Une nana comme elle qui sonne, vous ordonne de ne surtout pas trop parler pour vous contenter de l'envoyer au septième ciel, je signe de suite. *Quel mec ne signerait pas ?* Après avoir vérifié que nous sommes seuls, Maddison entame la montée des escaliers la plus excitante qui soit. Elle ne singe pas un regard de braise, ses yeux sont réellement en feu lorsqu'elle se défait de son manteau, puis de son écharpe. Son pull atterrit au pied d'une marche, son tee-shirt sur la rambarde. Je contemple le spectacle mi-amusé, mi-fasciné de la voir si à l'aise, comme métamorphosée. La question de ce retournement d'humeur me brûle les lèvres, néanmoins je ne dis rien : ce n'est pas le moment, nous sommes au moins d'accord là-dessus, elle et moi. D'expérience, je commence également à croire qu'avec Maddison, moins on se parle, mieux on se porte. J'admire ce corps qui s'offre déjà au mien, qui appelle mes caresses tout en me tourmentant. Elle s'échappe et m'aguiche, sa langue qui pointe entre ses lèvres et ma queue qui s'agite déjà.

Parvenue en haut des escaliers, elle retire ses chaussures et son jean pour se planter en sous-vêtements devant moi. La dentelle noire me nargue, tandis que du regard Maddison paraît me supplier de la prendre contre la porte sans attendre – elle doit en garder un bon souvenir – autant que me défier de lui résister. Je ne résisterai pas. En tout cas pas longtemps, c'est certain.

— Combien de temps on a devant nous ? demande-t-elle de sa voix rocailleuse qui parle directement à mon entrejambe.

— Les mecs devraient rentrer d'ici une bonne heure, affirmé-je en me rapprochant de son corps parfait.

Tout dans son corps est fait pour l'amour. Ses hanches rondes qui se pavanent en haut de jambes longues et fuselées. Son ventre plat sur lequel meurent si bien les baisers. Ses seins qui vous toisent, fiers et indécents. Ils paraissent réclamer d'être dévorés, insistant pour ne surtout pas être touchés qu'avec les yeux. Ses lèvres douces et sucrées, rose framboise, qui savent mordre et embrasser, souffler le chaud et le froid, entre lesquelles je rêve de glisser mon membre douloureux de trop bander. À mesure que la distance entre nous s'amenuise, le souffle de Maddie s'alourdit, ses yeux s'assombrissent faisant vibrer en moi l'envie impérieuse de lui arracher les bouts de dentelle qui la couvrent encore. Je me retiens, ce n'est pas encore le moment. *Elle va devoir patienter un peu.* Je la retourne et colle son dos contre mon torse pour embrasser sa nuque.

— Ce qui me laisse largement le temps de te punir pour… ta *ridicule* crise de jalousie de ce week-end qui constitue, il me semble, une très grave infraction à ta propre charte… soufflé-je doucement au creux de son oreille.

Je n'ai aucune raison de la réprimander pour ça, l'envie encore moins. En réalité, une fois l'agacement dissipé, la manifestation évidente de son courroux était surtout amusante, et même plutôt flatteuse. Cependant, ce serait beaucoup moins drôle de le lui dire. Si en plus cela peut servir à ajouter une pointe d'excitation, servir à un jeu entre nous dans le plus intime des moments, c'est tout bénef. En mordillant la peau sensible de son cou, je surprends la rougeur qui menace d'envahir sa peau fine. Je la sens tressaillir contre mes muscles, et son dos se pare déjà du plus excitant frisson. J'avance, toujours collé à elle, et nous dirige vers mon lit, sur lequel elle tombe à genoux. Ses fesses délicieusement dressées vers moi semblent réclamer ma main. Pour les châtier ou les cajoler ? Les deux, sûrement. J'écarte ses cuisses pour me glisser entre elles et ma langue remonte l'intérieur infini de ses jambes. Sa peau frémit à mon passage. Parvenu à quelques centimètres de son intimité, je me penche pour souffler doucement dessus afin qu'elle sente comme je suis proche.

— … Puis, te féliciter, bien sûr, pour ta redoutable performance d'aujourd'hui.

Lorsque ma langue se glisse une première fois dans sa fente, elle gémit mon prénom, suppliante. Maddie implore déjà d'en obtenir davantage. Rien que sa saveur sur mes lèvres et les plaintes lascives qu'elle pousse pourraient suffire à me faire exploser. Je sais déjà que je ne tiendrai jamais une heure. Alors je me repais de son goût jusqu'à ce qu'elle lâche un premier cri de jouissance, son adorable chatte resserrée sur ma bouche, avant de la prendre, à genoux, pour me délivrer et la faire jouir encore.

*

Deux heures plus tard, après à peu près autant d'orgasmes que de fous rires, Maddie ouvre la porte de ma chambre et les voix de mes colocs nous parviennent. Ils sont rentrés et nous ne les avons même pas entendus. Elle a un mouvement d'hésitation qui trahit son malaise. Une intuition que vient me confirmer son tic nerveux, cette lèvre inférieure qu'elle ne peut s'empêcher de mordiller quand elle a un doute.

— Bah quoi ? demandé-je un peu abruptement. Qu'est-ce qui t'arrive, tu les connais, non ?

— Là, ce n'est pas pareil, rétorque-t-elle. On vient de… bref. Ça se voit sur mon visage et c'est assez gênant comme situation.

— Franchement, Maddie, ils s'en foutent. Ils en ont vu d'autres, éludé-je en me marrant.

— D'autres quoi, exactement ?

— D'autres meufs qui sortaient de ma chambre.

— Super. Très classe, Wolf. Maintenant que je sais qu'ils vont penser que je ne suis qu'une de tes nombreuses conquêtes sans cervelle, je me sens beaucoup mieux, raille-t-elle en pinçant les lèvres.

— C'est très insultant pour toutes les femmes qui sont venues ici, fais-je remarquer.

— M'en fous, grommelle-t-elle. Tu les choisis pas pour leur cerveau, à ce que je sache ?

— Et alors ? On peut être gaulée et intelligente. Certaines ont tout pour elles.

Elle me fusille du regard. Maddison a probablement mal interprété ma dernière phrase, ignorant qu'elle-même fait partie de cette fameuse catégorie « *qui a tout* ». Je m'amuse trop de cette situation pour dissiper le malentendu. Et puis je ne suis pas son mec, ce n'est pas mon rôle de la rassurer.

— Tout ce que je dis, c'est qu'ils ne lèveront probablement même pas la tête. T'en fais pas.

Comme prévu, les gars sont dos à nous lorsque nous descendons. Maddison a donc le champ libre pour sortir en toute discrétion. Pourtant, elle s'arrête derrière le canapé sur lequel mes colocataires sont installés, les yeux fixés sur l'écran, comme captivée par la partie.

— C'est l'occasion parfaite de te volatiliser en toute discrétion, les mecs sont de vrais zombies quand ils jouent, l'informé-je en chuchotant derrière elle.

Son corps se tend et le duvet sur sa nuque se dresse alors que mon souffle caresse sa peau, ce qui fait naître un petit rictus de fierté sur mes lèvres.

— Vous faites une partie de GTA ? demande Maddie d'une voix dans laquelle je perçois une pointe de défi.

— Euh, ouais. Pourquoi ? Tu veux que je t'apprenne ? grommèle Liam sans même lui jeter un regard.

Elle s'avance en contournant le canapé pour se laisser tomber entre mes deux colocataires, tortillant légèrement des fesses afin de se faire une place plus confortable. *À quoi elle joue, putain ?*

— Avec plaisir. On fait une partie ? propose-t-elle en battant des cils d'une manière qui ne lui ressemble absolument pas.

Deux solutions : soit Liam lui fait beaucoup d'effet, soit elle mijote quelque chose. À son sourire félin, j'opterais plutôt pour la deuxième option, mais je ne peux pas m'empêcher de me méfier. *Ce n'est pas de la jalousie, c'est juste que les* sex friends, *ça ne se partage pas.* Malgré tout, je tiens à assister au spectacle. Je vais me chercher une bière avant de prendre place sur le fauteuil pendant que Liam et Maddie choisissent leur joueur.

Et c'est un véritable carnage. C'est pire que ce à quoi je m'attendais : la jolie blonde vient de mettre une raclée monumentale à mon pote. Et plus Cameron et moi rions, plus la mine défaite de Liam s'accentue.

— Putain, elle sort d'où elle, déjà ? gueule-t-il au climax de sa bonne foi.

— C'est très grossier de parler d'une personne à la troisième personne quand celle-ci est là, Liam. Ceci dit, puisque tu veux tout savoir, *elle* couche avec Wolf à ses heures perdues, annonce-t-elle en haussant une épaule. D'où ma présence ici.

Je manque de recracher ma bière. *OK*. Donc Maddie qui avait des réticences à sortir de ma chambre et croiser mec colocs vient d'assumer notre relation purement basée sur le sexe. C'est une avancée. Évidemment, comme je le lui avais assuré, mes potes ne relèvent pas. Moi, en revanche, je surprends le regard que Cameron me lance, un sourire narquois collé aux lèvres.

— Où t'as appris à jouer comme ça ?

— C'est simple, j'ai cru à une époque que battre les mecs aux jeux vidéo pourrait constituer une technique de drague efficace, explique-t-elle d'un ton détaché devant nos yeux ahuris avant d'ajouter, penaude : d'expérience, ce n'est pas le cas, mais finalement votre air déconfit après une défaite vaut cent fois un rencard un peu naze.

Elle se lève d'un bond et attrape son sac.

— Bon, les garçons, merci pour cette partie de GTA. Ça faisait longtemps que je n'avais pas joué, ça m'a fait très plaisir…

— Tu ne veux pas une bière ? Histoire de trinquer à la première défaite de Liam depuis son entrée à la fac… propose Cam.

— Non, c'est très gentil, il vaut mieux que je rentre, maintenant. J'ai entraînement tôt demain matin. Bonne soirée.

— Reviens quand tu veux, Maddison. Pour la revanche ! crie Liam au moment où elle passe le pas de la porte.

— Avec grand plaisir.

Maddie s'arrête et me sourit, soudain un peu mal à l'aise.

— J'espère que ça ne t'ennuie pas que je sois restée. J'ai toujours beaucoup de mal à résister à une partie de jeu vidéo.

— Tu rigoles, c'était mortel, ris-je. Tu es décidément pleine de surprise, Maddison Andrews, ajouté-je à voix basse en faisant glisser mon pouce sur le fil de sa mâchoire.

Un ange passe, nous sommes deux à être un peu gênés maintenant, notamment à cause de ce geste inopiné qui s'est échappé de mes doigts sans rien demander à personne.

— Bonne soirée, Isaiah, souffle-t-elle le rose aux joues et un sourire indescriptible aux lèvres.

Un sourire en coin, plein de douceur et de questionnements. Un peu ironique, aussi. Un truc très représentatif de Maddison, tout en nuances et contradictions, qui vous atteint directement au bide.

24

Isaiah

Je n'aime pas tellement les mercredis soir. On est déjà fatigués du début de la semaine sans être encore dans l'euphorie du week-end approchant. Allongé sur mon lit, j'entends, à travers ma porte entrouverte, Liam se foutre de Cameron qui est en train de préparer l'une des recettes de sa grand-mère.

— Je devrais t'offrir un petit tablier à fleurs, ça t'irait à merveille.

— Si tu fais ça, je te préviens, je le porterai… sans rien dessous. Comme ça, tu auras vue sur mon cul en permanence.

— Ne me tente pas, grince Liam. Sérieux, t'as l'air d'une ménagère, mec.

— Dis ce que tu veux, quand tu seras en train de les bouffer, mes lasagnes, je t'assure que tu rigoleras moins.

Ils se marrent et je les accompagne en silence, les yeux toujours fixés au plafond. Alors que j'étais prêt à me lever pour sortir de mon état léthargique, mon téléphone vibre à côté de moi. *Maddison.*

[C'est quoi ta couleur préférée ?]

Je ne m'attendais pas à ça. Par ailleurs, le moins que l'on puisse dire, c'est que c'est une drôle de façon de commencer une conversation.

[Tu me prépares une surprise ?]

[Non. Je m'intéresse.]

[Oh wouah. Tu peux répéter ? Tu t'intéresses ? À moi ? Qui êtes-vous et pourquoi utilisez-vous le téléphone de Maddison Andrews ?]

Difficile de résister à l'envie de la titiller.

[Ne me fais pas regretter, Isaiah Wolf. Ta couleur préférée ?]

[Rouge.]
[La plus grosse bêtise que tu aies faite ?]

[Casser le téléphone de ma mère et laisser mon frère se faire accuser.]

[Mauvaise réponse. La bonne réponse était : être sortie avec Julian Morris.]

[Sans commentaire. Ton endroit préféré sur Terre ?]

J'imagine sa bouche pincée et ses yeux levés au ciel. Je ris en imaginant son agacement, son envie irrépressible de changer de sujet.

[Mon lit.]

[Avec qui ?]

Oh, oh. On dirait que quelqu'un a envie de jouer ce soir.

[Oublie cette question. En fait, je ne veux pas savoir.]

Au temps pour moi. Chassez le naturel, il revient au galop. Maddison n'est finalement pas prête à assumer sa curiosité. Ou son flirt éhonté. Les deux options me font sourire. Un peu redressé dans mon lit, un léger picotement au bout des doigts, mon rythme cardiaque s'emballe un peu. *Un peu trop.*

[Tu es sûre ?]

[Certaine. Je te l'ai dit, oublie que j'ai posé cette question.]

[OK. Je relance alors. Ta position sexuelle favorite ?]

La réponse tarde à arriver. J'aurais pu lui demander son parfum de glace préféré, son film culte, ou encore quel était son doudou, quand elle était enfant. Bizarrement, je pourrais même être heureux de connaître ce genre d'histoires à son sujet. Je l'imagine aimer le sorbet à la framboise, rire et pleurer à son corps défendant devant les mêmes comédies romantiques que mes sœurs, et dormir avec une peluche lapin. Mais ça aurait été moins drôle et moi, je n'ai aucun problème à assumer que je la cherche. *Dommage pour elle.*

[Toi.]

Mon cerveau vient d'être court-circuité.

Échec et mat. Victoire de Maddison par KO. Andrews 1 - 0 Wolf.

Incapable de détourner le regard de son dernier message, je remarque à peine les trois points qui s'affichent signalant qu'elle rédige à nouveau. *Ne gâche pas tout, Maddie, s'il te plaît.* Soudain, je me prends à croire que je l'intéresse plus qu'elle ne veut bien l'admettre, et – aussi saugrenu que cela puisse être – cette idée me plaît.

[Pourquoi tu ne réponds plus ?]

S'ils étaient à ma place, Cameron et Liam ne répondraient sûrement pas, savourant dans un silence mesquin cette révélation, comme un baume magique sur un ego même pas blessé. Moi, je n'y parviens pas, je n'en ai même pas envie. Le sourire qui étire mes lèvres à en friser le ridicule ne peut pas ne pas être partagé. Je ne *peux pas* refuser à Maddie cet air béat et ahuri. Mon aveu en réponse au sien.

[Trop occupé à sourire.]

J'ajoute un selfie débile, comme une preuve de ce que j'avance. Quelques secondes à peine s'écoulent avant que mon téléphone vibre de nouveau. Elle répond simplement par une photo et j'apprécie le fait qu'elle n'a pas pris le temps de la mettre en scène. Comme si elle jouait vraiment cartes sur table, elle ne réfléchit pas, n'analyse pas et se laisse porter par le courant. J'admire ses cheveux blonds un peu en bataille. Ses lèvres légèrement plissées dans une expression aussi timide qu'enjouée. Intime, assise sur son lit dans lequel je rêve de me glisser à cet instant précis. La courbe de son épaule se devine, ses traits trahissent une certaine fatigue qui n'enlève rien à sa beauté.

Est-ce l'image qui s'affiche ? La conversation dans laquelle nous sommes plongés ? Quelle que soit la raison, je ne peux m'empêcher de regarder encore et encore mon écran, ne sachant trop déterminer ce que j'aime le plus chez cette fille. Le fait qu'elle soit aussi excitante sans rien calculer, qu'elle me tienne tête en permanence, ou que ses angoisses et ses failles la rendent si touchante ?

[Tu vois, quand tu veux, tu sais faire.]

[Faire quoi ?]

[Je ne sais pas trop, Maddie. Mais une chose est sûre.
Tu le fais très très bien.]

25

Maddison

Au cours du mois qui précède les vacances de Noël, je me découvre un intérêt insoupçonné pour tout ce qui concerne le sexe. Je me sers ainsi d'Isaiah pour tester à peu près toutes les positions imaginables et toutes les surfaces possibles. Debout, couchés, assis, sur la terre ferme ou dans l'eau, dans une voiture ou dans un vestiaire, je mets à profit chaque minute disponible dans nos emplois du temps chargés. Je ne saurais dire vraiment si lâcher prise est vraiment un facteur de réussite dans le sport mais il va sans dire que m'abandonner régulièrement au plaisir ravageur que sait faire naître Isaiah me fait beaucoup de bien. Je suis totalement subjuguée – voire complètement accro – aux sensations qui surgissent, parfois sans crier gare, me laissant chaque fois chancelante, pantelante, tremblante.

Moi qui me croyais timide et peu aventureuse, je découvre une nouvelle facette de ma personnalité, plus libre. J'ose demander, voire réclamer, ce que je veux. Avec lui, je n'ai aucune honte à faire part de ma passion naissante pour le cunnilingus sous la douche, qui se révèle être une valeur sûre pour un orgasme explosif et rapide. L'avantage du *sex friend* ? Isaiah s'en donne à cœur joie, me faisant part également de ses fantasmes. La levrette verticale avec option on-garde-la-culotte-en-dentelle a l'air de remporter son adhésion totale. *S'il n'y a que ça pour lui faire plaisir…*

Ce qui n'était pour moi que l'expérience de la dernière chance – juste avant les marabouts – est en réalité tout à fait compatible avec mes entraînements et une routine de la plus haute utilité. En effet, les trois derniers matchs des Bears ont été remportés haut la main, notamment grâce à leur capitaine qui s'est révélé plus incisif et implacable que jamais sur la glace. Son genou semble le faire souffrir de moins en moins, et je m'en réjouis sincèrement. Doucement, presque de façon insidieuse, Isaiah se fait une place silencieuse dans ma vie. Quant à moi, mes temps ne cessent de s'améliorer et je prends un plaisir nouveau à nager. Les espoirs du coach Jones, qui font écho aux miens, renforcent mon énergie et ma volonté. Un cercle plus que vertueux, donc.

Julian n'avait eu de cesse de saper ma confiance en moi. Les yeux constamment rivés sur le chrono quand on était en couple, la moue sceptique, la remarque acerbe au bout des lèvres. Puis, au moment de rompre, finir le travail en attaquant ce que je suis. Au-delà des piscines, mépriser ma personnalité, moquer mes doutes, railler ma détermination pour me dépeindre en frigide chiante comme la pluie. Isaiah, au contraire, porte mon corps aux nues, surtout quand il est nu, et m'offre sur un plateau le bonheur inconnu d'être désinvolte, audacieuse, intrépide.

Ainsi, tant que nous évitons de parler, tout se passe bien avec Isaiah. Dès qu'il l'ouvre, en revanche, c'est une autre histoire. Alors que je m'abandonne totalement à lui, en toute confiance s'il s'agit de sexe, dès qu'il est habillé et cherche à entamer une discussion, je suis sur mes gardes, voire carrément sur la défensive. En réalité, c'est mieux comme ça. Mon esprit trace les limites de lui-même. *Isaiah c'est pour la baise. Point à la ligne.* Même si je dois bien admettre qu'il est moins agaçant que je le redoutais. Au cours de quelques conversations glanées ici et là, il se révèle même drôle, parfois charmant, avec une profondeur que je ne soupçonnais pas. Malgré tout, ce qui constitue ses qualités en tant qu'amant le place directement dans la catégorie des hommes à éviter : sa beauté, son corps sculpté dans le marbre, sa suffisance… Isaiah est beaucoup trop dangereux pour se risquer à vivre plus que du sexe sans attache. Le risque de se casser les dents sur son cœur de glace suinte par tous les pores de sa peau.

Cheveux encore humides, je sors de la piscine de Brown, en pleine conversation avec Beverley. Une chouette nana de première année, la seule fille de l'équipe de natation avec qui je parviens à conserver une bonne entente malgré la compétition qui règne entre nous.

— Tu vas au gala de charité ce soir ? me demande-t-elle.

— Le gala de charité ? répété-je, perdue.

— Le Noël de Brown. Match de hockey et loterie, tous les bénéfices seront reversés à des associations caritatives.

Je ne savais pas que Beverley était le genre de filles à participer à ces événements. Je l'imaginais plutôt comme un rat de bibliothèque… un rat qui sait nager.

— Ma meilleure amie m'en a vaguement parlé, mais je ne suis pas trop branchée hockey, réponds-je poliment.

— Allez, viens. Ce sera rigolo… et puis c'est pour la bonne cause ! C'est la dernière soirée avant les vacances, tu peux bien faire une pause, me tanne-t-elle.

— Avec qui tu y vas toi ?

— Des copines que tu connais pas, elles ne sont pas à Brown.

— Et elles font le déplacement exprès ? m'étonné-je.

— Oui, parce que ça va être une *super soirée* ! insiste-t-elle en riant. Tout le monde sera là. Tu devrais vraiment y aller avec ta meilleure amie.

— Je vais y réfléchir, réponds-je, amusée par l'enthousiasme sincère de la petite rousse à mes côtés.

— Super ! Peut-être qu'on se croisera là-bas alors. Sinon, bonnes vacances, Maddie ! lance-t-elle avant de s'éloigner.

*

Profitant de l'absence de Lexie pour m'étaler dans la chambre, je suis tiraillée par des émotions et des envies contradictoires. D'un côté, je n'ai pas encore eu l'occasion d'assister à un match de hockey à l'université – donc je n'ai jamais vu Wolf sur la glace – et cela m'intrigue plus que je ne l'aurais cru. De l'autre, je n'ai aucune envie de lui donner l'impression que je m'intéresse à lui en dehors de nos rendez-vous. En même temps, l'idée de passer la dernière soirée avant les vacances seule dans ma chambre est un peu déprimante.

— Tu penses toujours aller au gala de Noël ? interrogé-je Hailey au téléphone.

— Évidemment ! Je ne vais pas rater cette soirée… En plus, j'ai promis aux garçons d'aller les voir jouer.

— Quels garçons ?

Le ton de ma voix est plus suspicieux que je ne l'aurais souhaité. Je *sais* pertinemment de quels garçons elle parle, sauf que je pensais qu'elle traînait uniquement avec Liam.

— Bah, les garçons, Maddie. Liam, Cameron et, oui, puisque c'est ce que tu veux savoir, Ice aussi.

— Arrête de l'appeler Ice, bougonné-je. Et ce n'est pas du tout ce que j'avais en tête !

— C'est ridicule ! s'esclaffe-t-elle. Attends un peu, t'es quand même pas en train de me faire une crise de jalousie, là ?

— Non, marmonné-je, dépitée. Bien sûr que non…

— Si !

Hailey s'esclaffe de plus belle tandis que je me renfrogne en m'approchant de ma penderie. Je suis déjà vaincue. Il me faudra peut-être encore quelques minutes avant de l'avouer, toutefois, je sais déjà que j'irai à ce foutu gala. Beverley, Hailey et Isaiah – qui n'a rien demandé à personne – ont eu raison de moi. En conséquence, il faut bien que je trouve une tenue correcte à me mettre sur le dos.

— On s'habille comment à un match de hockey ? demandé-je à voix haute.

— Ça dépend, fanfaronne ma traîtresse de meilleure amie qui se réjouit beaucoup trop de cette situation.

— De quoi ?

— Si tu cherches à séduire quelqu'un ou pas, par exemple.

— Et toi ? Tu cherches à séduire quelqu'un ? botté-je en touche.

— Toujours, tu me connais. C'est juste que je ne sais pas encore sur qui je jetterai mon dévolu ce soir.

Bien sûr. J'aurais dû me douter que Hailey n'avouerait rien aussi facilement et ne se laisserait pas décontenancer par ma repartie foireuse.

— Bref. Tu m'agaces.

Nous fixons une heure de rendez-vous et réglons les quelques détails techniques avant de raccrocher. Maintenant, quelle que soit la tenue que je choisirai, Hailey ne pourra s'empêcher de l'analyser pour y déceler une quelconque trace de comportement suspect. *Vivement les vacances.* L'idée de passer deux semaines dans ma famille à jouer à des jeux de société et manger les bons petits plats mijotés par ma mère va me faire un bien fou.

J'occupe les quelques heures que j'ai devant moi à faire ma valise, ranger un peu mes affaires et me préparer pour cette fichue soirée. Pire que tout, je me maudis d'avoir hâte d'y être et d'imaginer la réaction d'Isaiah quand il s'apercevra de ma présence. Ma pauvre fille, comme si dans une patinoire pleine à craquer il allait te repérer !

[Je suis en bas. Dépêche, j'ai froid.].

Je descends les escaliers quatre à quatre pour retrouver une Hailey emmitouflée comme un bonhomme de neige.

— Tu dois être sacrément frileuse pour avoir froid malgré ton accoutrement, ne puis-je m'empêcher d'ironiser.

Hailey se contente de jouer des sourcils. Je comprends que sous son énorme manteau sa tenue ne doit pas cacher beaucoup de son anatomie et l'air glacé doit s'infiltrer par là.

— Toi, en revanche, on a bien compris le message que tu voulais faire passer, commente-t-elle en reprenant sa marche.

— Ah oui ? Lequel ?

— Je suis intéressée, mais je ne veux pas que tu te doutes de quoi que ce soit. J'ai bon ?

— Non, tu as tout faux.

— Attends, j'essaye encore ! Je ne suis pas sexy du tout, mais imagine un peu la lingerie que j'ai mise en dessous.

— Faux, encore. J'ai une vieille culotte en coton et une brassière de sport.

Le sourire d'Hailey s'efface et elle secoue la tête.

— Quoi ? Je n'ai pas prévu de m'envoyer en l'air.

— Il faut toujours s'attendre à s'envoyer en l'air, Maddie. C'est la base.

Je ris, elle aussi, et nous continuons notre trajet, tête baissée pour se protéger du vent glacé, en imaginant quels cadeaux de Noël nos proches nous auront dégotés cette année. Aux abords de la patinoire, le nez toujours rivé au sol, je percute violemment le dos de quelqu'un. Une brune. Grande. Qui porte le maillot numéro 19. Celui de Wolf. Déjà passablement agacée, je bégaye des excuses tandis qu'elle se retourne en se décalant. À cet instant, je me liquéfie littéralement sur place.

Information numéro un, cette personne n'est autre qu'une des jumelles d'Isaiah. Information numéro deux, j'espérais ne plus revoir ces filles devant qui je me suis effondrée en sanglot un soir d'ivresse.

Information numéro 3, cerise sur le gâteau, c'est évidemment les amies dont Beverley me parlait. Information numéro 4, Beverley me saute au cou, visiblement légèrement éméchée. Je n'ai plus aucun moyen, à présent, de m'extirper de cette situation.

— Maddie ! Tu es venue ! Je suis trop contente !

— Ah, oui… oui, Hailey m'a convaincue, marmonné-je en regardant le bout de mes pieds.

— Salut ! s'exclame ma meilleure amie, restée à mes côtés et qui n'a pas la moindre idée du marasme dans lequel je me trouve. Des ferventes admiratrices de Wolf, à ce que je vois ?

— On peut dire ça comme ça, répond Bombastic 1.

— C'est notre grand frère, ajoute Bombastic 2.

— Oh sérieusement ? Les fameuses jumelles ! s'enthousiasme Hailey en leur claquant la bise comme si elle les connaissait depuis toujours. Moi, c'est Hailey, une amie de Liam, au départ, devenue, au fil du temps, une amie de Cameron et Isaiah.

— Veinarde, ironise Bombastic 2.

— Amie ? se méfie Bombastic 1.

— Amie ! acquiesce ma meilleure amie sans l'ombre d'un malaise. Hors de question que je touche à l'un d'eux. Je ne suis pas folle. Ils sont géniaux, mais mieux vaut les avoir comme potes que…

Toute cette scène me paraît de plus en plus incongrue. Beverley a glissé sa main dans la mienne comme si elle craignait que je m'échappe et sautille sur place. Elle n'a visiblement pas réalisé que tous les regards sont désormais braqués sur moi, tandis que les derniers mots de Hailey semblent flotter dans l'air et envahir tout l'espace.

— Je suis une amie aussi, affirmé-je dans un sourire crispé.

Les *jumelles* se contentent de hocher la tête, et je jure que leur sourire narquois – il doit être de famille celui-là – me donne des envies de meurtre.

— Bien sûr, on sait. Du coup, nous, c'est Faith…

— … et Hope.

Tout me fait enrager chez ces filles. Leur prénom, leur beauté, leur confiance en elles légèrement teintée d'arrogance, leur humour… Il faut croire que ces traits de caractère font partie des gènes Wolf. Dramatiquement parfaits. *Insupportable.*

— Les filles ont des sièges réservés pour les familles devant. Moi, je prends la place de leur père, explique Beverley surexcitée qui n'a décidément aucune idée de la tension qui règne par ici.

— Super ! On se voit à la fin du match du coup, propose Hailey.

Quoi ? Ce n'était pas du tout prévu au programme.

— Hors de question. Venez avec nous…

— On vous trouvera bien deux places en plus sur le banc des familles.

— On ne va pas vous laisser vous échapper comme ça…

— Maintenant qu'on a trouvé des *amies* d'Ice et de ses potes, on veut tout savoir.

Et c'est ainsi que les jumelles nous prennent en étau en avançant vers l'entrée, pour le plus grand plaisir d'Hailey et de Beverley. *Moi ? J'ai envie de crever sur place.*

26

Maddison

Le coup d'envoi est lancé. À ma gauche, Faith – à moins que ce soit Hope – est debout, totalement surexcitée depuis l'entrée des joueurs sur la glace. Elle a hurlé à tel point que les trois mousquetaires ont évidemment regardé dans sa direction. Et sont tombés sur nous. Enfin sur moi, à côté de Jumelle-1. En remarquant ma présence aux côtés de sa sœur, les yeux d'Isaiah se sont d'abord arrondis comme des soucoupes, puis il a vite retrouvé sa contenance en arborant un air amusé, avant de détourner la tête pour se concentrer sur son jeu.

C'est parti pour une heure d'enfer. Dans mon malheur j'ai de la chance, Faith et Hope sont si absorbée par le match qu'elles ne s'occupent absolument pas de moi. Elles râlent quand un joueur gêne leur frère, elles bondissent lorsque Isaiah entre dans la zone d'attaque, elles s'insurgent quand un joueur de l'équipe adverse n'est pas sanctionné malgré un contact un peu trop insistant. Bref, elles vivent le truc à fond, et je dois avouer qu'elles nous entraînent assez facilement dans leur frénésie. J'ai fini par piger où Isaiah devait marquer et je rugis, moi aussi, dès qu'il s'approche des buts.

Il est flamboyant. Méconnaissable. Parfaitement dans son élément, il glisse à une vitesse incroyable, précis, léger, massif. C'est assez étrange de le voir sur la glace, lui que j'ai tant vu dans l'eau. À ce moment précis, j'oublierais presque que je connais son corps nu, subjuguée par le spectacle auquel j'assiste. C'est une véritable performance et le fait d'assister pour la première fois à un match de hockey ne la rend que plus sublime. Je remarque à peine les autres joueurs, je n'ai d'yeux que pour lui. Je pourrais tenter de me convaincre que je porte un intérêt purement sportif à celui qui a accepté de m'aider à m'entraîner. Je n'essaye même pas. L'attraction qu'Isaiah exerce sur moi n'est pas basée sur une performance quelconque. Elle est… *alchimique*.

Quelques minutes avant la fin de la première période, Wolf parvient à envoyer le palet au fond du filet et nous sautons sur nos pieds, déchaînées, comme l'ensemble des supporters présents dans la patinoire. Les joueurs sortent de la glace sous les hurlements des fans et le calme revient. Totalement captivée, j'en ai oublié de m'échapper avant la pause. J'avais prévu de m'éclipser aux toilettes pour éviter l'interrogatoire en règle, c'est raté.

— Du coup, Maddie, on n'a pas compris…

— Que s'est-il passé le soir où tu es venue en larmes chez les garçons ?

Hailey me regarde, l'air complètement paumée. Forcément, j'ai préféré lui cacher ce détail particulièrement gênant.

— Rien. Je… j'avais juste trop bu et…

— Elle a l'alcool mauvais, me coupe Hailey. Un enfer, cette fille. Je venais de la planter pour partir avec un bel Apollon alors elle a pensé se réfugier chez les garçons. En vous voyant, elle a cru qu'elle dérangeait, fin de l'histoire.

Je la regarde éberluée. Dieu sait comme Hailey me fait tourner en bourrique, mais sur ce coup, elle vient de me sortir d'un mauvais pas. Par ailleurs, je dois également saluer son intelligence ainsi que son grand talent d'improvisation.

— Ah. OK.

— Moins drôle que ce qu'on avait imaginé.

— Et vous aviez imaginé quoi ? leur demandé-je en me morigénant aussitôt d'avoir remis cent balles dans la machine à ragots des jumelles infernales.

— Que tu étais la *copine* d'Ice…

— Que tu as cru qu'il se tapait deux nanas en même temps.

— Et que ça t'a fait péter les plombs.

Bien vu, les Bombastic. Deux bonnes affirmations sur trois, pas mal. Je me force à rire d'un air détaché.

— Maddie ? Amoureuse d'Ice ? Jamais de la vie ! s'écrie Beverley.

Les jumelles, visiblement très protectrices, haussent les sourcils en se tournant vers leur amie.

— Ce ne serait pas la première, pourtant… raille Jumelle-1.

— Et pourquoi ça ? Il n'est pas assez bien, pour elle ? grogne Jumelle-2.

— Rien à voir ! se défend Bev. C'est juste que Maddison est une vraie nonne ! Oh, ça rime. Maddis*on,* n*onne*.

Si la blague n'était pas si désespérante et l'ensemble de la phrase relativement insultant, j'aurais presque envie de remercier ma collègue de natation de m'avoir, elle aussi, sauvé la mise. *Je ne suis pas une nonne, bordel ! Et surtout pas avec Isaiah, j'ai envie de dire.* Heureusement, le match reprend. Wolf se fait salement amocher par un joueur adverse et je grimace avec lui en entendant le choc. Les jumelles crient au scandale. Les Bears encaissent deux buts dans la seconde période, en remettent un dans la troisième et la dernière manche s'avère décisive, les deux camps étant à égalité. Le match a beau être amical, les supporters sont sur les dents, la tension est à son comble et on sent bien que les deux équipes ont envie d'en découdre.

Vivement la tombola, ça remettra du baume au cœur à tout le monde.

*

— Salut les filles ! Pas la peine de venir si c'est pour nous porter la poisse, s'exclame Cameron en s'approchant en tenue de ville.

Le ton se veut chantant et léger mais ses traits trahissent son énervement. Ce n'est rien comparé aux visages d'Isaiah et Liam. Eux tirent carrément une tête de six pieds de long. Les Bears ont perdu et ils n'ont pas l'air de prendre ça à la rigolade.

— C'était un match amical, non ? demandé-je pour détendre l'atmosphère.

Les trois mecs et les Bombastic braquent leurs yeux sur moi, si bien que je réalise l'affront qui vient de sortir de ma bouche. *OK, tout doux, les mauvais joueurs.*

— Et pendant tes entraînements, on s'en fout du temps, non ? Ça ne compte pas… crache Isaiah.

Il me fusille du regard, l'air profondément énervé contre moi alors que je ne vois pas ce que j'ai pu faire de travers à part cette phrase un peu maladroite. *Pas de quoi fouetter un chat, si ?* Je ravale difficilement ma salive. Le message est passé, je ne dis plus rien. Heureusement, un type s'avance sur la scène de l'auditorium où se poursuit le gala pour annoncer le début de la tombola. Chaque personne ayant assisté au match a reçu un petit carton avec un numéro inscrit dessus, ticket qui pouvait également s'acheter sur l'intranet de l'université. Plusieurs lots sont en jeu dont un séjour de trois jours à Aspen, un saut à l'élastique pour deux, des ballons de foot dédicacés, des livres de cours d'occasion, des maillots de joueurs en tous genres. Bref, il y en a pour tous les goûts.

— J'appelle le numéro 27 !

Un grand dadais s'avance sur la scène et le Monsieur Loyal lui tend un ballon.

— Le ballon utilisé lors du dernier match remporté par Brown... dédicacé par toute l'équipe !

Visiblement le type qui remporte ce lot est content.

— Numéro 316 !

La fille qui s'avance semble à deux doigts de s'évanouir. Sa peau est rouge cramoisi, et elle ne cesse de remettre en place ses lunettes, dans un geste frénétique qui trahit son état de nervosité.

— Tu gagnes le cours de *cheerleading* !

Des applaudissements retentissent. Je ne peux m'empêcher de penser qu'il y a peu de chances que ce lot, pourtant très prisé, soit vraiment au goût de celle qui se tient péniblement sur scène.

— Numéro 75 !

Personne ne s'avance.

— Numéro 75.

La bande qui m'entoure vérifie à nouveau son ticket. Par mimétisme, je finis par faire pareil, réalisant du même coup que je n'ai à aucun moment regardé quel numéro m'avait été attribué.

— Putain, Maddie, c'est toi ! s'écrie Hailey en ameutant tous ceux qui nous entourent.

Pas moyen de me défiler, les garçons, les jumelles et Beverley – qui sautille de nouveau – attendent que je me bouge. La mort dans l'âme, je m'avance sur scène en espérant vaguement avoir droit aux bouquins ou au séjour à Aspen.

— Numéro 75, tu as bien fait de venir ! Tu remportes le maillot du capitaine de l'équipe de hockey, Isaiah Wolf ! Très beau match, mec, vous méritiez de gagner !

Le type me tend le bout de tissu et je mets quelques secondes avant d'esquisser un geste.

— Allez, jeune fille. La rumeur dit que Wolf est chaud comme la braise, mais, promis, son maillot ne brûle pas ! me presse-t-il.

Des rires éclatent pour saluer la lourdeur de la blague et je suis encore plus contrariée. Je dois être aussi rouge que la fille avant moi et je vois d'ici les visages goguenards de Liam et Cameron, le sourire extatique de Hailey, les regards entendus des jumelles. J'évite à tout prix de croiser les yeux d'Isaiah. Pas moyen de reprendre ma place dans le groupe immédiatement, je fais donc un crochet vers le bar pour gagner quelques minutes. Rien de tel que le punch sans alcool pour vous redonner du courage.

— Bah alors, petite sirène, tu ne mets pas ton nouveau maillot ?

Son torse est à quelques millimètres de mon dos, ses lèvres beaucoup trop proches de mon oreille. Je me dégage vivement pour faire redescendre la température rapidement, car l'animateur de la tombola avait raison : Isaiah Wolf est, littéralement, chaud comme la braise.

— Tu veux que je te le rende, peut-être, ce maillot ? Tu pourras l'offrir à l'une de tes conquêtes…

— Si je devais offrir un maillot Wolf à toutes mes conquêtes, il y aurait des gradins entiers de numéro 19.

— Tocard.

— Jalouse.

— Dans tes rêves.

— Tu sais ce dont je rêve ? susurre-t-il en s'approchant à nouveau d'un pas vers moi.

Incapable d'ouvrir la bouche, je tourne la tête de droite à gauche sans le quitter des yeux, fascinée par ses iris qui ont une teinte plus sombre ce soir. Leur bleu habituellement glacé est presque couleur asphalte.

— Je suis sûr qu'il t'irait bien, me glisse-t-il à l'oreille.

Pas question de rentrer dans son jeu. Comment l'ego de ce type peut-il être aussi immense ? Il ne doute de rien, celui-là ! Je tourne les talons pour rejoindre Hailey, Isaiah quelques centimètres derrière moi.

— Je ne mettrai pas ton foutu maillot, Wolf. Je ne suis pas ta chose.

— C'est histoire de me soutenir, voyons ! Pas une histoire de propriété mal placée. Qu'est-ce que tu vas t'imaginer, Andrews ?

Face à son air faussement innocent, je ne peux contenir mon rire en levant les yeux au ciel.

— Alors ? Tu vas le mettre ? demande-t-il presque comme un gosse le soir de Noël. Tu pourrais peut-être le porter la prochaine fois qu'on couch…

— Stop, le coupé-je en posant ma main sur son torse. Si vous arrivez en finale.

— Quoi, si on arrive en finale ?

— Si vous arrivez en finale, je le porterai en venant au match, affirmé-je.

Isaiah a l'air de s'en contenter parce qu'il esquisse un sourire beaucoup trop craquant avant de hocher la tête et retrouver ses potes. Quant à moi je me demande dans quel pétrin je me suis encore fourrée. En une phrase, Isaiah vient de m'arracher la promesse de revenir le voir jouer *et* de porter son maillot. *Grandiose. Une négociatrice hors pair, Maddie.*

Hors de question, en revanche, d'avoir un maillot qui porte son nom sur le dos pendant une partie de jambes en l'air. *Il ne va pas bien, celui-là !* Pourtant, tout au fond de moi, à cet endroit si profondément enfoui dans mon ventre que j'en avais même ignoré l'existence pendant de longues années, je sens comme des battements d'ailes de papillons.

Une sorte d'excitation décadente à l'idée de baiser Wolf en Wolf.

27

Maddison

La maison scintille depuis la rue, ça sent le pain d'épices à l'intérieur, et mon père porte un fichu pull de Noël. Je n'aime pas spécialement cette fête, ça ne me fait ni chaud ni froid, mais j'adore l'idée de passer du temps en famille. C'est le seul moment de l'année où mes parents lâchent un peu du leste et arrêtent de nous emmerder, mon frère et moi, avec les contraintes habituelles.

Cette année, ma tante Harper, la petite sœur délurée de ma mère, vient passer les fêtes avec nous, probablement accompagnée de son compagnon du moment. Personne ne sait quand elle arrive ni quand elle repart, et c'est ce qui rend Tante Harper aussi insupportable qu'attachante. Alors lorsqu'elle débarque le 23 décembre, c'est un véritable branle-bas de combat.

Harper a déboulé comme une fleur sans s'annoncer, avec son nouveau mec et sa meilleure amie : le premier, un barbu tatoué qui n'est pas du tout au goût de mon père mais devant qui ma mère bat des cils à tel point que c'en est très gênant, un énorme chien poilu qu'elle a – je cite – trouvé sur le bord de la route et on ne laisse personne seul à Noël, pas même un chien ; la seconde, une inconnue aux cheveux mauves qui semble gentille et pas beaucoup plus vieille que moi. C'est assez bizarre.

Bref, mes parents n'ont pas assez de chambres pour loger tout le monde, le chien a déjà cassé deux vases, et le fou rire qui nous secoue Joshua et moi finit de rendre ma mère complètement marteau.

— Allez faire un tour, vous deux ! Je veux le champ libre pour réorganiser les couchages et discuter sérieusement avec mon amour de sœur, ajoute-t-elle à voix basse en serrant les dents.

— Message reçu ! s'exclame Josh en prenant son manteau. Maddison m'avait promis de passer une journée avec moi, on peut faire ça maintenant ?

— Parfait. Maddison, je t'envoie une liste de courses par message, tu pourras passer à l'épicerie avant de rentrer ?

— Oui, m'man. Bon courage ! lancé-je en m'échappant à mon tour.

Dans l'habitacle gelé de la voiture de mon père, je souffle sur mes mains derrière le volant en attendant que Joshua se décide.

— Je peux vraiment choisir ce que je veux ?

— Oui, affirmé-je. Même un film d'horreur, je te suis. C'est toi le boss.

Il semble réfléchir un instant et je mets le contact afin de lancer la soufflerie dans la voiture. On va finir transformés en glaçons s'il ne se dépêche pas un peu.

— Patinoire ! finit-il par lancer, l'air décidé.

— Oh Josh, pitié ! Pas ça… je ne sais pas faire du patin. Il n'y a rien d'autre qui te ferait plaisir ? Un marathon Harry Potter ? Une orgie de gâteaux dans le petit salon de thé qui vient d'ouvrir ? Un tour à la piscine ?

— J'en ai marre de la piscine, Maddie, souffle-t-il. On n'est pas tous des poissons comme toi !

— Et moi qui me voyais plutôt en sirène… râlé-je.

— Pitié, pitié, pitié…

Je n'ai aucune envie d'aller à la patinoire. Il fait un froid de canard, je n'ai pas d'équilibre et je suis incapable de faire deux mouvements en lâchant le bord. Et puis maintenant, la patinoire me fait penser à Isaiah et penser à Isaiah provoque de drôles de sensations dans mon bas-ventre que je peine à m'expliquer.

Une semaine que je ne l'ai pas vu et pourtant, je ne cesse de penser à lui. Je me couche avec son image imprimée dans ma tête, il vient parsemer mes rêves de couleurs érotiques, plus embêtant encore, je me prends parfois à nous imaginer… *en couple. EN COUPLE.*

Loin des yeux, loin du cœur, dit-on ? Belle connerie, ça encore. Loin des yeux, on oublie surtout ses bonnes résolutions et on imagine n'importe quoi avec n'importe qui. Parce que la vérité, c'est que si tant est que je n'avais pas tiré un trait sur tout type de relation amoureuse pour le moment, Isaiah Wolf resterait quand même le dernier candidat envisageable. Trop coureur, trop tombeur, trop sexy, trop sportif, trop populaire… trop dangereux. Bref. Même si je n'étais pas contre l'idée d'être en couple, cela me ferait beaucoup trop peur d'envisager quoi que ce soit avec ce type. Malheureusement, je n'ai pas encore trouver le moyen de contrôler mon inconscient et mes rêves…

Malgré mes réticences, Joshua ne lâche rien et joint ses deux mains devant le visage en prenant son petit air de chiot. *Comment résister face à ce spectacle ? Impossible.* Évidemment, je finis par céder.

— OK, Joshy. T'as gagné… abdiqué-je. Va pour la patinoire.

— Super ! Merci Maddie, t'es trop cool. Il y a des ateliers pour les moins de 12 ans, si ça se trouve il reste de la place et tu n'auras même pas besoin de mettre des patins.

— Il fallait commencer par là, petit malin. Je vais les appeler pour vérifier.

Cinq minutes plus tard, la secrétaire de la patinoire me confirme qu'il reste une place et Joshua peut donc participer à l'animation d'une heure et demie avec des professeurs. Ça commence dans une heure, nous serons dans les temps et maman aura la paix. Finalement, le programme est idéal : j'aurai même le temps de réviser sur les gradins de la patinoire pendant que mon frère s'amuse comme un petit fou. Ce n'est pas tout à fait ce que j'avais en tête lorsque je lui ai proposé de passer une journée ensemble, mais je ne vais pas me plaindre. Et tant pis si cela fait de moi une grande sœur indigne.

Une demi-heure plus tard, je gare ma voiture à proximité de la patinoire municipale de Providence et nous nous dirigeons vers l'entrée.

— Bonjour, je viens de vous appeler pour réserver la dernière place disponible. Au nom de Joshua Andrews.

— Oui, c'est parfait. Quelle taille pour les patins ?

— 32, répond fièrement l'intéressé.

— Et pour vous ? demande la femme de l'accueil en se tournant vers moi.

— Oh non merci, c'est gentil, décliné-je. Je ne patine pas, moi. Je vais rester au bord.

— Comme vous voulez mais c'est compris dans le prix, rétorque-t-elle en fronçant les sourcils.

Sous son regard insistant, je finis par lui indiquer ma pointure. Au fond, rien ne m'obligera à les enfiler, ces satanés patins.

— Je chausse du 37.

Je ne sais pas résister à la pression. Le stress oui. Celui des compétitions et du chronomètre, des obligations, de l'organisation, d'être à l'heure aux entraînements et assurer en classe… Tout ça, oui. En revanche, la pression subie par une tierce personne qui semble vous jauger tandis qu'elle objecte l'un de vos propos, ça, je ne sais pas faire. La *gentille* dame de l'accueil nous amène nos paires de patins avant de nous montrer le chemin. J'aide Joshua à lacer ses patins et l'encourage tandis qu'une légère appréhension commence à pointer le bout de son nez.

— Allez Joshy, courage ! Tu vas tout déchirer.

L'instant d'après, les enfants sont invités par un membre de l'encadrement à se réunir au bord de la patinoire.

— En attendant mon collègue, on va faire des groupes. Qui a déjà patiné ? demande l'animateur.

Je suis attendrie en observant la scène qui se déroule sous mes yeux. Les enfants pépient joyeusement. Les uns fanfaronnent au sujet de leurs exploits sur la glace, d'autres se réjouissent d'avance de leur séance, tandis que les derniers sont visiblement un peu stressés. Joshua se mêle au groupe des débutants, mais semble rasséréné, agrippé à une sorte de pingouin en plastique. Après lui avoir adressé un pouce en l'air pour l'encourager, je me plonge dans ma lecture. Quelques minutes plus tard à peine, je relève le nez, estomaquée.

— Salut les kids ! Désolé pour le retard, mais on va vite se rattraper, vous allez voir ! Ceux qui n'ont encore jamais patiné vous restez avec moi et les autres, vous pouvez suivre Smith.

Isaiah. Encore lui.

Mon corps est tendu comme un arc en réalisant que c'est Wolf qui va s'occuper de Joshua pendant la prochaine heure et demie. Si lui ne m'a pas encore vue, je tiens à ce qu'il m'aperçoive avant la fin du cours. Je me faufile donc entre les rangées pour m'éloigner du bord en laissant mes patins et les affaires de Josh là où ils sont. Une part de moi se réjouit de pouvoir l'observer à la dérobée d'autant plus que je tiens à ce qu'il soit parfaitement concentré avec les petits. Car si j'étais prête à laisser un parfait inconnu s'occuper de mon petit frère sans m'inquiéter, le fait que ce soit Isaiah me met foutrement mal à l'aise. La collision entre ces deux mondes, totalement imprévue, m'est très désagréable. Il va sans dire que je ne suis pas non plus convaincue qu'il soit très bien placé pour s'occuper de gamins surexcités.

Et je me plante sur toute la ligne. Derrière mon bouquin, je découvre, ébahie, un Isaiah patient, attentif… et très pédagogue. Il passe du temps auprès de chaque enfant pour lui montrer les gestes de base, insuffler des encouragements. Il raconte une blague à l'un, donne la main à l'autre… Quant à Joshua, il lâche rapidement son pingouin, sorte de déambulateur pour enfant, afin de se lancer seul sur la glace. Il fait quelques tours avant de perdre l'équilibre. Lorsqu'il tombe, je me redresse, prête à intervenir, et je suis surprise de voir mon petit frère rire aux éclats tandis qu'Isaiah est déjà à ses côtés.

Mon *sex friend* partage l'hilarité de mon petit frère quelques secondes et cette vision finit d'instaurer un trouble au fond de moi. Je ne peux pas m'empêcher d'être attendrie devant cette image. Je ne peux pas m'empêcher de le trouver craquant et je suis contrariée d'éprouver ce genre de sentiments. *Je savais bien que cette activité patinoire était une* très *mauvaise idée.*

— Lequel d'entre vous a la chance d'être accompagné par la jolie blonde qui est assise là-bas ? demande soudain Isaiah en pointant un doigt dans ma direction.

Alors que le cours touche à sa fin, dix paires d'yeux me scrutent avec attention avant que Joshua ne prenne la parole.

— Elle est canon ma sœur, hein, glousse mon abruti de frère.

— Pas mal, ouais, confirme Isaiah en levant enfin les yeux vers moi.

— En revanche, je te préviens, elle déteste le patin à glace, ajoute-t-il sur le ton de la confidence.

Isaiah lui adresse un sourire complice avant d'entrechoquer son poing contre celui de Josh. Puis son regard s'ancre au mien alors je finis par sourire, gênée d'avoir été découverte. À moitié cachée, comme un mauvais détective, autant dire que je dois avoir l'air stupide alors que Wolf sourit de toutes ses dents, visiblement fier de sa dernière trouvaille. Ce bougre me fait signe d'approcher alors que je secoue la tête. Mon malaise croît lorsque je réalise que je suis au centre de l'attention de tous les enfants. Comme je commence à connaître l'animal, je sais que Wolf ne me lâchera pas tant que je ne me serais pas avancée.

— Bonjour, lancé-je gênée.

— Bonjour, Maddie.

— Attends, tu connais ma sœur ?

— Ça se pourrait bien, lâche Isaiah d'un air énigmatique en jouant des sourcils. Allez les gnomes, vous avez été supers. Maintenant, c'est quartier libre. Et pour ceux qui en ont marre, sachez qu'ils font de délicieux chocolats chauds à la buvette !

Les élèves s'éloignent en glissant avec plus ou moins de grâce et de talent, en poussant des cris joyeux. Isaiah s'accoude à la rambarde et me dévisage pendant de longues secondes.

— Tu passes les fêtes en famille ? demandé-je.

— Avec mon père et mes sœurs, oui.

— Oh. Divorcés ?

Au moment où un voile vient obscurcir le bleu des yeux d'Isaiah, je me maudis de ma curiosité mal placée, de ce bavardage que je pensais anodin et qui visiblement ne l'est pas. Je m'apprête à faire machine arrière et retirer ma question lorsque, enfin, il ouvre la bouche.

— Disons plutôt que ma mère est aux abonnés absents.

Cette fois, mes lèvres restent obstinément scellées. Que pourrais-je bien répondre à cela, de toute façon ? Seules des questions indiscrètes me viennent en tête et je suis soulagée lorsque c'est Isaiah qui reprend la parole.

— Tu vois, c'est pour ça qu'il y a aucun risque, conclut-il.

— Aucun risque ?

— Que je tombe amoureux.

— À cause de ta mère ?

— À cause de mon père. Quand *elle* est partie, je l'ai vu sombrer à petit feu. Heureusement qu'il avait des gosses dont il fallait s'occuper sinon, je crois qu'il se serait laissé crever comme un chien qui perd son binôme.

— Je suis désolée. Tu avais quel âge ?

— L'âge de comprendre que je n'étais pas suffisamment bien pour mériter l'amour de ma mère, grince-t-il.

Sa voix ne cherche même pas à masquer toute sa colère, toutes ses douleurs, au moment où l'émotion qui surgit vient me gifler de plein fouet. Je dévisage cet homme comme si je le découvrais pour la première fois. Sous ses muscles puissants, derrière sa carapace de tombeur et ses sourires narquois, j'aperçois un petit garçon blessé que je ne connaissais pas encore. Un enfant abandonné par celle qui aurait dû être toujours là pour lui, trahi par la femme qui lui a donné la vie. De le voir ainsi meurtri, profondément abîmé dans chaque parcelle de lui-même, j'ai soudain envie de le prendre dans mes bras, contre moi, de poser ma tête sur la sienne, souffler dans ses cheveux des mots tendres qui effaceraient ses craintes. Je retiens mes doigts pour ne pas qu'ils se posent sur les joues d'Isaiah tandis que j'ai toutes les peines du monde à ne pas laisser mes larmes déborder de leur lit. Tant de limites sont franchies au milieu de cette patinoire que c'en est étourdissant, cependant je me laisse ce moment de répit. En s'ouvrant à moi de cette manière, Ice a bien mérité que je baisse les armes une journée. Rapidement, je fais taire la voix pernicieuse qui me souffle que je file un mauvais coton pour me concentrer sur ce que j'ai devant moi. Isaiah Wolf, totalement mis à nu, à poil, plus intime encore que toutes les fois où nous l'avons été. Je l'observe comme si c'était la première fois, alors l'évidence me saute au visage. Sa grande gueule qui sert à dissimuler ses meurtrissures d'enfant, celles dont on ne se remet jamais vraiment. Sa surconsommation de femmes, pour contrebalancer le fait que la seule qui comptait s'est fait la malle. Sa bonne humeur pour masquer les plaies toujours béantes. Ce que je vois me bouleverse, plus que de raison, plus que ce que je devrais tolérer pour mon propre bien. Pourtant, impossible de faire machine arrière maintenant. Les barrières devront attendre ce soir pour être érigées de nouveau.

— Tu sais que ce n'est pas vrai, n'est-ce pas ?

Il hausse un sourcil, comme pour me défier de poursuivre ma phrase, de m'aventurer sur ce terrain plus glissant encore que la patinoire devant moi. Je pourrais m'arrêter là mais je ne peux pas. C'est plus fort que moi. Maintenant qu'il m'a exposé cette blessure en m'ouvrant un peu son cœur, je ne peux pas simplement l'ignorer et faire comme s'il ne s'était pas confié à moi. Un bout de cœur pour un bout de cœur.

— Tu sais qu'elle n'est pas partie à cause de toi ?

— Qu'est-ce que tu en sais ? crache-t-il. La vérité, c'est que personne n'en sait rien. Et admettons que tu aies raison, je ne l'intéressais pas assez pour qu'elle se donne la peine de prendre des nouvelles, rester en contact, se préoccuper de ce que je devenais de loin en loin… enfin bref. Pour être ma mère, quoi.

— Alors tant pis pour elle. C'est elle qui perd le plus en ne sachant pas qui tu es devenu.

Je pense chaque mot que je prononce tandis qu'Isaiah me scrute comme si j'avais énoncé une énormité. La gêne augmente à mesure que les secondes s'égrènent. Dur de rebondir sur un sujet plus léger, après ça.

— Tu veux ma photo ? grimacé-je pour rompre le silence.

— Je réfléchis à un moyen de te faire mettre ces patins.

— Non.

— Joshua !

Le salaud. Ça, ce n'est pas *fair-play* du tout.

— À quel point tu serais content que Maddie te rejoigne sur la glace ? lui demande-t-il lorsqu'il est enfin parvenu jusqu'à nous.

Joshua se tourne vers moi, les yeux brillants d'excitation.

— Trop *trop* content, affirme-t-il.

— Maddison. Pour ton frère, tu peux faire un petit effort, voyons !

C'est grotesque. Cependant, face à la mine réjouie de mon frangin et la moue suppliante d'Isaiah, je n'ai aucune chance. C'est certain, ces deux-là réunis, c'est une véritable machine infernale créée spécialement pour me rendre la vie impossible !

— Je vous déteste, grommelé-je en chaussant néanmoins mes patins.

Déterminée à leur clouer le bec, je mets un pied sur la glace. Puis un deuxième. Malheureusement, je n'ai même pas le temps de faire véritablement un pas en avant que je me retrouve déjà sur les fesses. *Faux départ.*

— Allez, fin de la rigolade, on ne peut pas être doué pour tout. J'aimerais mieux éviter de me casser une articulation avant les sélections.

La vérité ? C'est que je suis vexée comme un pou.

28

Isaiah

Elle semble particulièrement vexée d'avoir le cul par terre. J'ai une envie irrépressible d'éclater de rire à la voir ainsi, furieuse et désemparée. Mais je me contiens, parce que Maddie est avec son petit frère, le moment est donc mal choisi pour la faire sortir de ses gonds. Par ailleurs, je suis moi-même un peu à côté de mes patins. Je ne comprends toujours pas pourquoi je lui ai tout déballé, comme ça. Sur ma mère, mes angoisses de gosse, mon père au fond du trou… Toute ma bile déversée devant le joli minois effaré de Maddison. Déjà que je n'en parle pas souvent avec mes potes – faut dire qu'il y a des sujets de conversation plus sympas –, avec une meuf, ça n'était encore jamais arrivé. Il n'y avait aucune raison pour que je me confie à elle. Peut-être est-ce simplement la période de Noël qui m'a provoqué ce genre de besoin irrépressible d'évoquer ma famille bancale. Le pire ? C'est que je devrais me sentir mal à l'aise pourtant je ne ressens aucune gêne. Pas question de s'appesantir au-delà de ces quelques secondes pendant lesquelles l'expression de son visage a trahi sa surprise et sa peine. Par une pirouette digne d'une gymnaste, Maddie a changé de sujet en remettant rapidement un voile de gaieté sur cette conversation.

Je me contente donc de lui tendre la main pour l'aider à se relever. Prise par l'élan, elle se retrouve propulsée contre mon torse. Naturellement, mes doigts s'enroulent autour des siens et je raffermis ma prise. Son souffle s'accélère alors que ses joues déjà rosies par le froid prennent une teinte plus soutenue. Elle est jolie, y a pas à tortiller. Du genre vraiment agréable à regarder. Avec ses airs à mi-chemin entre la peste et la princesse des glaces, Maddison Andrews me donne une furieuse envie d'aller chercher plus loin. À cause de ce foutu visage justement, qui s'impose à mes pensées après les entraînements. Avant de dormir. Sous la douche. De plus en plus souvent lorsque je suis avec les mecs ou n'importe quand, en fait. À cause de ses yeux comme des éclats de chocolat qui, je le vois bien, cherchent à me déchiffrer et me comprendre. Comme si elle avait capté qu'il y a une autre couche sous la glace, une autre facette d'Ice à découvrir. *Plutôt crever que de l'admettre, mais ça me fait plaisir.*

— Laisse-toi glisser, Maddie. Tu n'as rien à faire, c'est moi qui mène, soufflé-je au creux de son cou.

C'est quitte ou double. J'attends un signal que me donnerait son corps pour l'entraîner sur la glace ou la laisser retrouver la terre ferme. Ce corps que je commence à bien connaître même s'il me reste encore de nombreux secrets à percer, j'en suis certain. Ce serait bien présomptueux de penser que je le connais par cœur, ce corps puissant et athlétique, qui semble, à cet instant, bien frêle sur la glace. Ce n'est pas Maddison Andrews que je serre contre moi, c'est un petit faon tremblant et dégingandé. Enfin, je finis par la sentir se détendre, se relâcher contre moi. Je lui souris, rapidement, parce que si je me voyais de l'extérieur, je suis à peu près certain que je me trouverais l'air d'un con, et je m'élance doucement, sa main dans la mienne. Pendant quelques minutes, je nous fais tourner autour de la patinoire, Joshua quelques mètres devant nous. Ainsi, j'oublie un peu les limites, j'enfreins probablement les règles, les contraintes que je m'impose, qu'elle s'impose et nous impose. J'oublie même que franchement le patinage à deux ce n'est pas tellement mon délire et je glisse avec elle. Son sourire malicieux et enfantin est renversant. C'est encore une autre version de Maddison. Ni feu ni glace, elle ressemblerait plutôt à… une barbe à papa.

— T'as vu Maddie, c'est trop bien, hein ! lui crie Joshua sans tourner la tête.

Déconcentrée, Maddie chancelle, si bien que mon bras s'enroule immédiatement autour de son corps pour la garder à la verticale. Pas question qu'elle tombe une deuxième fois, elle me le ferait payer trop cher. Le visage à seulement quelques centimètres du sien, je sens son souffle s'écraser sur ma peau et sa respiration qui se bloque. Une de ses mèches dorées virevolte, me poussant à la replacer derrière son oreille. Je voudrais la regarder dans les yeux sauf que je ne vois que sa bouche. Sa bouche qui s'est posée à tant d'endroits sur moi, mais dont je ne suis pourtant pas certain de connaître le goût. *Baiser oui, les baisers, pas sûr.* Putain. Je ne sais même pas si j'ai déjà roulé une pelle à Maddison, si ma langue a déjà caressé la sienne. Comment est-ce possible que je ne connaisse pas tous les goûts de Maddie ?

— Je te préviens, Bambi, je vais t'embrasser, chuchoté-je presque pour moi-même.

Je continue à regarder ses lèvres. Roses. Charnues. Bien dessinées. Drôlement sensuelles. Il me semble deviner un léger tressaillement mais elle reprend son masque habituel.

— Quoi ? me fait-elle répéter d'une voix étranglée, le regard arrimé à ma bouche comme si elle cherchait à lire dessus.

Mon pouce caresse sa peau fraîche et ses joues brûlantes en m'approchant de son visage.

— Je vais t'embrasser, murmuré-je contre ses lèvres. Debout, habillés et devant tout le monde.

Son menton pris au piège entre mon pouce et mon index, elle ferme les yeux, comme une autorisation tacite d'approcher encore. Alors c'est ce que je fais. Pour la première fois, j'embrasse Maddison Andrews. Et je la sens. Sa chaleur, sa douceur, sa fièvre. Ses dents qui viennent mordiller mes lèvres, sa langue qui s'enroule doucement à la mienne, ses mains qui s'agrippent derrière ma nuque. Nos souffles qui se mélangent, son corps qui se moule au mien. L'une de mes mains se pose dans le creux de ses reins pour la maintenir en équilibre tandis que la seconde garde son visage en coupe. C'est presque tendre, comme un putain de premier baiser, affamé aussi. Parce que je ne l'avais pas touchée depuis près d'une semaine et que mon corps – ce traître – semble être devenu accro. D'ailleurs, ma queue semble ravie de retrouver Maddie, si j'en crois la vitesse à laquelle elle durcit dans mon jean.

Combien de temps ça dure ? Aucune putain d'idée. En revanche, je sens bien le moment où Maddie me croque violemment avant de rejeter brusquement la tête en arrière pour s'arracher à ce moment.

— Putain, Isaiah. Y a mon frère. Et puis… et puis, arrête ça ! À quoi tu joues ?

She's back[1].

Elle est de retour, avec ses limites, ses règles à la con, sa charte… *Ça*, c'est vraiment Maddie. Je lui lâche un clin d'œil amusé en m'éloignant rejoindre un groupe de patineurs plus loin. Il me reste une heure de pause avant que la soirée sur glace commence. À des années-lumière du hockey.

Même si mon genou ne semble plus faire des siennes, j'ai décidé de garder mon boulot à temps partiel à la patinoire. C'est plus prévoyant, et la vérité, c'est que c'est un job agréable. Ce soir, je suis chargé de l'encadrement et de la sécurité des participants, une bande de bourrés qui vont venir danser à la patinoire… *Drôle d'idée.* Néanmoins, même si ce n'est pas tout à fait ma passion, j'ai bien conscience qu'il y a pire comme travail.

*

Les vacances sont terminées, il est donc temps de rentrer à la coloc. J'ai pu me faire un peu de thunes, me gaver de maisons en pain d'épices préparées par les jumelles, regarder les matchs de sport en tous genres avec le paternel, et surtout le rassurer sur mon état de santé. Faith et Hope ne m'ont pas lâché la grappe au sujet de Maddison. Elles m'ont même offert le *Guide du petit copain idéal pour les nuls*. Ça a fait rire mon père, j'ai dit que c'était leur cadeau

1. La revoilà.

qui était nul, que je n'avais pas de meuf, elles ont hurlé comme des chouettes en me traitant de mytho. On a ri, c'était bien. Et maintenant c'est terminé.

La saison de hockey va reprendre encore plus intense qu'avant la coupure. Je n'aurai pas le temps de revenir à Laconia, New Hampshire, avant un moment. Alors à moins qu'ils fassent le déplacement, je ne les verrai pas avant le mois d'avril – au moins.

— Fais gaffe à ton genou, fils.

— Promis, p'pa.

Mon père, debout sur le perron, me regarde m'éloigner vers mon véhicule. Je sens que ses lèvres brûlent, pourtant il reste obstinément muet.

— Quelque chose à me dire avant que je prenne la route ? l'interrogé-je.

— Je… commence-t-il, hésitant. Je suis fier de toi, tu sais.

Il fait quelques pas pour s'arrêter à peine quelques mètres devant moi.

— Ça n'a pas toujours été facile pour toi. Le départ de ta mère, les jumelles qui m'ont beaucoup accaparé, la pression sur tes épaules, celle que tu t'es mise tout seul, et la mienne… Je suis désolé. Je t'en ai beaucoup demandé alors que j'étais souvent aux abonnés absents quand tu aurais eu besoin de moi…

— Arrête papa, c'est faux.

— Non, c'est la pure vérité. Mais sache que je suis fier de l'homme que tu deviens et rien, rien, ne me fait plus plaisir que de te voir enfin heureux. Parce que ta mère, bien sûr que ça m'a anéanti quand elle est partie, mais qu'est-ce que je me suis senti vivant à ses côtés. Rien n'est plus doux que l'amour, mon fils, et aucune douleur ne vaut qu'on s'en tienne éloigné.

Déjà, à cet instant, je suis complètement largué. Je nage en plein discours sentimentalo-moralisateur, c'est un mauvais téléfilm et la conversation la plus gênante que j'ai eue avec mon vieux. Pire encore que la fois où il m'a demandé d'arrêter de me branler dans mes chaussettes ou bien de les mettre moi-même dans la machine. Mais c'est la phrase d'après qui me bute vraiment.

— Je l'aime déjà cette petite, tu lui diras de ma part.

Je le regarde, hagard. Les grands déballages, ce n'est pas son genre. Tout son discours me laisse sans voix. Je me contente d'opiner du chef, sans comprendre vraiment ce qu'il a voulu dire. J'essaie de passer sur ces confessions sur ma mère ou son petit laïus sur l'amour. Ma mère est partie sans un regard en arrière pour nous. Imaginer que mon père continue de nourrir de tendres sentiments envers elle, après tout ce que je l'ai vu traverser, après la façon dont il a souffert… *Après ce que j'ai souffert*, me souffle mon cerveau qui ne veut pas se taire. Non. Je refuse d'y penser. En tout cas, je ne sais pas ce qu'il est allé s'imaginer au sujet de Maddison, mais encore une fois, les détails de notre relation ne sont pas tout à fait de ceux qu'on partage avec ses parents.

Pendant tout le trajet qui me sépare de Brown, je repasse ses mots en boucle dans ma tête. Bien sûr que je suis heureux, cependant je l'ai toujours été. J'ai une famille qui déchire, des potes super, une équipe de hockey qui cartonne, plus de filles qu'il n'en faut pour combler un seul homme… *Enfin, en ce moment, t'as surtout Maddie, mon pote*, vient me glisser une petite voix à l'oreille. Je chasse cette pensée en secouant la tête pour me concentrer sur la route. D'abord, on s'en fout qu'il n'y ait que Maddison en ce moment, parce que si je claque des doigts, y en a dix qui accourent. *N'est-ce pas ?* C'est juste que je n'en ai pas spécialement envie en ce moment.

Merde. Depuis quand je n'ai plus envie de changer de meuf tous les soirs ? C'est peut-être là le problème. *Est-ce vraiment un problème ?*

Fait chier. Faut croire que mon père n'a pas son pareil pour foutre le bordel dans ma tête. La dernière fois que je l'ai vu, j'ai pris un job alimentaire pour assurer mes arrières alors que finalement, mon genou a l'air de bien se porter. Cette fois, je repars en me posant des questions existentielles ou métaphysiques, bref des questions, au sujet de mon plan cul du moment. *Merci, papa, vraiment.* Trop sympa, le cadeau de Noël.

Lorsque j'arrive enfin à l'appart, je suis accueilli par l'odeur réconfortante de mon *chez moi*. Cameron et Liam sont attablés sur l'îlot central, deux bouteilles de bière devant eux.

— *Home sweet home*, soupiré-je en laissant tomber mon sac dans l'entrée. Cam, tu m'en ouvres une, s'il te plaît ?

— Debrief ?

— Rien à dire de mon côté, affirmé-je.

Pas question de leur faire part des pensées qui m'ont fait cogiter pendant les trois heures de bagnole aujourd'hui. Ce sont mes meilleurs potes, mais demain matin, après une bonne nuit de sommeil, j'aurai les idées plus claires. *C'est-à-dire exactement là où elles étaient avant que mon père s'en mêle.*

29

Maddison

[20 heures chez moi ?]

Mince. C'était inévitable, mais je redoutais quand même ce moment. Bien sûr, il n'y a pas de gêne à avoir, pas de malaise, c'est naturel, tout ça… Il n'empêche. Ce n'est pas si facile à dire frontalement.

— Qu'est-ce que tu regardes fixement sur ton téléphone, comme ça ?

— C'est Isaiah. Il propose qu'on se voie ce soir, sauf que j'ai mes règles.

— Bah, depuis le temps que vous couchez ensemble, cette situation ne s'est pas encore présentée ? s'étonne ma meilleure amie.

— Non, enfin, jusqu'à présent j'avais toujours une vraie-fausse excuse.

Hailey sourit largement, l'air de bien se moquer de moi. Néanmoins, mon regard noir posé sur elle la dissuade d'émettre le moindre commentaire.

— T'as qu'à juste refuser sans lui donner de raison particulière. C'est pas une de vos règles bizarres, ça ?

— Si, la règle numéro 3, confirmé-je. Mais là, ça va paraître étrange. Ça fait deux semaines qu'on ne s'est pas vus, trois qu'on n'a pas couché ensemble…

— Et donc ?

— Il doit s'attendre à ce que je lui saute dessus ! Donc je préfère l'arrêter net pour la semaine, plutôt que de refuser tous les jours.

Cette fois, son rire est tonitruant.

— Bah dis-lui simplement, alors. Aucune raison de te prendre la tête.

— Tu as raison.

— Évidemment, j'ai raison, affirme-t-elle en haussant les épaules.

[Off cette semaine. J'ai mes règles.]

Sa réponse, que j'appréhende, n'arrive pas. Pire, lorsqu'il fait son entrée dans le réfectoire avec sa bande de hockeyeurs dégénérés, Isaiah ne daigne même pas m'adresser un regard.

— Quel débile ! À me traiter comme si j'étais une pestiférée, râlé-je en ramassant mes affaires.

— Peut-être qu'il ne t'a juste pas vue… il ne m'a pas dit bonjour non plus, souligne-t-elle. De toute façon, vous n'êtes pas très démonstratifs en public, en général. Règle numéro combien déjà ? me demande Hailey.

— La 7.

— Ah oui, la numéro 7, suis-je bête, ironise-t-elle.

— Bref, ça n'explique pas pourquoi il n'a pas répondu à mon message.

— Au fond, tu voulais qu'il te dise quoi ? Qu'il te propose d'aller t'acheter des protections ? Il t'a proposé du sexe, tu peux pas, fin de la conversation.

Hailey a dû être un mec dans une vie antérieure. Sa théorie, assez limpide, me semble assez proche de celle d'un homme des cavernes[1] : selon elle, un message qui ne contient pas de point d'interrogation n'appelle pas de réponse. Point.

Je suis d'une humeur exécrable toute la journée. Mes hormones, mon mal de ventre et le silence d'Isaiah ont eu raison de mes bonnes dispositions. Lorsque j'arrive dans ma chambre à 19 heures, je me laisse tomber sur mon lit, en soupirant de soulagement. Cette journée interminable est enfin finie ! Je fixe le plafond d'un œil torve lorsque mon téléphone vibre.

[On fait une soirée jeux vidéo à l'appart ce soir. Ramène tes fesses, y aura du pop-corn.]

[Je crois que tu t'es trompé de destinataire.]

[Pourquoi ? T'aimes pas le pop-corn ?]

Je boude toujours un peu. De plus, j'ai quand même des doutes sur le fait qu'il souhaitait vraiment m'envoyer ce message. Je n'ai pas le temps de penser à une quelconque réponse – même si son message contenait bien un point d'interrogation – que trois petits points s'affichent de nouveau sur l'écran.

[Liam a envie de prendre sa revanche. Viens lui mettre la raclée du siècle, MADDISON ANDREWS.]

---

1. On sait bien que l'homme des cavernes n'avait pas de portable, hein. Mais s'il en avait eu un, il y a fort à parier qu'il n'aurait pas répondu à vos messages, lui non plus. Tous les mêmes, depuis la nuit des temps.

Je fais semblant de ne pas remarquer le sourire niais qui cherche à étirer mes lèvres. Difficile par ailleurs de résister à l'appel de Grand Theft Auto. Et puis je n'ai rien de mieux à faire. *Oui, oui, Maddie, on te croit.*

[Dis-lui de s'échauffer. Je suis là dans 30 minutes.]

*

Je suis accueillie par les acclamations de ses colocataires.

— Notre reine ! On t'attendait ! se réjouit Cameron.

— Je pense encore que ce n'était qu'un coup de chance, me défie Liam gentiment.

Je m'installe spontanément en tailleur à côté de mon adversaire du soir. Cette fois, Cameron est sur le fauteuil. C'est donc Isaiah qui prend la petite place restante sur le canapé en me ramenant une bouteille de Bud fraîche.

— On compte sur toi, Maddison. Écrase-le ! m'encourage Cameron.

— Vous êtes vraiment des traîtres ! s'insurge Liam. La solidarité masculine, vous en faites quoi ?

— Rien à foutre ! C'est trop bon de te voir te faire écraser.

À ma gauche, mains derrière le crâne, Isaiah est silencieux, l'air de se délecter de la joute verbale entre ses amis en buvant sa bière. Lorsqu'il tourne la tête, quelques secondes avant le début de la partie, pour m'adresser un petit clin d'œil derrière le goulot, mon cœur rate un battement. *Maudites hormones.*

La partie est serrée. Liam est remonté à bloc et ne lâche rien. J'ai réussi à le prendre au dépourvu la dernière fois mais il est vraiment très bon. Pourtant, même s'il me donne du fil à retordre, je finis par parvenir à le battre au bout d'une heure. Je jubile tandis qu'il lâche un cri de désespoir qui provoque l'hilarité de Cameron et d'Isaiah.

— Maddison, tu viens de gagner ton pass illimité pour venir ici quand bon te semble, rugit Cameron. Même quand Ice n'est pas là !

Dans un geste que je devine possessif, Isaiah pose sa main sur ma cuisse. Je m'attendais à ce que ce contact – compte tenu du fait que nous ne coucherons pas ensemble ce soir – me mette mal à l'aise, or je ne peux m'empêcher d'être contente de cette marque d'affection.

C'est à ce moment que mes pensées dévient vers le baiser de la patinoire… Je n'en ai parlé avec personne – excepté Joshua qui avait pas mal de questions – et surtout pas avec Isaiah. Malgré tout, ce souvenir est venu me tourmenter plusieurs fois pendant la coupure de Noël. Après avoir passé tous les scénarios en revue dans ma tête, j'ai fini par conclure que Wolf voulait juste me faire sortir de mes gonds, une fois de plus, et y est parvenu. *Une fois de plus.*

— Hors de question que Maddie traîne avec des demeurés comme vous quand je ne suis pas là, tranche Isaiah.

Les garçons rient, les blagues fusent. Nous commandons à manger puis Cameron et Isaiah disputent une partie à leur tour au cours de laquelle ce dernier se fait laminer. On ne peut pas être bons partout, décidément.

— Franchement mec, t'as été minable, marmonne Liam en terminant sa dernière part de pizza. Tu devrais demander à ta meuf de te donner des cours.

Cette fois, je n'ose plus bouger. Liam et Cameron sont parfaitement au courant que je ne suis pas *« la meuf »* d'Isaiah. Je m'attends à ce qu'il proteste, rembarre son pote ou sorte une vanne, pourtant rien ne vient. Il se contente de lever son majeur avant d'éclater de rire.

— Enfoiré, va.

Seul Cameron semble avoir tiqué, lui aussi, lorsqu'il m'adresse un sourire complice et lourd de sous-entendus.

*

Liam est sorti tandis que Cameron vient de monter dans sa chambre pour finir un devoir à rendre demain. Nous sommes donc seuls dans le salon, et un silence un peu gêné s'est installé.

— Bon, je ne vais pas te déranger plus longtemps. Merci pour ce soir, c'était cool, débité-je.

— Tu veux qu'on mate un film ?

— T'es sûr ?

— Bah ouais. Je n'ai rien de mieux à faire, *a priori*.

— Charmant, ironisé-je. Comme c'est gentiment proposé. Bref, c'est OK… Va pour un film.

Ma voix est mal assurée. Je crains que nous n'enfreignions quelques règles en agissant ainsi. *Encore*. Or, contrairement à ce que certains esprits se racontent, les règles ne sont *pas* faites pour être transgressées. Elles protègent le corps, le cœur, l'âme et l'esprit. Sans règles, c'est l'anarchie, le chaos. Un sacré bordel, en somme.

— On va se poser dans ma chambre, tu seras plus à l'aise.

Je hausse un sourcil, pas certaine de comprendre ce qu'il veut dire.

— Bah… tu sais, avec tes règles, tout ça, tu pourras te caler avec la couette et les coussins comme ça, bougonne-t-il, visiblement peu sûr de lui.

Cette fois, impossible de retenir le rire qui monte dans ma gorge. C'est à la fois extrêmement gênant et beaucoup trop mignon. Dans sa chambre, je retire mon pull avant de me glisser sous la couette.

— T'as pas mis de soutien-gorge.

— Euh, non. Ça pose un problème ?

— Aucun, tu me connais. C'est juste super frustrant d'avoir cette paire de seins sous le nez et de ne rien pouvoir en faire.

Je lève les yeux au ciel en pouffant. *Oui, en pouffant comme une idiote.*

— Espèce d'obsédé.

— Tu peux le voir comme ça, ou tu peux te réjouir parce que je considère que ta poitrine mérite d'être embrassée chaque fois que l'occasion se présente, déclare-t-il en prenant un air faussement sérieux.

Comme à son habitude, Isaiah a retiré son tee-shirt pour vivre sa meilleure vie à moitié à poil. Malheureusement pour moi, je ne peux m'empêcher d'admirer son torse parfait, sa carrure puissante, ses muscles dessinés.

— Dit-il en s'affichant torse nu devant moi pour me narguer.

— Il n'y a pas de raison que je sois le seul dans cette galère ! s'indigne-t-il. Attends. Tu peux avoir…

Je hausse un sourcil.

— Bah tu sais… tu peux avoir du désir quand tu as tes règles ?

En tournant la tête, je suis décontenancée par ses sourcils froncés. Comme s'il s'intéressait *vraiment* à la réponse.

— Oui, Ice, soupiré-je. Je suis bourrée d'hormones, bien sûr que je peux avoir du désir. Mais j'ai aussi très mal au ventre, des sautes d'humeur…

— OK, OK, j'ai compris. Viens là.

Il me cale dans son bras pour que ma tête puisse désormais reposer sur son torse. La chaleur de sa peau caresse mon visage. Je lève les yeux vers lui brièvement et remarque un sourire amusé sur ses lèvres.

— Pourquoi tu souris comme ça ?

— C'est la première fois que tu m'appelles Ice.

— Et alors ? Ça t'émeut tant que ça ? grogné-je, mal à l'aise.

— Je ne vois que deux explications à cela : soit tu es en train de devenir mon pote, soit une de mes fans écervelées. Alors ?

Devant son air triomphant, je donne un léger coup de poing dans ses côtes sans retenir mon éclat de rire.

— N'importe quoi. Je ne suis ni l'un ni l'autre. Lance plutôt le film.

Nous nous taisons lorsque le générique commence. La tête toujours posée contre le corps d'Isaiah, je me laisse bercer par sa respiration calme. Cette histoire de surnom pourrait paraître anodine, pourtant elle me trouble parce qu'il a raison. Le plus embêtant, c'est que si j'étais parfaitement honnête avec moi-même, je dirais que je deviens à la fois son pote et une groupie écervelée. *Et ça, ce n'est pas bon du tout.*

30

Isaiah

Il y a des matins, comme ça, qui vous filent une claque dans la gueule. Les yeux encore mi-clos, c'est d'abord son corps chaud que je sens, moulé contre le mien, tandis que son souffle régulier semble imposer son rythme au mien. Ses cheveux sentent les fleurs. Sa peau est aussi veloutée que son esprit est acéré. Les pensées encore embuées, la voix de mon père s'impose, ses dernières paroles me revenant en tête. *Je l'aime déjà, cette petite.* Ça me tord les boyaux autant que ça me fait sourire. Je me prends à imaginer une rencontre au sommet entre Maddie et le paternel. Foutez deux asociaux ensemble puis regardez-les se démerder entre eux. *Deux asociaux ? Deux grands sensibles, plutôt, bien cachés sous de lourdes carapaces.* C'est que je dois bien aimer les tortues. Car même si elle est insupportable, Maddie a, en effet, trouvé sa place dans ma vie. Je déteste cette idée, mais je ne peux pas lutter. Elle est partout. Malgré sa charte à la con censée nous protéger précisément de ce qui est en train d'arriver, mes potes l'adorent, mes sœurs la considèrent comme ce qui se rapproche le plus de ma petite copine, et même mon père a décidé de bien l'aimer sans la connaître. Quant à moi... Moi, je me prends une vraie grande claque dans la gueule, ce matin, en réalisant que j'adore la regarder s'épanouir, se défaire de ses chaînes pour se révéler à elle-même. Dans l'eau comme dans un lit. Sur mon canapé ou sur la glace. J'ai adoré caresser son visage en l'embrassant avant Noël. J'ai hâte de la prochaine fois où elle m'enverra chier tout en espérant que ce moment n'arrive pas trop vite, qu'on puisse se réveiller tranquillement en savourant quelques instants paisibles, ensemble. Pourtant, j'adore qu'elle résiste, qu'elle ne succombe pas, qu'elle n'ait pas peur de revendiquer qui elle est quitte à me déplaire, en se moquant du monde entier. Trop entière pour se trahir. Le plus étonnant, c'est que c'est l'inverse qui se produit : plus elle s'affirme, plus elle me plaît.

Les rayons du soleil qui filtrent à travers les rideaux font briller sa chevelure blonde qui s'étale sur mes oreillers. Je n'ose pas bouger. Ses jambes sont entremêlées aux miennes, il est certain qu'un mouvement de ma part la réveillerait. Or, pour une raison étrange que je ne m'explique pas – et que je ne veux surtout pas m'expliquer –, je n'ai pas envie qu'elle se réveille. Je ne veux surtout pas que le matin surgisse ou que la réalité reprenne ses droits. Pour une fois, je n'ai aucune envie que Maddie monte sur ses grands chevaux. Je veux la sentir encore quelques minutes respirer contre moi. Sa respiration m'apaise et sa chaleur ensommeillée me réchauffe.

Peut-être qu'on est vraiment devenus des *sex friends*, finalement. Elle ne pouvait pas me voir en peinture, alors qu'hier soir, nous devions ressembler aux meilleurs potes du monde. Des potes avec du sexe. Sauf hier soir, pas de sexe, justement. Juste des potes, donc.

Elle se réveille en sursaut à cause du poing qui tambourine à la porte, doublé de la voix qui hurle de l'autre côté.

— Ice, dépêche ! On va être en retard à l'entraînement ! Tu dois nous déposer en caisse !

Elle grommelle, râle, gigote, se libère de mon emprise, se frotte les yeux. Son air ahuri me confirme qu'elle ne sait pas très bien où elle se trouve.

— Putain, râlé-je contre Cameron qui s'excite dans le couloir.

— On est d'accord, chuchote-t-elle, mortifiée. Je suis soulagée que ça te fasse cet effet là, à toi aussi.

— Ouais, il est relou, désolé. Y a des matins, j'aimerais vraiment lui foutre mon pied au cul.

Pas le choix, je me lève d'un bond pour sauter dans des fringues.

— Désolé, je file comme un voleur. Fais comme chez toi. Profites-en, t'es toute seule à l'appart.

— Attends… tu vas rien dire d'autre ? Putain, Isaiah, pourquoi j'ai dormi ici ?

Elle est redressée dans mon lit, l'air étrangement furieux. Le contraste entre son humeur et les pensées qui m'assaillaient il y a encore quelques minutes est trop saisissant pour ne pas me foutre en rogne.

— Euh… parce que tu t'es endormie. T'avais l'air crevée et je ne voulais pas te réveiller ? Je me suis effondré aussi ? Visiblement, on a dormi comme des bébés parce que ce matin je suis à la bourre.

— Tu n'avais pas le droit de décider ça ! C'est quoi encore ? C'est comme ta connerie de m'embrasser pour me faire dégoupiller ? Là, t'as vraiment déconné, poursuit-elle en pointant un index accusateur dans ma direction.

Cette fois, je perds patience. Elle vient de me pousser tellement à bout que j'en oublie même de la trouver mignonne quand elle est fâchée. Autant dire que c'est la première fois que Maddie ne m'amuse pas du tout.

— Écoute Maddison, soufflé-je sèchement, si tu veux te prendre la tête avec ta charte à la con, ce sera sans moi. J'ai fait un truc sympa, et maintenant je dois me dépêcher. Je n'ai pas de temps pour une meuf chiante au réveil. Tu vois, *ça*, c'est ma seule règle. Pas. De. Meuf. Chiante.

Je prononce cette dernière phrase d'une voix cassante que je n'utilise pas souvent. Rien à foutre. *Notre arrangement ? Qu'elle se le colle là où je pense.* Je claque la porte de la chambre derrière moi, la laissant sans voix, toujours dans mon pieu. C'est une grande fille, elle retrouvera la sortie et aura tout le temps de méditer pendant son *walk of shame.*

*

Après dix jours sans nouvelle de Maddie, j'ai tiré naturellement la conclusion qui s'imposait. Cette histoire de baiser pour gagner est une immense connerie. Une arnaque énorme. La vérité, c'est que j'ai saisi la première occasion pour convaincre Maddison mais il s'avère que, dans mon cas, être dans une colère noire fonctionne assez bien aussi. Sur la glace, je suis intraitable. Un mur fait de la même matière que celle sur laquelle nous jouons. En revanche, concernant cette fille, je ne sais pas dans quelle galère je me suis encore foutu, mais ça a sacrément dérapé.

— Wolf, dans mon bureau ! m'appelle Dufour alors que je m'apprête à rejoindre les vestiaires.

J'ai à peine le temps de fermer la porte de son bureau derrière moi que sa voix tonne dans la pièce exiguë.

— Depuis quand le capitaine de l'équipe cogne sur ses coéquipiers pendant l'entraînement ?

— Désolé, coach. Ça n'arrivera plus.

— Je te le confirme. Si ça devait se reproduire, les sanctions seraient très lourdes. Personne ne veut en arriver là.

— Vous me menacez encore de me foutre à la porte et de me retirer ma bourse ? le défié-je en perdant patience. Ça commence à devenir une habitude…

Dufour souffle un bon coup. Visiblement, je l'emmerde mais il m'aime bien, je le sais.

— Comment va ton genou ? demande-t-il en passant du coq à l'âne.

— Comme sur des roulettes.

— Wolf ! Des réponses sérieuses.

— Ça tire un peu après les matchs ou les entraînements. Rien qu'un antidouleur normal ne saurait faire passer, cela dit, et je continue à voir les kinés une fois par semaine.

Il hoche la tête, satisfait.

— Ça fait une semaine que t'es une vraie teigne. Si tu te comportes comme ça demain pendant le match, je n'y verrai pas d'inconvénients. En revanche, quand on s'entraîne en équipe, t'as pas besoin d'être une brute. Pourquoi t'es à cran ?

— Y a rien, coach, me défends-je faiblement.

— Parfait, alors laisse ce *rien* au vestiaire. Parce que *rien* ne viendra foutre en l'air ma saison. Compris ?

J'avale difficilement ma salive. Je ne suis pas à cran. Ça va bien au-delà de ça. Tout le monde me gave. Les roucoulements nocturnes des filles que ramène Liam. Les blagues débiles de Cameron. McRoy qui avait bien mérité son coup de crosse à faire le malin et refuser de faire la passe qui s'imposait. Maddison Andrews qui gagne haut la main le titre de reine des chieuses.

— Alors ? Comment ça s'est passé ?

— Laisse tomber, Cameron. Pas envie de parler.

— T'as envie de quoi, en fait ? attaque Liam. Parce qu'en ce moment, tu tires la gueule, tu nous parles pas, tu ne veux pas sortir, tu ne baises plus… Peut-être qu'il est temps que tu nous expliques ?

Sa voix n'est pas froide, elle est glaciale. Lèvres serrées, yeux plissés, l'heure n'est plus à la rigolade. C'est l'électrochoc dont j'avais besoin. La douche froide. Putain, je ne sais pas à quoi je joue mais je suis en train de passer à côté de mes potes et de mon année. *À cause d'une meuf.* Parce que c'est vrai qu'entre l'entorse et Maddison, j'ai souvent été aux abonnés absents.

— On va boire des coups ? proposé-je.

Bien sûr, j'élude les reproches de Liam sans répondre *vraiment* aux questions qu'il vient de poser. Mais je fais un pas. Je montre patte blanche. Ce soir, il n'y aura qu'eux, de la bière et, si je peux ramener une jolie paire de fesses à la coloc pour couronner le tout, la soirée sera parfaite. *Exactement comme avant.*

— *Welcome back,* Ice, accepte Cam en cognant son poing contre le mien.

Liam hoche la tête d'un air approbateur.

— Te la fous pas à l'envers quand même, hein. Oublie pas qu'on a un match important demain.

Le mec n'est jamais content, mais il a raison. Les veilles de match, mieux vaut ne pas trop forcer. *Des potes, une bière, des petits culs. Voilà qui semble plus raisonnable.* Je pensais que les choses rentreraient naturellement dans l'ordre. Ça aurait été trop facile. En effet, une fois attablés, Cameron décide d'investiguer un peu :

— Alors ? Pourquoi t'as les nerfs en boule ? C'est à cause de ta sirène ?

— L'appelle pas comme ça, grogné-je. Ce n'est pas ma sirène et…

— C'est ça qui te fout les nerfs ? interroge Liam.

— Pas du tout ! me défends-je. Elle est juste très chiante. C'est comme pour la natation. Elle est hyper douée, mais elle se prend tellement la tête qu'elle annihile complètement ses capacités. Et entre nous… comment dire ?

— Parce qu'il y a un *vous* ? s'étonne Cameron.

— Oui, mec. On baise ensemble, il y a forcément un nous. Donc, reprends-je, le sexe est super et juste au moment où je la trouve de plus en plus cool, elle pète un plomb parce qu'on enfreint sa charte de *sex friends*.

Si je n'étais pas aussi remonté, le regard consterné que les mecs posent sur moi me ferait hurler de rire. C'est vrai qu'en racontant ça à voix haute, je prends conscience du ridicule de la situation.

— Autant dire qu'il n'y a pas grand-chose, quoi, conclut Liam. Ce n'est pas comme si tu étais amoureux…

Il me provoque, j'en ai bien conscience, alors pour toute réponse à ses soupçons, je m'esclaffe. *Amoureux, n'importe quoi.* La dernière fois que j'ai été amoureux, autant dire que j'avais un trou au milieu de la gencive, j'attendais la petite souris avec impatience, et je ne savais pas si je préférais les bisous sur la joue d'une dénommée Alyssa ou les sandwichs au fromage grillé de mon père. *Bref.* Je devais avoir sept piges, je n'avais pas encore compris qu'il valait mieux verrouiller l'espèce d'organe à la con qui vous permet certes de rester vivant mais qui peut surtout causer votre perte avec fracas.

— On est pareils, toi et moi. On ne tombe pas amoureux…

On se toise, cherchant probablement à déceler chez l'autre le moindre doute, la moindre faille, dans notre pacte tacite de célibataire endurci. Quant à Cameron, il est déjà parti à la recherche de celle qui lui tiendra compagnie ce soir. C'est encore une fois lui qui a raison.

Quelques minutes plus tard néanmoins, alors que je suis toujours assis avec mon meilleur pote, trois filles nous accostent pour nous demander si elles peuvent partager notre table. Nous acceptons en échangeant un regard entendu. Nous savons déjà que nous saurons aussi leur faire partager nos draps plus tard dans la nuit. *C'est ça, avoir le sens du partage et de l'hospitalité.*

Pour une raison obscure, je me fais l'effet d'être un sacré queutard, un enfoiré de première catégorie, de ceux sur qui Maddie crachait la première fois que nous nous sommes vraiment parlé. J'ai l'impression de la trahir un peu en refermant la porte de ma chambre derrière la dénommée Cheryl, pourtant c'est bien elle qui m'a poussé à en arriver là.

En plongeant dans le corps chaud, accueillant et tristement banal de mon coup du soir, je ne peux m'empêcher de regretter celui de Maddison. Il n'y a rien que l'on puisse reprocher à Cheryl, sinon de ne pas être une nageuse blonde de vingt et un ans, sacrément entêtée et franchement désagréable.

Voilà, c'est dit. Cheryl n'a aucun autre défaut que celui de ne simplement pas être Maddie.

31

Isaiah

Lorsque je me réveille dans cette chambre de motel un peu pourri, aux côtés du corps ronflant de Cameron, j'ai douloureusement conscience de chaque muscle de mon corps. De chaque côte fêlée. Trois, au total. Du bleu qui s'étend sur mon ventre. De mon genou qui peine à se remettre de l'affrontement de la veille. Si encore une victoire était venue adoucir ce matin pénible, je pourrais encaisser, mais la défaite était trop humiliante pour que mon humeur ne soit pas massacrante. Nos corps fourbus portent encore les stigmates de la branlée que nous ont infligée les Huskies de St Cloud.

Dans le bus qui nous ramène à Providence, tout le monde tire la gueule. Comme tous les gars autour, j'aimerais me réfugier dans le silence massacrant des heures de merde qui s'annoncent, AirPods vissés dans les oreilles. Malheureusement, je n'ai pas le choix. Je suis le capitaine de cette équipe, bien meilleure que ce qu'elle a laissé entrevoir hier sur la patinoire de Concord, New Hampshire, donc c'est à moi de remonter le moral des troupes. De leur dire à quel point ils sont bons, que ça ne remet rien en question, que personne n'est infaillible. Que nous sommes suffisamment forts, soudés, intelligents, pour apprendre de cette défaite et qu'elle ne nous rendra que plus puissants lors de notre prochain match. Que j'ai confiance en eux, que le coach Dufour aussi, et que la sélection pour le Frozen Four n'est pas perdue.

Évidemment, les gars me fusillent du regard. Personne n'a envie d'entendre un tel tissu de conneries, ce matin. Pourtant, au bout de quelques minutes je les sens se détendre, m'écouter avec plus d'intérêt. Bien sûr, ça ne suffit pas à panser toutes les blessures, ni celles de l'ego ni celles du corps, il faudra encore quelques visionnages et de nombreuses heures d'entraînements – surtout une victoire, en fait – pour se remettre, mais ça va mieux. Je croise le regard de Dufour qui me confirme que je me suis comporté comme il fallait. Que j'ai su mettre ma propre rage de côté pour adresser un discours à mes gars et que c'est ça qui fait la différence entre un joueur et un capitaine. Entre un type qui tire la couverture à soi les jours de gloire et un vrai meneur. *C'est toujours ça de pris.*

Deux heures et demie plus tard, nous parvenons devant l'enceinte de Brown. Bientôt, le calvaire prendra fin alors je pourrai aller me réfugier dans ma chambre. Ce soir, Liam, Cameron et moi aurons probablement retrouvé assez d'énergie pour passer la soirée ensemble. On gueulera contre les Huskies, on s'engueulera peut-être un peu, avant de finir par boire la bière de la paix et de la fraternité. En attendant, on a tous besoin d'être un peu seuls. Ainsi que d'une bonne poche de glace.

*

Les mecs passent devant elle en la saluant d'un signe de tête avant de s'engouffrer à l'intérieur. Honnêtement, j'aimerais pouvoir faire pareil. Voilà deux semaines que je ne l'ai pas vue et autant dire qu'elle n'a pas franchement choisi le bon jour pour venir faire un brin de causette.

— Qu'est-ce que tu fous là ?

— Je suis désolée… je pensais qu'on pourrait peut-être parler un peu ? bredouille-t-elle, l'air pas franchement à l'aise.

Je l'observe tortillant ses doigts dans tous les sens, ses yeux qui vont et viennent de mon visage à ses pieds, ses lèvres bleuies par le froid – *depuis combien de temps elle attend là ?* –, mais je n'ai pas la force de me laisser attendrir.

— Ce n'est pas le moment, Maddison…

— Oui, je me doute… J'ai vu le match. Ça va ? s'enquiert-elle.

Elle a regardé le match ? Première surprise.

— Non, comme tu t'en doutes, ça ne va pas. J'ai mal partout et je suis d'une humeur de chiottes. Alors je ne vais probablement pas être sympa. Je te le redis, tu ferais mieux de partir, insisté-je, mâchoires serrées.

Maintenant, il est temps de me laisser aller mettre de la glace.

— Je peux peut-être t'aider ?

— Mais… m'aider à quoi ? demandé-je, plus interloqué encore qu'en colère.

Elle veut jouer les infirmières maintenant ? J'embraye sans lui laisser le temps de répondre.

— Ce n'est pas contraire à l'une de tes putains de règles, ça ? À moins que tu veuilles m'aider en me suçant, raillé-je. Désolé, même ça, je ne suis pas sûr que ça fonctionne ce soir !

Cette fois, comme je m'agace pour de bon, je ne réussis plus à retenir les grossièretés qui me viennent. Elle est casse-pieds, elle aussi, avec ses mains entremêlées, ses airs de gosse pris en faute, sa moue boudeuse et ses cheveux emmêlés.

— Ah, tu peux donc être encore plus vulgaire qu'à l'accoutumée ? ironise-t-elle. Écoute, je suis désolée pour la dernière fois, c'est juste que…

— Laisse tomber, Maddison, l'interromps-je. Rentre chez toi, ça vaut mieux pour tout le monde.

Elle m'observe en se redressant, hésitante. *Qu'est-ce qu'elle va bien pouvoir dire pour me faire sortir de mes gonds encore ?* C'est con, mais je le sens gros comme une maison, je suis à deux doigts de vriller. De toute façon, quoi qu'elle fasse, elle aura tort. Parce que si elle se casse maintenant, alors que je n'avais absolument pas demandé à la voir, j'aurais l'impression qu'elle se fout ouvertement de moi et qu'elle me laisse en plan alors que je suis mal en point. En revanche, si elle ouvre la bouche pour parler, peu importe ce qu'elle dira, je le prendrais mal.

C'est mal connaître Maddison Andrews que de penser qu'on peut anticiper ses réactions. Alors elle a la *seule* réaction à laquelle je ne m'attendais pas. Elle ouvre la porte de chez moi puis s'avance tranquillement dans le couloir de l'entrée.

— Qu'est-ce que tu fous, putain ? m'exclamé-je en pénétrant *enfin* chez moi.

— Tu te souviens, pas ? me demande-t-elle sur un ton entre dédain et défi. J'ai remporté un pass pour venir ici quand je veux en battant Liam. Là, je suis en train de l'utiliser.

— Mais… pourquoi ? grondé-je en m'approchant d'elle.

Je suis à quelques malheureux centimètres d'elle, malgré cela Maddison n'a pas le moindre mouvement de recul. La dizaine de centimètres que j'ai de plus qu'elle – et je ne parle pas de ce que j'ai entre les jambes qui, soit dit en passant, mesure bien plus que ça – ne l'impressionne visiblement pas des masses. Ses iris chocolat se plantent dans les miens et ses joues rougissent vaguement lorsqu'elle pose ses mains sur mon torse. *Pour me repousser ? Pour établir un contact ?* Ses paumes appuient directement là où j'ai un mal de chien mais je ne pense pas à gueuler. Cette fois, je suis surtout très intrigué par ce que Maddie tient absolument à dire.

— Tu as été très présent pour moi, pour mes entraînements… donc je voulais d'abord te remercier parce que, au fond, tu n'étais pas franchement obligé.

— J'ai été remercié en nature, baragouiné-je.

— Peut-être, mais j'ai profité aussi du sexe… donc t'as toujours une longueur d'avance sur moi.

— Ironique, pour une nageuse.

Mon brin d'humour teinté de sarcasme lui arrache un sourire. Les mains toujours posées sur moi, Maddie se tait un instant sans me lâcher des yeux, comme si elle cherchait ses mots.

— Écoute, je suis désolée pour la dernière fois.

— Tu l'as déjà dit, la rembarré-je.

— J'avais juste oublié un truc dans le terme *« sex friends »*. C'est *friends*. On peut être amis. C'est pour ça que je suis là aujourd'hui.

— Pour être… mon amie ?

— Oui, affirme-t-elle en essayant de garder sa contenance, alors que je vois bien qu'elle flanche.

— T'es au courant que j'ai déjà des… *amis ?*

Volontairement, je laisse planer l'ambiguïté entre nous. J'ai des potes – même des potes filles, hein –, pas mal d'*amies*, aussi. Je n'ai besoin ni des services de Maddison ni de sa sollicitude les lendemains de défaite. Puis elle fait ce truc. Elle penche la tête sur le côté sans me lâcher du regard et sourit, presque timidement.

— J'avais juste envie de te voir, être sûre que tu allais bien, lâche-t-elle de façon presque inaudible.

Voilà. Un geste, une phrase suffisent à réduire à néant ma détermination à la faire galérer. Je fais encore un pas et ses mains ne peuvent rien pour me tenir éloigné. D'ailleurs, elle les fait glisser dans mon dos lorsque je me penche sur elle pour lui arracher un baiser. Ma main saisit ses cheveux à la base de sa nuque. Je grogne contre ses lèvres au moment où ma langue entre en contact avec la sienne. Elle recule encore d'un pas, déséquilibrée par mes assauts et son dos heurte plus ou moins violemment la poignée d'une porte.

— On monte ? proposé-je d'une voix sourde.

— Prends de la glace, au passage, suggère-t-elle.

— Bien vu.

Lorsque j'arrive dans ma chambre, Maddison m'attend debout, en sous-vêtements.

— Allonge-toi et donne-moi les glaçons.

Je m'exécute, déjà au comble de l'excitation. Un glaçon dans la bouche, elle n'est ni la petite sirène ni Bambi. C'est une putain de bombe qui rampe sur moi, embrasant chaque partie de mon corps au passage de sa bouche glacée. Lorsqu'elle parvient en haut de mes cuisses, je lui empoigne les cheveux, pas certain de pouvoir résister plus longtemps.

— À quoi tu joues ? demandé-je.

— Quelqu'un m'a dit un jour que le sexe était un remède assez puissant en cas de stress ou de douleur. Tu veux essayer ?

Mes yeux disent oui. Ma queue ne me pardonnerait jamais de dire non. Tout lui hurle de faire de moi ce qu'elle veut. Elle peut même me faire mal, appuyer sur une ou deux côtes, à ce moment-là, je n'ai d'yeux que pour ses seins parfaits penchés sur moi, son ventre plat, ses hanches sensuelles et son air de gentille peste. Son glaçon encore dans la bouche, les lèvres qui peinent à rester scellées, je m'imagine déjà plonger dedans. Maddie m'embrasse le ventre avant de suivre le sillon qui va de mon nombril pour plonger sous mon boxer. D'une main, elle baisse mon sous-vêtement, se débarrasse de la glace pour me prendre délicatement en bouche. C'est chaud, c'est froid, ça me fait complètement perdre les pédales. Jamais une pipe ne m'avait fait cet effet-là. Est-ce cette histoire de choc de température ? Est-ce la puissance de ce fantasme enfin réalisé ? Est-ce sa manière à la fois gourmande et délicate de me sucer ? Si elle ne s'arrête pas, je ne pourrai pas me retenir de me répandre dans sa bouche. Et ce n'est pas ce que je veux. Pas maintenant. Là, je veux la baiser autant qu'elle me baise, la sentir peser sur mon corps meurtri, sentir sa chatte se serrer sur moi. Alors je la supplie de venir, d'onduler sur moi, de me laisser la remplir. C'est ce qu'elle fait, en obéissant sans rechigner, pour une fois. Pas un instant nos regards ne se quittent. Mes mains accompagnent ses hanches, de plus en plus rapidement, à mesure que le plaisir grimpe. Nous n'entendons que le bruit de nos respirations saccadées, de nos peaux qui se rencontrent dans un claquement délicieux. Je sens Maddison palpiter sur ma queue alors je jouis au moment où elle explose. À l'entendre gémir mon nom, j'ai l'impression qu'elle vient de me faire l'effet de deux ou trois antidouleurs.

Puis vient le moment d'après. La tête qu'elle pose au creux de mon bras, nos soufflent qui s'apaisent et s'accordent, le silence serein qui nous entoure. Je commence à connaître le personnage alors je sais qu'on franchit une ligne, un point de non-retour. Tout ça, le sexe tendre les yeux dans les yeux, les gestes doux, ce sera trop pour elle. Moi, à condition que les contours restent flous, ça pourrait me convenir. Mais elle, elle s'échappe dès que notre relation ne rentre pas dans la case « sexe sans attache » à la perfection. En la sentant alanguie contre moi, je savoure ce moment en sachant déjà que c'est le dernier. Je caresse son dos doré malgré l'hiver tandis que ses doigts frôlent les contours de mes contusions. C'est précisément parce qu'elle se permet de dépasser absolument toutes les barrières qu'elle nous impose que je sais qu'elle a déjà fait ses valises. Maddie pose doucement sa main sur ma joue, un sourire un peu triste aux lèvres.

— Comment tu peux être certain que ça ne va pas déraper ? demande-t-elle soudain.

— Je ne peux pas en être certain, commencé-je. Je sais juste que tu n'en as aucune envie et que moi, j'en suis incapable. Donc je ne m'inquiète pas trop.

Je lui donne les détails qu'elle n'a pas eus pendant les vacances de Noël. Je lui raconte le départ de ma mère, un après-midi, avant que nous rentrions de la garderie. Son parfum flottant encore dans l'entrée alors que ses affaires avaient, elles, déjà disparues. La stupeur, l'incompréhension, la colère de mon père qui se répercutaient sur nous pendant qu'il nous avait collés devant la télévision, le temps de passer des coups de fil. Sa détresse pendant des mois, ses yeux rougis, ses joues creusées, mon inconsolable chagrin, les jumelles qui n'ont eu aucun modèle de femme pour se construire, la honte de n'avoir pas été suffisamment un bon fils pour retenir ma propre mère… *Maddie voulait du pathétique et des bons sentiments ? La voilà servie !* Ses yeux s'embuent au fur et à mesure de mon récit tandis qu'elle secoue la tête comme pour chasser mes mots. Mes maux qu'elle ne chassera pas, ceux qui resteront éternellement gravés en moi. Sa main lovée dans mon cou, son pouce sur le fil de ma mâchoire, qui caresse ma peau chaque fois que ma gorge se serre de tristesse mal digérée ou de colère encore bien vivace.

— C'est quoi, ton explication, à toi ? l'interrogé-je pour couper court à mon long monologue. Ta peur panique d'une relation, elle vient d'où ?

Maddie lève des yeux exorbités vers moi. J'ai osé prononcer le mot interdit. Après quelques secondes de flottement, elle semble disposée à répondre enfin.

— Moi, j'ai trop à perdre pour mettre mes sentiments en jeu. Tu sais, c'est con, mais Julian, c'était mon premier. Le premier et le seul, en fait. Je n'avais jamais vraiment réfléchi à avoir un mec, avant lui. Quand je suis tombée amoureuse, je pensais que je pouvais tout avoir, tout concilier, puis il m'a trompée. Salement. Enfin, c'est toujours moche dans ce genre de cas, mais là, ça m'a brisée. Je n'étais pas prête à encaisser ça, je n'avais pas réfléchi que l'amour, ça pouvait vous mettre à genoux. Je n'ai pas juste eu le cœur brisé… c'est toute ma vie qui s'est effondrée. Je me suis tellement laissée aller, que j'ai même cru que mon rêve s'envolait pour toujours. Il y a des gens qui doivent être faits pour l'amour. Moi, pas. Ce n'est pas grave, ajoute-t-elle dans un murmure résigné, si je suis faite pour les médailles d'or ce sera déjà pas mal.

Si Maddison n'est pas faite pour l'amour, alors je me demande bien qui peut l'être. C'est ce qui me trotte dans la tête alors que j'observe ses grands yeux noisette qui me fixent, débordants d'angoisses et de sincérité, ses courbes hautement tentatrices, sa bouche charnue qui sait être, tour à tour, tendre ou passionnée.

— Je ne me ferai pas avoir, Ice. Je ne peux pas me le permettre, tu sais, reprend-elle dans un souffle. Ce n'est pas contre toi, mais j'ai déjà donné. Ça n'arrivera plus.

— Ne jamais dire jamais, tu te souviens ? ironisé-je.

Je garde les yeux fixés sur ses doigts qui me frôlent, devinant dans chaque geste, dans chaque mot, l'honnêteté des dernières fois. Demain et les jours suivants, je sais que cette sensation s'apaisera, s'envolera, que je l'oublierai, même. Pourtant là, dans mon pieu, avec la plus insupportable de toutes les filles avec qui j'ai couché, j'ai la sensation que mon cœur se fendille. *Un peu.*

— Plus jamais, répète-t-elle d'une voix plus ferme.

Elle attend peut-être, sans doute, que je lui oppose une bonne raison de rompre le serment qu'elle s'est fait. Ou peut-être pas, après tout. On ne peut pas vraiment savoir avec elle. C'est bien pratique, au fond, quand – comme moi – on n'a pas vraiment envie de se confronter aux réponses.

— T'es au courant que ton ex était un sacré tocard ? ajouté-je quand même dans une vaine tentative.

— Tu sais ce que je pense de ça…

Elle ne sourit plus, me regarde même avec un air pincé, et comme un con je hoche la tête. Oui, son ex était un sacré tocard mais dans l'esprit de Maddie, nous sommes *tous les mêmes*. Moi compris. Moi, surtout. Si une part de moi est profondément vexée que son avis sur mon humble personne n'ait pas évolué ces dernières semaines, la vérité, c'est que je n'ai rien à lui promettre. Aucune phrase susceptible d'effacer ses craintes ne me vient. Rien qui vienne non plus essuyer mes propres doutes. Je n'irai pas me battre contre les moulins à vent de Maddison. Je n'ai pas réussi à retenir ma mère, alors après tout, pourquoi irais-je me casser les dents contre ce mur-ci ? C'est bien ancré dans mon crâne : les meufs ne restent pas. Ou plutôt : rien ne peut retenir une nana qui a déjà choisi de partir. *Rien, et surtout pas moi.*

La conversation s'arrête comme ça. Sur la phrase en suspens de Maddison. Je serre les dents à cause de mon ego blessé, je déteste avoir le sentiment qu'on m'abandonne à nouveau. D'avoir échoué *encore.* Je sais néanmoins que nous sommes tous les deux otages de nos névroses respectives. C'est comme ça, il n'y a rien de plus à en tirer.

*

— Salut, Ice ! Repose-toi bien.

Sur le pas de la porte, je prends Maddison dans mes bras pour déposer un dernier baiser sur le haut de son front, à la lisière de ses cheveux qui sentent un mélange de shampooing à la vanille et de chlore. Je m'autorise ce geste d'une tendresse incongrue parce que c'est la fin. Il n'y aura plus ni sexe ni amitié. Autant se dire au revoir correctement.

— Prends soin de toi, Maddie.

— À bientôt.

Lorsqu'elle s'éloigne, en m'adressant un vague signe de la main et un sourire gêné, un drôle de truc vient me pincer le cœur. On sait tous les deux qu'on ne se reverra pas, en tout cas pas tout de suite. En tout cas plus *comme ça*. Comme je le pressentais, quelque chose a changé. Elle ne dit rien, n'officialise rien, pour la simple et bonne raison qu'elle n'en a pas besoin. J'ai compris que c'était la dernière et très franchement, même si ça me les brise, je n'ai aucune raison de chercher à la convaincre qu'elle se trompe.

Ça me manquera, c'est sûr, mais je ne vais pas commencer à me rouler par terre pour une nana aujourd'hui.

32

Maddison

Le regard d'Isaiah, toujours sur le pas de la porte, pèse dans mon dos.

Je voudrais me retourner, le regarder encore une fois. Pour être certaine de conserver le souvenir de son sourire suffisant qui me hérisse le poil, de son sourcil arrogant, de son corps fourbu, encore un peu à moi à cet instant. Encore empreint de moi pour quelques minutes, jusqu'à la prochaine douche.

Seulement, si je fais ça, c'est foutu. Si je fais ça, *je* suis foutue. Parce que là, j'ai juste un truc qui me tord les entrailles, une voix qui me vrille le cerveau en me hurlant de faire demi-tour. D'accepter qu'à ce stade Isaiah n'est plus mon *sex friend* et qu'on s'en fout. Que de toute façon, c'est trop tard. Que mon cœur est déjà en jeu. Que ça ne sert à rien de le fuir, je suis déjà prise au piège.

Je ne peux pas me faire ça. Je me le suis promis. Je ne baisserai plus les armes face à un mec, surtout un de ce genre, surtout en étant si proche d'une échéance si importante. Le plan était clair, dès le départ. C'est d'ailleurs précisément à cela qu'il devait servir. À me guider en me permettant de m'extirper d'une situation dangereuse le moment venu.

J'avance en regardant droit devant, sans retour en arrière possible, en remettant un tour de clé dans la serrure qui protège mon cœur.

Tant pis si ça pique les yeux et me noue un peu la gorge pour le moment. Ça me passera. Cette fois, je ne pourrai pas me remettre d'un cœur brisé. Il est certain que je ne me relèverai pas d'une brûlure qui porte le fer d'Isaiah Wolf, alors autant ne pas prendre le risque.

33

Maddison

Hailey me tient la main. Ou est-ce moi qui l'empêche de retirer sa main de la mienne ? Est-ce qu'elle a une crampe ? Je suis bien obligée d'avouer que ça m'est bien égal. Dans deux heures, lorsque l'avion atterrira en Caroline du Nord, je retrouverai mes parents venus me soutenir également, alors seulement je pourrai envisager d'écraser les doigts de ma mère au lieu des siens. En attendant, elle n'a qu'à serrer les dents car je ne risque pas de lui rendre sa main de sitôt.

Tout commence aujourd'hui. Tout se joue cette semaine. J'ai sept jours pour marquer les esprits en faisant exploser les chronomètres. Quatre courses par jour, si tout va bien et que je ne suis pas éliminée entre-temps, pour aller arracher ma sélection aux jeux Olympiques. Sept jours à tenir aussi bien mentalement que physiquement. J'avais besoin de tout le soutien possible donc mes parents et Hailey sont venus en renfort pendant que Joshua est resté sous la surveillance de ma tante. Je crois que ça colle des sueurs froides à mon père, toutefois il est trop concentré sur moi pour s'inquiéter vraiment. *Au pire, si…*

— Le seul pire qu'il pourrait y avoir, c'est que tu ne sois pas sélectionnée. Alors on donne tout ce qu'on a et on ne pense à rien d'autre, me sermonne Hailey.

— J'ai parlé à voix haute ?

— Oui, soupire-t-elle. Dis, je ne suis pas sculptrice donc tu n'es pas en train d'abîmer mon instrument de travail mais c'est quand même utile, une main… tu ne veux pas la relâcher un peu ?

— Impossible. Je n'ai pas pris ma balle antistress.

Hailey hausse les épaules en riant silencieusement. Pas besoin de m'épancher, elle sait précisément quel effet ça me fait d'être ici aujourd'hui, d'avoir une chance d'y obtenir ce que je veux. Mais c'est Hailey, une bavarde de première catégorie, incapable de retenir le silence trop longtemps.

— Tu as eu des nouvelles d'Ice, récemment ? lance-t-elle sur un ton détaché.

Lentement, je tourne la tête vers elle. Pourquoi. Pourquoi. Pourquoi vient-elle me parler de ce type maintenant ?

— Sujet de conversation proscrit, réponds-je fermement.

— Pourquoi ?

Ses yeux faussement innocents et son sourire évasif m'incitent à poser les questions qui me brûlent les lèvres. Tant pis, moi, je ne veux pas de réponse. Plus exactement, je refuse que les réponses d'Hailey puissent avoir le moindre impact sur ma façon de nager ces prochains jours. Pourtant, comme souvent, c'est ma curiosité qui l'emporte.

— Et toi ? Des nouvelles ? finis-je par demander du bout des lèvres sans répondre à sa question.

— Oui, je l'ai vu il y a quelques jours.

— Pourquoi ?

— Pourquoi je l'ai vu ? répète-t-elle innocemment, comme si je ne voyais pas clair dans son manège.

— Oui. Pour quoi faire ? insisté-je, plus suspicieuse que je l'aurais voulu.

Hailey me regarde avec des yeux ronds, mi-stupéfaite, mi-amusée.

— Ne me dis pas que tu me soupçonnes de m'être envoyée en l'air avec lui ?

— Non… enfin, je ne sais pas, avoué-je. Pour quelle autre raison l'aurais-tu vu ?

— Ça m'embête de te dire ça, Maddie, mais peut-être que c'est lui qui a raison.

Je ne réalise pas tout de suite ce que ma meilleure amie vient de révéler. Il y a trop à démêler dans ces quelques mots lâchés au détour d'une conversation banale, à la rangée 14 de l'avion qui m'emmène vers mes rêves les plus fous.

— Raison sur quoi au juste ?

— Tu te prends trop la tête. À force, tu gâches tout. T'as failli te gâcher le plaisir de nager, tu fais éclater ta relation avec Isaiah pour une histoire de charte dont tout le monde se fout… Ice a raison, tu es incapable de profiter du moment présent.

Le sentiment de haute trahison qui m'envahit à cet instant est indescriptible. Parce que même si Hailey a peut-être raison – et bien sûr, rien ne vient à cette heure corroborer ces propos –, quel est l'intérêt de me dire ça *maintenant* ? Pour me faire perdre mes moyens ? Me faire dégoupiller ? Favoriser l'une de mes concurrentes ? Isaiah lui a demandé de faire ça pour le venger de son ego blessé ?

C'est sans doute à cause du stress ou de la fatigue, mais sans que je puisse les retenir les larmes ruissellent sur mes joues en silence. Hailey écrase un peu ma main dans la sienne, excuses silencieuses que je prends pour ce qu'elles sont, et je secoue la tête.

— C'est vraiment dégueulasse de me dire ça maintenant, tu sais ? murmuré-je.

— Non, je te dis ça parce que je t'aime et que je tiens à toi, répond-elle doucement en posant la tête sur mon épaule. Il est temps de te laisser vivre, Maddie. Pour te laisser une chance d'être heureuse.

— Quand je serai sélectionnée, Hell. Promis.

— Si tu le dis, ma belle… moi, c'est tout ce que je veux. Que tu ailles bien.

J'opine du chef en comprimant encore un peu ses doigts. Ce qu'ils ne comprennent pas, tous, c'est que *rien* ne pourrait me rendre heureuse à part ça. Je conçois qu'on puisse s'épanouir en sortant, en faisant la fête, en réussissant ses études, en étant amoureuse, ou que sais-je encore. D'ailleurs, la vérité est contenue dans ce « que sais-je » : je n'ai absolument aucune idée de ce qui anime les autres jeunes de mon âge. Comment ils parviennent à trouver l'équilibre entre leurs rêves, leur carrière, leurs passions, leurs amis, leurs amours, leurs emmerdes ? Moi, c'est bien simple : il n'y a que la natation. Depuis toujours. C'est ma passion, mon rêve, ma planche de salut et mon enfer, ma meilleure amie et mon grand amour, mon premier cœur brisé et mon sac de nœuds. Je n'ai pas d'autres sujets de crispation, pas d'autre exutoire.

Je peux bien lui promettre, à Hailey, que je prendrai le temps d'être heureuse lorsque je serai sélectionnée. Je n'ai surtout aucune idée de ce qui pourra m'animer.

*

Nous sommes neuf, debout sur les plongeoirs, prêtes à en découdre. Seules celles qui atteindront le temps de qualification se verront offrir une place pour Paris l'an prochain. Autant dire que les visages sont fermés, les traits crispés, les corps tendus vers l'objectif suprême. Je sens mon rythme cardiaque pulser dans mes tempes tandis qu'un calme olympien semble avoir pris possession de mes muscles. Je suis comme l'eau. Impassible en surface et n'attendant pourtant qu'une étincelle pour tout ravager. C'est ce que j'aime le plus, dans cet élément, qu'il puisse être tour à tour paisible ou dévastateur. C'est celui dans lequel nous venons au monde et qui peut aussi nous engloutir. L'eau de la douche qui ruisselle aussi bien que l'océan en colère, qui frappe les rochers de toute sa hargne. Dans quelques secondes, je serai chez moi, dans cette piscine dans laquelle j'ai nagé chaque jour depuis une semaine et qui a accueilli mes meilleurs temps. Pour toujours, je le sais, ce bassin de Caroline du Nord aura une place à part dans ma vie.

L'hymne américain résonne, et chaque note, chaque parole s'immiscent dans mon esprit, comme s'il avait été composé pour moi. Aujourd'hui, sur le plongeoir de la dernière course, si proche de décrocher le Graal, l'heure n'est plus à la modestie. *Je suis l'Amérique et je suis l'eau. Je suis l'or et je suis l'avenir.* À mes côtés, ça pourrait être des sœurs que ça ne changerait rien : je voudrais quand même les laisser le plus loin possible derrière moi. Je n'espère ni chute, ni blessure, ni faux départ. Simplement leur défaite. Je pourrais avoir honte, ce n'est pas le cas. J'ai été entraînée pour ce moment. J'ai vécu pour ce moment. Tout m'a menée jusqu'ici. Alors je n'ai pas le choix : vaincre ou mourir. *Peut-être pas littéralement... mais presque.*

Penchée en avant, les mains posées sur le bord du bassin, je suis à l'affût. Enfin, le coup de feu est lancé et je plonge. Lorsque l'eau se fend devant moi, j'y pénètre avec la certitude d'avoir réussi mon départ. Les bras tendus loin devant moi, j'ondule quelques mètres avant d'aller chercher loin en avant la victoire. Chaque mouvement doit maintenant affirmer mon avance et ma supériorité sur les autres concurrentes. Ne laisser aucune place au doute, jamais. Mes muscles pourraient me brûler. L'air pourrait me manquer. Ma tête pourrait me trahir. Il n'en est rien. Je suis plus aiguisée que jamais, consciente de ce qui se joue à chacun de mes gestes. Chaque cellule de mon corps ressent la présence de mes parents, de Hailey, et de Jones venue spécialement pour assister au spectacle. J'ai occulté la présence des filles à ma gauche et à ma droite. Toutes, nous rêvons de porter les couleurs de l'Oncle Sam à Paris, représenter notre pays pour le faire triompher aux prochaines olympiades. Et en cet instant, je nage comme si je disputais la finale olympique, comme si je nageais déjà pour aller décrocher l'or. Mon corps connaît la chorégraphie par cœur. Je nage mieux que je respire.

Vingt-quatre secondes et soixante-douze centièmes. C'est le temps qui s'affiche en rouge sur le panneau lumineux lorsque ma main agrippe le rebord du bassin et que je sors enfin la tête de l'eau. Cette respiration que je prends, comme la première d'une nouvelle existence. Le premier souffle. Un cri s'échappe de mes lèvres, victorieux, venu du fond de mes entrailles, semblable à celui d'un nouveau-né.

On y entend la douleur, le soulagement, autant que l'irrépressible appel vers la vie.

Vingt-quatre secondes et soixante douze centièmes. Maddison Andrews, couloir numéro 4.

Pour de vrai ?

Non ? Je n'y crois pas !

Je l'ai fait.

Il y a cinq mois, j'observais, lasse, désespérée, mon rêve s'échouer à mes pieds, s'éloigner de moi à vitesse grand V et aujourd'hui, je le tiens entre mes mains. Je suis encore immergée que les larmes viennent inonder mon visage mouillé. C'est à cet instant qu'une digue se brise en moi. Mon corps tout entier se relâche tandis qu'un immense sentiment de vide m'envahit. Un silence. Bien sûr, cette qualification n'est qu'une étape car le plus dur reste à venir. Il est bien évident que, désormais, le rêve ultime est d'aller décrocher une médaille olympique. Ce qui signifie encore plus d'entraînement, encore plus de sacrifices, encore plus de pression et d'espoir, de colère contenue et de désespoir les jours où je ne serai pas à la hauteur. Malgré tout, je suis consciente d'avoir franchi une étape cruciale, atteint un objectif auquel je ne croyais pas. *Ils y ont cru pour moi.* C'est le soutien de mes proches, présents dans les gradins, qui m'a portée jusqu'ici et je n'aurais pas assez d'une vie pour leur dire combien je leur suis reconnaissante d'avoir toujours été à mes côtés. Alors que je pense à eux et les cherche en vain du regard, mes pensées dérivent vers Isaiah. *C'est aussi grâce à lui si j'en suis là*. Pour une raison que je préfère ignorer, alors qu'il est sorti de mon quotidien sans fracas il y a trois mois, aujourd'hui j'aimerais partager cette victoire avec lui aussi. Je plonge la tête une dernière fois dans l'eau, et derrière mes paupières closes, je revois nos dimanches matin, son corps taillé à la serpe, son sourire tour à tour moqueur et affectueux. *Comme s'il me manquait, putain.*

Nous reprenons l'avion de retour dès le lendemain. Ces dernières heures, les messages ont afflué de toute part alors que mon esprit est resté bloqué sur le sien. En le recevant, la veille au soir, mon cœur a bondi.

— Tu vois que tu ne t'en fiches pas, s'est moqué Hailey devant mon sourire niais.

— C'est à cause d'un trop-plein d'émotions, ai-je contré. Rien à voir avec lui en particulier.

Hailey n'en a pas cru un mot, elle a cependant eu la bonté de ne pas insister. *Il avait pensé à moi.* Rien n'est possible avec Ice, parce qu'il ne veut pas s'attacher et que moi… Moi, je ne veux plus souffrir. Malgré tout, je ne peux m'empêcher d'être heureuse d'avoir occupé vingt-cinq secondes de sa journée. Je profite qu'Hailey se soit endormie à mes côtés pour ouvrir d'un doigt tremblant ces quelques mots que je connais déjà par cœur, à force de les avoir lus :

[Félicitations, Maddie. Une victoire bien méritée. Ça me ferait plaisir de te voir un de ces quatre. Ice]

Je lis et relis ce message d'une neutralité rageante. J'analyse et sur-analyse chaque mot. Me revoir pourquoi, d'abord ? J'ai été claire, la dernière fois, non ? J'ai mis un terme à cet arrangement foireux parce que je sentais bien que je passais de l'autre côté de la limite. Isaiah s'en fout, lui. Il n'a pas besoin de ligne rouge pour ne pas s'attacher, pour être certain qu'il ne s'agit que de sexe. De mon côté, si l'on s'était retrouvés une fois de plus dans l'une des situations ambiguës que nous avons déjà vécues, cela aurait eu trop de conséquences. Parce que ce type insupportable, arrogant, presque grossier, a finalement pris les traits d'un mec plus complexe qu'il n'y paraît. Pire, il s'est révélé attachant, le con. Attachant et drôle et prévenant et beau et sexy et gentil et intelligent. Une sorte de combo dévastateur pour mon cœur qui n'a aucune envie de succomber à nouveau.

Si j'étais honnête, j'avouerais volontiers que c'est trop tard. Parce que depuis ce foutu jour de janvier, la dernière fois que j'ai vu Isaiah, j'ai pris une très mauvaise habitude. Son maillot de hockey remporté à la tombola était là, posé nonchalamment sur une pile de fringues comme s'il m'appelait silencieusement. Comment expliquer ce réflexe ? Aucune idée. Toujours est-il que je me suis saisi de ce bout de chiffon, j'ai collé mon nez dedans en pleurant un peu. Depuis, le maillot est sous mon oreiller, comme un doudou honteux, je m'endors avec tous les soirs en le serrant contre moi.

Mais tout ça, ça ne compte pas. Parce que je me suis fait le serment qu'on ne m'y reprendrait plus, ensuite, je n'ai vraiment *vraiment* pas le temps de m'investir dans une relation. Non ? *Non ?*

[Merci Isaiah pour ton message. J'espère que la saison de hockey se passe bien de ton côté. Merci pour ces entraînements un peu spéciaux... qui ont porté leurs fruits ! Tu dois être soulagé d'être libéré de tes engagements. LOL. Bonne journée. Maddison]

Écrire ces quelques phrases m'a pris un peu plus de la moitié du vol pour rentrer à Providence.

Malgré le temps que j'ai passé dessus, cette réponse me paraît d'une nullité crasse. J'aurais voulu qu'elle soit drôle, légère, sincère… elle n'est rien de tout ça. Et ce *LOL* qui se pose comme la cerise sur le gâteau de ma lâcheté me colle des boutons. Il n'y a plus rien à faire, l'écran m'indique que le message a été lu. Les dés sont jetés, Isaiah n'a pas répondu – *il n'y a pas de point d'interrogation, en même temps* –, c'est finalement mieux comme ça. Il n'y avait rien à répondre, nous avons partagé quelques orgasmes et quelques courbatures, échangé des banalités au sujet de nos entraînements avant de reprendre le cours normal de nos existences.

34

Isaiah

Il nous faut un peu moins d'une heure de route pour nous rendre à Boston. Ce soir, le match qui nous opposera aux Minutemen[1] est la dernière étape avant d'accéder à la finale. Si nous gagnons, nous serons automatiquement qualifiés pour la finale du Frozen Four. Il est inenvisageable que nous n'y soyons pas. Cette année, nous *devons* remporter le tournoi même si la tâche est loin d'être facile. Les UMass sont d'excellents joueurs. Une attaque offensive et un gardien de but infranchissable. Il nous faudra être plus efficaces, plus stratèges et plus rapides que nous ne l'avons été tout au long de la saison.

— Comment tu te sens ?

Le visage grave de Liam trahit son appréhension. Nous sommes faits du même bois, tous les deux. La victoire de ce soir n'est pas une option. Elle n'est pas seulement ce qu'on espère, c'est ce qu'il nous faut. Ce dont nous avons besoin. L'année, qui ne tardera pas à s'achever, ne s'est pas exactement passée

1. Nom de l'une des équipes universitaires de hockey du Massachussetts.

comme prévu. Nous pensions qu'en devenant *senior* nous pourrions profiter à pleine balle des joies de l'université. Nous avons surtout senti peser sur nous tout ce qui pourrait nous éloigner de nos rêves, voire les briser, eux qui parfois ne tiennent pas à rien de plus qu'à une rotule et quelques ligaments.

— Concentré, et toi ?

— Déterminé.

Je hoche la tête, satisfait. C'est ce qu'il me faut. C'est ce qu'il nous faut à tous, des Bears déterminés à réduire en cendres l'adversaire. Je garde mon discours d'encouragement pour les vestiaires. Lorsque nous aurons enfilé nos armures, nos patins, et que nous sentirons brûler dans nos veines le feu de la victoire promise.

*

— Nous sommes tous un maillon de la chaîne. Ne perdez pas ça de vue ce soir, lorsque nous serons sur la glace. Nous sommes liés les uns aux autres. Nous sommes liés par le jeu, par les couleurs que nous portons, mais surtout par la confiance que nous nous accordons les uns aux autres. Si l'un de nous tombe, un autre se lève pour le remplacer. Si l'un de nous marque, nous avons tous contribué au point. Personne n'est irremplaçable et pourtant chacun de vous est indispensable. Cette victoire, nous allons la chercher chaque minute écoulée. Nous n'allons penser qu'à ça. Gagner. Parce que notre chemin ne s'arrête pas ce soir. Nous allons nous qualifier pour la finale du Frozen Four et nous allons le remporter. Nous n'avons pas fait un parcours honorable jusqu'ici, nous avons simplement franchi les étapes qui nous séparaient de notre seul objectif. Et notre seul objectif, c'est ce putain de trophée. On ne s'arrêtera pas tant que nous ne l'aurons pas entre nos mains. Alors ce soir, ça va partir à dix mille, ça va être dur, mais putain, ça le vaut bien !

Les joueurs de cinquième année sont survoltés. C'est leur dernière chance de remporter le tournoi universitaire. Les plus jeunes sont transcendés par l'exploit qu'on leur demande d'accomplir. Et c'est exactement ce qu'on veut ce soir. On doit se dépasser à chaque seconde passée sur la glace. Au moment où j'abaisse la protection de mon casque, Cameron se glisse à mes côtés pour me demander à voix basse :

— T'as baisé hier ?

— Hein ? Attends, qu'est-ce que ça peut te foutre ?

— Ton rituel, Ice.

Évidemment, Cameron se fiche de ma vie sexuelle. Ça nous fait marrer d'en parler, mais ça me rassure qu'il ne vienne pas me demander ce que je fais de ma bite à quelques minutes d'un match capital juste pour le plaisir.

— Ouais, grogné-je. Ouais, j'ai tiré un coup.

— Bah vu la tronche que tu tires, heureusement que notre victoire ne dépend pas de la qualité du sexe en question.

Ce con se marre tranquillement avant de me balancer une grande claque dans le dos avec un air entendu. *Je lui ferais bien avaler son protège-dents à ce pète-burnes de première catégorie.* Pourtant, lorsqu'il commence à s'éloigner, je ne peux m'empêcher de répondre.

— C'est clair, marmonné-je. Nul à chier.

Le coup d'envoi est donné. Remporter ce match relèverait de l'exploit, nous n'avons donc pas de temps à perdre pour le réaliser. Clairement, UMass domine mais nous tenons bon essentiellement grâce à notre gardien, Murray, un gamin de première année qui est un véritable héros, ce soir. Même acculé, il reste fier, toujours debout. Nous sommes vaillants, résistants, invincibles tant que nous ne serons pas vaincus. Sur les trente-six tirs de l'équipe adverse, Murray ne se laisse tromper que deux fois. De notre côté, en attaque, nous ne parvenons pas à franchir la défense des Minutemen aussi souvent que nous le voudrions. Quinze tentatives de tirs, deux buts marqués également. À la fin du temps réglementaire, nos deux équipes sont à égalité mais le camp d'en face semble moins marqué physiquement que nous. Durant le troisième tiers, Liam et moi étions déjà à la manœuvre pour marquer le but égalisateur qui nous offre ce sursis. C'est ma crosse qui a envoyé le palet au fond des filets. Cette fois, à 5'30" de la première prolongation c'est mon pote qui marque ce foutu troisième point qui nous permet d'arracher la victoire.

Nous n'avons pas écrasé UMass, nous avons fait mieux que ça. Nous n'avons rien lâché, joué chaque point comme s'il était décisif. Chaque palet. Et dans ce bus qui nous ramène à domicile, épuisés, rincés, complètement au bout de nous-mêmes, nous savons qu'il ne nous reste qu'un seul petit match pour ramener le trophée. Un seul match. Celui sur lequel nous trébuchons depuis deux ans. Demain, nous saurons quelle équipe a remporté la deuxième demi-finale et jouera contre nous. Nous aurons alors une semaine pour nous remettre physiquement, caler notre stratégie et être prêts.

*

Lorsque je descends, Cameron et Liam parlent à voix basse autour de l'îlot central dans la cuisine. Plus étonnant encore, Hailey est là aussi, en pyjama et les cheveux en bataille.

— T'invites des filles à dormir, maintenant ? raillé-je après avoir salué l'assemblée.

— Hailey, c'est pas pareil, c'est pas vraiment une fille, grince Liam en riant, tout en secouant l'épaule de celle qui est à sa droite, et ressemble quand même à s'y méprendre à une sacrée bombe.

D'ailleurs, même si elle rit, la blague n'a pas l'air de l'amuser beaucoup et je jurerais qu'elle est vexée. On le serait à moins, faut dire, même en pyjama. *Quel tocard, celui-là.* Je suis à deux doigts de lui faire une réflexion lorsque les trois guignols me tombent dessus, Hailey en tête de cortège.

— Ice, on est là pour une intervention, annonce-t-elle.

— Une interven-quoi ?

— Tu as très bien entendu. On est là pour une intervention… Écoute, ce ne sont pas mes histoires, mais tes potes sont inquiets pour toi. Quant à moi, je n'en peux plus de voir Maddie tourner en rond.

— Inquiets pour moi ? répété-je en tournant la tête vers mes meilleurs amis.

Ces deux imbéciles se contentent d'acquiescer, comme si la cause de leurs soucis était évidente.

— Qu'est-ce que j'ai fait encore ? m'énervé-je. Vous vouliez que je sorte, c'est ce que j'ai fait.

Vous vouliez qu'on passe du temps ensemble, c'est ce qu'on a fait. Vous vouliez que je m'implique davantage dans l'équipe, je l'ai fait aussi. Et vous voulez savoir ? Vous étiez même inquiets pour ma vie sexuelle, mais même *ça*, je l'ai fait. J'ai rappelé des meufs, et j'ai une telle consommation de capotes que je pourrais acheter des actions ! Alors quoi, encore ?

Un silence s'abat autour des tasses de café. Puis Cameron éclate de rire, comme si je lui avais raconté la meilleure blague de l'année. Un éclat amusé brille dans les yeux de Hailey qui dissimule son sourire en se rongeant l'ongle du pouce. Il n'y a que Liam qui, décidément, n'est pas très enclin à s'amuser. Ça tombe bien, moi non plus. Nous nous défions du regard mais je ne céderai pas. *Qu'est-ce qu'ils peuvent bien avoir à me reprocher, encore* ?

— Ice, s'agace Liam. Arrête de jouer au con. On te connaît suffisamment pour savoir que t'es pas dans ton état normal.

— Je sors, je joue, je gagne, je bois, je baise, répété-je en haussant les épaules avant d'ouvrir la porte du frigo pour attraper la salvatrice bouteille de jus d'orange.

— Maddison ne va pas bien non plus, reprend Hailey.

— Je vais bien, putain ! Et ce n'est pas mon problème si ta copine va mal. Elle a été plutôt claire sur le sujet, non ?

Hailey ne répond rien alors je me sens obligé de poursuivre.

— Elle devrait être contente, pourtant, elle a eu ce qu'elle voulait. Une belle place toute chaude pour les jeux Olympiques !

— Peut-être qu'elle voudrait bien une place toute chaude ailleurs, marmonne Cameron dans sa barbe.

— Je ne crois pas, le fusillé-je du regard.

La seule représentante féminine de l'assistance se racle la gorge.

— Ce n'est pas à nous de régler vos histoires. Mais je pense que vous êtes deux têtes de mules et que rien ne vaut une bonne discussion. Parce que je crois que tu lui manques, Ice.

— Je comprends, ma queue manque à beaucoup de nanas… ironisé-je.

Je m'attends à des rires complices, pensant que ma vanne allégera l'ambiance qui devient franchement lourde, surtout avant le premier café, pourtant rien ne vient. *Putain, si même les blagues de cul ne font plus marrer Cam, l'heure est grave.* Face à moi, trois paires d'yeux me scrutent, de manière plus ou moins sympathique, et je sens qu'ils attendent que je fasse preuve d'honnêteté.

— Je ne parlerai qu'en présence de mon avocat.

— Bon, je vais prendre une douche, les gars. Après, je dois filer.

C'est sur ces bonnes paroles qu'Hailey s'éclipse. Cameron et Liam ne prennent même pas la peine de me donner la moindre excuse pour sortir de la cuisine. J'entends simplement la voix du blond, étrangement sérieuse pour une fois, avant que le silence reprenne ses droits.

— On aura essayé, mon gars. Tu viendras pas pleurer quand ce sera trop tard.

Bande d'enfoirés. Est-ce que moi je demande à Liam ce qu'il a fait de sa nuit post-victoire avec Hailey ? Et pourquoi elle prend le petit déjeuner ici ? Et pourquoi elle est actuellement à poil dans notresalle de bain ? Et d'ailleurs, est-il vraiment dans sa chambre ou l'a-t-il rejoint ? Ça gênerait vraiment quelqu'un de se mêler de son cul pour une fois ?

Visiblement, ce n'est pas au programme.

Ils pensent que leur intervention a tourné court, que tout ça n'a servi à rien, pourtant je passe ma journée à ruminer. C'est vrai que Maddison me manque plus que je ne l'avais prévu. Je me doutais que ça ne serait pas évident de trouver tout de suite une fille à la hauteur, en revanche, je ne m'attendais pas à me faire autant chier avec toutes les autres.

Au fond de ma tête dure, je suis obligé d'admettre que Maddison savait m'exciter aussi bien intellectuellement que physiquement, me challenger pour me pousser notamment à être la meilleure version de moi-même. C'était aussi plutôt agréable de partager des moments de complicité avec elle. Vraiment cool d'être son ami-avec-bénéfices. Et ses lèvres étaient douces. Quant aux soirées à regarder des films, ou jouer à des jeux vidéo, elles me manquent.

C'est à force de me triturer les méninges que l'évidence m'est apparue clairement aux alentours de 18 heures. *Ils ont raison, ces cons. Faut que j'aille parler à Maddie.*

35

Maddison

Je tourne en rond. Depuis que j'ai obtenu ma qualification aux jeux Olympiques, il y a neuf jours, je tourne en rond. Il y a les cours, les entraînements, la bienveillance de Beverley, la fierté de Jones. L'amitié sans faille de Hailey, qui prend un malin plaisir à me parler d'Isaiah à chaque fois qu'on se voit, juste pour m'embêter. Les appels fréquents de ma mère, les quelques SMS de Joshua m'occupent aussi, pourtant je m'ennuie. Ma vie n'est pas sens dessus dessous, elle a simplement perdu de sa saveur, une pointe douce-amère, sucrée-salée, dont je n'avais même pas franchement conscience. Or, à force de m'ennuyer, je rumine, or ruminer c'est la voie royale pour que tout foute le camp. Manger n'importe comment, sécher les entraînements de natation, me transformer doucement en légume. *Pas question.* Il fait beau, le printemps est revenu sur Providence, le campus de Brown ressemble à s'y méprendre à une photo Instagram avec ses étudiants allongés dans l'herbe qui révisent, discutent, se font des passes ou se bécotent. Je chausse une paire de baskets et en avant. C'est parti pour un bon jogging, afin de remettre de l'ordre dans mes pensées.

Une heure et demie plus tard, je suis à bout de souffle, à bout de force, collante, très loin donc d'être au maximum de mon potentiel de séduction. Ça m'est bien égal, parce que je vais mieux. Aller chercher la performance, vouloir se dépasser, repousser ses limites a toujours un impact positif sur le moral. Je rêve de prendre une douche et d'enfiler des vêtements propres, ainsi je pourrai me glisser sans culpabilité dans mon lit pour regarder des séries.

Lexie passe la tête dans l'entrée dès l'instant où j'ouvre la porte de l'appartement. Sans surprise, elle est là à se pavaner, magnifique, apprêtée ; pourquoi ne le serait-elle pas après tout ? C'est vendredi soir, les beaux jours sont de retour et les hormones de ma colocataire sont en ébullition. Un phénomène assez répandu en ce moment, si l'on en croit le comportement des autres étudiants. Elle glousse, comme si elle n'était pas seule, et son éclat de rire se meurt en m'apercevant. Son nez se fronce, ses yeux se plissent. *Bah quoi ? T'as jamais vu quelqu'un faire du sport ?*

— Une chance que la douche soit disponible, raille-t-elle. Tu aurais contaminé la pièce avec cette odeur de transpiration !

Je lui tourne le dos le temps de poser mes clés sur la tablette de l'entrée en prenant le temps de respirer calmement. Je ne la laisserai pas foutre en l'air la paix intérieure après laquelle je viens de courir pendant presque deux heures.

— Tu sais, Lexie, tu devrais essayer le sport, ça défoule pas mal. On se sent moins obligé d'attaquer les gens gratuitement, après, rétorqué-je.

— Oh, ne t'en fais pas pour moi… Je connais d'autres activités qui *défoulent pas mal*, ricane-t-elle. C'est justement ce que je vais chercher ce soir.

C'est précisément à ce moment-là que je l'entends. Le toussotement masculin dans le salon. Ce bruit intrus qui n'a rien à faire chez moi, parce qu'il n'appartient clairement pas à Lexie. Le visiteur vient donc d'assister à cette passe d'armes pour le moins gênante, même si elle est habituelle, entre ma colocataire et moi. Pour ne rien gâcher, je suis à moitié à poil en brassière et short de sport, rouge comme une écrevisse, transpirante et même si je ne fais pas grand cas de mon apparence physique, j'aime autant être tranquille dans ce genre de moment. Quoi qu'il arrive, pas d'échappatoire possible, je serai obligée de passer devant lui à un moment ou à un autre. *Super.*

— Ah, au fait, je ne t'ai pas dit. Tu as de la visite, persifle Lexie. Je vous laisse.

Elle sort en claquant la porte, laissant derrière elle des volutes de parfum musqué, ambré, trop capiteux. Je déteste cette odeur, plus encore je déteste savoir d'instinct qui m'attend. *Comment on a dit, déjà ? Ah oui, inspiration, expiration.*

— Isaiah.

Je ne pensais pas que le voir me ferait cet effet-là. Bien sûr, j'ai sciemment évité tous les endroits où j'étais susceptible de le croiser, justement pour éviter cet uppercut. Il est là, installé nonchalamment sur le canapé usé du salon, une jambe sur son genou, les bras allongés sur le dossier. Ses yeux sont toujours aussi bleus, ses lèvres toujours aussi pleines, ses mâchoires toujours carrées.

— Maddison.

Et sa voix toujours aussi sexy.

— Tu voulais quelque chose ? demandé-je pour reprendre pied et ne pas me laisser totalement décontenancée par l'animal.

— Je vais peut-être te laisser le temps de prendre ta douche, gouaille-t-il.

J'avais presque oublié comme il pouvait être arrogant et sûr de lui. C'est fou comme le cerveau est capable de façonner les souvenirs afin de ne conserver que ce qu'il veut. Je marmonne quelques mots inaudibles, que je ne risque pas d'aller me mettre nue dans la pièce d'à côté alors qu'il est là, mais son sourcil moqueur et son sourire en coin viennent à bout de mes arguments qui n'en sont pas vraiment.

— Je te laisse faire comme chez toi, concédé-je. Jus dans le frigo, dosettes de café dans le placard de gauche, fais-toi plaisir. J'arrive.

Qu'est-ce qu'il me veut ? Voilà la question qui tourne en boucle alors que je me savonne, mon corps bien trop conscient de la présence d'Isaiah à seulement quelques mètres de moi. *Et s'il entrait dans la pièce maintenant ?* Oui, c'est vrai, s'il entrait maintenant, comment réagirais-je ? Je secoue la tête, bien trop démoralisée par la réponse qui me vient comme une évidence. L'image de nos corps parfaitement imbriqués dans cette même douche et la chaleur diffuse qui se propage dans mon ventre à cette idée. *Finalement, ce serait une belle façon de conclure cette journée de sport, s'il entrait maintenant.* Je coupe l'eau. Il faut mettre un terme à ce fantasme maintenant et oser se jeter dans la gueule du loup. Wolf veut me parler, alors allons l'écouter.

— Donc ? Je t'écoute.

Ma voix déjà rauque naturellement s'éraille un peu sous l'effet de la gêne. Le regard d'Isaiah partout sur moi, sur chaque fragment de peau laissé découvert par mon short et mon tee-shirt blanc, ne fait qu'accroître ce sentiment. Je me sens gauche, maladroite, comme si je ne connaissais pas ce type, comme s'il ne m'avait pas déjà vue sous toutes les coutures. C'est d'autant plus troublant que jusqu'à aujourd'hui jamais je ne m'étais sentie si intimidée en sa présence. Agacée, révoltée, excitée, troublée, charmée même parfois. Timide, non.

— Je crois que tu t'es trompée lourdement, Maddie, en mettant un terme à nos... *entraînements*, attaque-t-il en insistant bien sur le dernier mot. En fait, tu t'es trompée lourdement au moment où tu as décidé de ne pas te laisser porter, de fermer la porte plutôt que d'essayer, pour voir où ça nous menait.

— Isaiah, on en a déjà parlé... tenté-je.

— Non, c'est faux. Tu as instauré des règles, tu...

— Tu étais d'accord !

— Oui, au début, peut-être. Enfin, surtout, je m'en foutais pas mal. Mais les règles sont faites pour être brisées, Maddie. Des règles qui ne sont que des entraves ne servent à rien.

— Ce ne sont pas des entraves... ce sont des garde-fous, des protections.

— Pour te protéger de quoi, bordel ?

Ses yeux ont pris une drôle de teinte asphalte. Il n'a pas l'air en colère, juste étonnamment sérieux. J'hésite. Je butte sur les mots. Comment expliquer alors que tout mon corps brûle de me réfugier contre lui, de retrouver sa peau, sa chaleur, la fermeté de ses muscles et la précision de ses gestes ?

— Me protéger de tout ça, finis-je par répondre du bout des lèvres en le désignant tout entier d'un geste de la main.

Il rit, forcément. Un rire franc, sincère, massif qui m'arrache même un sourire.

— Tu as toujours peur de moi ? m'interroge-t-il, ses yeux pétillants d'une malice à vous donner des envies de lui rabattre son grand clapet.

— Tout le monde a peur du loup, grommelé-je.

Est-ce qu'il entend ? Rien ne le prouve, mais son sourire s'étend.

— Arrête tes conneries, soupiré-je.

— Dis-le.

— Quoi ?

— Dis-le, Maddie. Que tu as eu peur de tomber amoureuse. Et que tu es partie quand tu as senti que c'était en train de déraper.

Cette fois, je suis bien incapable de dire quoi que ce soit. Parce qu'il a vu juste, sauf sur un point. C'est que j'ai mis un terme à cet arrangement quand j'ai compris qu'il était *déjà* trop tard. Ces derniers mois m'ont au moins permis de comprendre ça. Évidemment, je refuse de l'admettre. Je ne peux pas reconnaître cela à voix haute, pas devant lui. Il est impensable, impossible, de prendre le risque de mettre mon pauvre cœur sanguinolent et bien trop peu expérimenté entre les pattes d'Isaiah Wolf. Il serait capable de n'en faire qu'une bouchée. Tandis qu'il continue de me fixer, silencieux et déterminé, je secoue la tête. Comme un pantin désarticulé, je fais non. *Non, non, non.*

— Tu vois, j'aurais essayé. On peut me reprocher beaucoup de choses parce que je suis loin d'être le mec parfait. Je ne suis pas le prince charmant et, le moins que l'on puisse dire, c'est que je ne suis pas un gentleman, mais j'aurais essayé, Maddie. Parce que pour une raison que j'ignore, et malgré mes propres peurs, je sens que tu vaux le coup. Malgré ton entêtement, ta mauvaise foi, ta manie de vouloir tout contrôler même ce qui ne peut pas l'être. Ça valait le coup que je tente. C'est con, parce que j'aurais bien aimé que tu trouves que je méritais que tu ailles au-delà de ta peur maladive de t'attacher, que je méritais un peu plus qu'être foutu dans le même sac que les connards que tu as connus. Visiblement ce n'est pas le cas.

Il se lève, cale ses mains dans les poches de son jean et s'approche pour me surplomber. Les yeux plantés dans les miens, il finit sa tirade qui achève de me briser le cœur.

— C'est que je ne dois pas valoir le coup, finalement. Tant pis.

— Ice ! Attends…

J'essaye de trouver une réponse intelligente. Parce que, bien sûr, il vaut le coup. C'est moi qui suis trop lâche. Je peux bien me tatouer tous les mantras du monde, il est trop fort pour moi, je ne fais pas le poids. Malheureusement, rien ne parvient à franchir la barrière de mes lèvres. Rien qui ne soit pas trop risqué, pas trop compromettant. Alors mes mots meurent dans le silence. Les yeux d'Isaiah, un instant pleins d'un espoir que je ne comprends pas, s'assombrissent de nouveau. Des larmes viennent embuer les miens tandis que je l'entends grommeler dans sa barbe un *j'ai l'habitude* dévastateur.

Clac. En trois enjambées dans l'entrée, Isaiah atteint la porte en la laissant se refermer dans un bruit sourd derrière lui. Une heure et demie de jogging, une douche, le calme retrouvé, pour finir le cul littéralement par terre, le corps secoué par de méchants sanglots après cinq minutes de discussion avec Isaiah. Les larmes roulent sans discontinuer et mon cœur est en miettes qu'il ait pu, même inconsciemment, comparer mon mutisme au départ de sa mère. Comment ce mec qui paraît si sûr de lui peut-il penser un instant qu'il ne mérite pas qu'on se jette à son cou, qu'il n'est même pas digne d'être aimé ?

Ma journée s'achève plus mal encore qu'elle avait commencé. Qui aurait pu prédire que ça faisait aussi mal de se protéger des chagrins d'amour ?

*

Hailey est une bonne meilleure amie. Du genre de celle qui vient tout de suite quand on l'appelle au secours. Qui vous conseille d'aller crever les pneus de votre méchant ex, en vous proposant même de le faire pour vous. Alors elle est là, à côté de moi sur mon lit, à caresser mes cheveux pendant que j'attends la sentence. Celle qui va bien finir par tomber, celle qui annoncera à quelle sauce elle compte manger Isaiah.

— Tu sais qu'il n'a rien fait de mal, Maddie, hein ? souffle-t-elle, l'air désolé, alors que ma dernière crise de larmes vient de s'arrêter.

— Tu rigoles ? m'insurgé-je. Il a trahi notre pacte. J'étais OK pour tout, sauf pour ça.

— Ça quoi, exactement ?

— Les belles paroles, les fausses promesses, les déclarations… reniflé-je.

— Maddie… Tu ne peux quand même pas lui reprocher d'être tombé amoureux.

Je ris jaune, elle s'étonne.

— Quoi ?

— C'est Isaiah Wolf, il ne tombe pas amoureux. C'est même pour cette raison que je l'ai choisi au départ.

— Et alors ? Toi, tu es Maddison Andrews, tu avais promis de ne plus tomber amoureuse et regarde le résultat.

— Quel résultat ?

— Tu es amoureuse aussi, lâche-t-elle en haussant les épaules.

Hailey est aussi ce genre de meilleure amie à ne pas prendre de gants pour vous balancer vos quatre vérités en face. Amoureuse d'Isaiah ? C'était donc si évident que ça ? Il faut dire que c'était si agréable d'avoir l'étrange impression de ne pas avoir besoin de faire semblant. De sentir même que plus j'étais simplement moi, plus il me désirait, plus il me trouvait drôle.

— C'était un ami, Hell. Avec bénéfices. On passait des bons moments, on ne se prenait pas la tête, on couchait ensemble, on s'amusait, on s'encourageait mais rien qui ressemblait à des trucs de couple.

— Tu veux dire comme votre baiser à la patinoire ? Comme dormir ensemble ? Sans compter tout ce que tu viens de citer qui sont *aussi* des activités qu'on fait en couple ? s'exaspère-t-elle.

Un silence. C'est même un troupeau d'anges qui passe.

— Tu sais que j'ai raison, Maddie, et tu sais quoi ? Ce n'est pas grave. C'est juste la vie. On ne prévoit pas tout, parfois ça nous tombe dessus, ça ne sert à rien de lutter. La preuve, c'est que plus tu essayes de résister, plus ça te fait du mal. Alors pourquoi te priver de cette histoire ? Si ça foire, tant pis, mais prend ce qu'il y a à prendre, non ?

— Comment tu peux être sûre qu'il est tombé amoureux… soufflé-je, à bout d'arguments, en posant machinalement les doigts sur mes côtes.

— Pfff... tu lui demanderas à l'occasion, si tu le croises.

Hailey est partie après le dîner pour aller boire un verre avec les autres membres de son groupe de musique. De toute façon, j'avais besoin d'être seule pour mettre mes idées en ordre. Alors, lorsque mon téléphone sonne vers 23 heures, je m'apprête simplement à l'ignorer. Ma curiosité l'emporte quand je vois que ça vient d'Hailey.

Je découvre un selfie d'elle tout sourire, aux côtés de Liam. *« Regarde qui j'ai trouvé. »* La photo n'a aucun intérêt. Je ne sais pas pourquoi elle m'a envoyé ça. Une photo de leur amitié étrange, elle tout sourire, lui est impassible, si ce n'est sa tête légèrement penchée contre celle de ma meilleure amie. N'empêche, le message est totalement hors propos, voire presque insultant au regard de la conversation que nous venons d'avoir. C'est comme si elle se moquait totalement des émotions qui me traversent. Hailey doit être sacrément bourrée, c'est la seule explication.

Sauf si elle voulait que je voie la scène au second plan que je n'avais pas remarquée au premier coup d'œil. Celle sur laquelle mon regard est désormais braqué, mes doigts s'obstinant à agrandir la photo. Je ne peux que constater, défaite, le sourire enjôleur d'une petite blonde pulpeuse dont la main parfaitement manucurée est posée sur le bras nu et atrocement musclé d'Isaiah. *Fait chier.*

36

Isaiah

Trois heures que je suis au bar avec les gars. Toute l'équipe s'est donné rendez-vous avec une seule consigne : pas de *trop* grosse cuite. On a un match à jouer dans deux jours alors pas question de se mettre la tête à l'envers au risque d'en faire encore les frais le soir de la finale. On est jeunes, en bonne santé, et même si tout indique qu'on aura cuvé en vingt-quatre heures grand maximum, je préfère ne pas jouer avec le feu. Je suis le capitaine de cette équipe d'assoiffés, c'est aussi un peu ma responsabilité de veiller sur eux.

Du coup, alors que je voulais profiter de mes potes pour oublier un peu la blessure gigantesque que Maddie a infligée à mon ego, c'est raté. Je dois surveiller mes gars comme un putain de chaperon pour qu'ils ne picolent pas trop. J'en suis là, à demander de l'aide à la barmaid, à la supplier qu'elle refuse de leur servir une autre boisson que de la bière, quand une petite blonde s'approche. À cause de sa taille minuscule, sa poitrine paraît encore plus énorme qu'elle ne l'est. *Intéressant.* Des gros seins, un petit minois mignon, l'air pas farouche et déjà convaincue de l'endroit où elle veut finir la nuit. Pas besoin de faire semblant, pas besoin de sortir l'artillerie lourde ni les phrases de drague bon marché, la technique habituelle, l'honnêteté, la drague polie, emballé c'est pesé, ça finit au lit – ou ailleurs, je ne suis pas contre l'idée – et tout le monde est content.

— Tu m'offres un verre ? *Ouais.* Tu danses ? *Mouais, pas mon truc, vas-y je te regarde.* Tu es prêt pour la finale ? *Ouais.*

Ma repartie est affligeante, la conversation soporifique. Sa voix fluette m'ennuie parce que si j'avais fini par l'oublier, le son rauque d'une autre, son ton chaud, cette fréquence unique qui me fait bander rien qu'à l'entendre, maintenant que je l'ai réentendue, je suis de nouveau accro. En trois mois, j'ai cru que j'étais sevré. Ce n'est pas le cas.

— Non !

— Quoi, non ? s'étonne la petite blonde en regardant sur ma droite.

— Quoi, non ? répété-je en haussant les sourcils.

Là, ça devient vraiment intéressant. Plus intéressant qu'une paire de seins. Plus intéressant qu'une soirée entre mecs, qu'une partie de billard, qu'une partie de GTA à l'appart, et à cet instant, dans mon esprit malade, plus intéressant certainement que la perspective de disputer la finale du Frozen Four lundi.

— Elle, non. Toi… oui.

On y est. La voix grave, éraillée, son air furax, ainsi que mon incontrôlable envie de rire. Derrière Maddie, j'aperçois Hailey qui m'adresse un clin d'œil. Je ne sais pas ce qu'elle a fait, ce qu'elle a dit, par quel tour de magie elle a réussi à faire venir Maddison ici, mais putain je crois que je lui en dois une belle.

— Personne ne comprend rien, Maddie, si tu pouvais faire vite ou être plus claire… on était en pleine… *conversation*, poursuis-je.

Maddison soupire, secoue la tête, se passe les mains sur le visage. Franchement, je la sens à deux doigts de faire une syncope, mais je ne lâche pas. La petite blonde non plus, d'ailleurs. Elle regarde Maddison, effarée, la main toujours posée sur mon bras, ses tétons effleurant ma peau à chaque respiration. C'est sûr, si on lui avait demandé de jouer un rôle, elle ne l'aurait pas mieux tenu. Elle aussi, faudra que je pense à la remercier.

— Je suis désolée de vous interrompre, se reprend Maddie d'une voix faussement polie. Ça ne te dérange pas que je te l'emprunte un instant ? demande-t-elle à Polly Pocket.

Cette dernière hausse une épaule, l'air de dire qu'elle n'a pas trop le choix et qu'elle s'en rend bien compte, alors je fais semblant de m'excuser pour l'impolitesse de mon *amie*.

— Donc ? Tu voulais me parler ?

— Tu fais chier, Ice. Vraiment, vraiment chier, commence-t-elle en rougissant un peu.

Forcément, j'éclate de rire. Du Maddison tout craché. Elle déboule pour casser mon coup et elle m'insulte. Elle bredouille vaguement des excuses quand je le lui fais remarquer.

— Pourquoi je te croirais ? demande-t-elle brusquement.

— Je n'ai aucune garantie à t'offrir, reconnais-je. Ça s'appelle prendre son risque. Comme je te l'ai dit tout à l'heure, tout ce que tu peux faire, c'est de regarder dans la balance si ça vaut la peine ou pas.

Elle paraît être à deux doigts d'exploser, piaffant, piétinant, incapable de maîtriser ses émotions.

— Tu es en train de me dire qu'il faut que je te fasse confiance sur parole ? Juste pour… tes beaux yeux ?

— Tu fais ce que tu veux pour mes beaux yeux, ne puis-je m'empêcher de rétorquer.

C'est peut-être bas, c'est sûrement nul, pourtant j'aurais pu faire bien pire. Du genre que le nombre de nanas qui prendraient le risque de se faire un peu bobo pour mes beaux yeux se compte par dizaines, ne serait-ce que dans ce bar. *Allez savoir pourquoi, je crois qu'il vaut mieux que je m'abstienne de la faire, celle-là.*

— Sois plus précis, Isaiah. Tu veux quoi, au juste ? Parce que tu as déjà eu mes fesses…

— Alors permets-moi de t'interrompre afin de contester ce point précis. Je n'ai pas eu tes fesses à proprement parler. Ce qui, si tu me demandes mon avis, est très dommage et j'adorerais avoir l'occasion d'y remédier.

Le coup de poing que je reçois dans l'épaule me fait marrer. Il est mérité. Maddison souffle, l'air exaspéré, mais je vois bien qu'elle retient son sourire.

— Ice. Je suis sérieuse.

OK, alors parlons sérieusement, si elle y tient.

— Qu'est-ce que tu veux que je te dise, Maddie ? Je te promets pas de te passer la bague au doigt demain, je te promets pas de te faire une ribambelle de mômes. C'est juste que je veux plus. C'est tout.

Ses yeux brillent d'un éclat étrange. À cet instant, je ne saurais dire si elle va me sauter à la gorge, m'embrasser fougueusement, ou les deux.

— Plus de quoi ? souffle-t-elle.

— Plus de toi.

Cet interrogatoire est épuisant pour les nerfs. Je suis joueur de hockey, moi. Pas funambule. Or j'ai la désagréable impression qu'au moindre mot de travers, tout se casse la gueule.

— Pourquoi ?

Putain, ce n'est pas possible d'être aussi butée ! Clairement, Maddison Andrews aura ma peau. *Il lui faut les sous-titres en plus.*

— Je serais bien incapable de dire pourquoi, sachant que tu es probablement la nana la plus chiante de l'univers, pourtant la vérité c'est que je suis tombé amoureux de toi, Maddie.

Voilà, c'est dit. Ce n'était pas prémédité et pas si difficile que ça à admettre, mais c'est maintenant que ça se corse. Dans ce long silence qui s'étire, nos corps séparés par quelques malheureux centimètres qui paraissent aussi infranchissable qu'un océan. *Quitte ou double*. La musique n'existe plus. Les rires autour semblent lointains car je n'entends plus que les pulsations de mon cœur battre dans ma tête.

— D'accord, murmure-t-elle.

D'accord ? D'accord, c'est un bon début, non ? Je n'avais pas conscience d'avoir arrêté de respirer. Je prends une grande inspiration pour m'approcher enfin. Maintenant, fini de déconner.

— D'accord pour quoi ? m'agacé-je en me penchant vers elle, juste avant de mordiller son lobe d'oreille.

À son tour, elle expulse de l'air entre ses lèvres serrées en tentant de retenir un gémissement que j'entends quand même. Elle soupire profondément avant de prendre une grande inspiration. *Allez, Maddie, jette-toi à l'eau.*

— Pour te donner plus de moi.

Je continue à malmener la peau sensible de son cou. Bordel, ça m'a manqué. Sa douceur, sa manière de réagir à la moindre de mes sollicitations. Tout son corps me crie qu'il est d'accord, lui aussi, pour retrouver le mien.

— J'en veux plus aussi, ajoute-t-elle. Je crois… non, je *sais* que je veux tout de toi.

Ses mains se posent sur mon torse, ses yeux s'ancrent dans les miens et elle répète, de sa voix de crooner qui contraste tant avec ses airs de princesse : *je veux tout de toi.* Je n'avais encore rien entendu d'aussi beau, et d'aussi excitant. Une phrase, il suffit d'une seule phrase à Maddie pour caresser mon cœur, bercer mon âme et cajoler ma queue. Un super pouvoir complètement dément qui me rend dingue depuis plus de six mois. Je m'en doutais, c'est maintenant une évidence. Maddie, c'est la Sainte-Trinité ou le tiercé gagnant : ma tête, mon bide, ma bite.

Elle sourit timidement, et je fonds sur ses lèvres. Ses lèvres douces qui s'entrouvrent et nos bouches parlent la langue qu'elles connaissent le mieux. La nôtre. Ma main saisit sa nuque, la sienne se fraye un chemin sur mon ventre. En silence, elle murmure qu'elle m'aime, aucun son ne sort, mais je le sens, je sais qu'elle l'a dit, contre moi, contre ma peau. *Faut qu'on se casse d'ici. Chez elle, chez moi, dans ma bagnole.* N'importe où, mais faut qu'on se tire avant d'être arrêtés pour atteinte à la pudeur.

Maddie doit sentir mon empressement, car elle recule de quelques centimètres pour reprendre son souffle. Son regard brûlant et amusé achève de me faire perdre les pédales. J'ai *besoin* de retrouver son corps, de me perdre en elle, de marquer sa peau comme elle a marqué mon âme au fer rouge.

— Demande-moi, ordonne-t-elle.

— Te demander quoi ?

— Ma couleur préférée.

Merde, de quoi elle parle ? Là, je suis paumé. Néanmoins, je m'exécute, trop pressé d'en finir et de retrouver sa bouche.

— Bleu acier.

— Je connais pas cette couleur, Maddie, et je m'en fous, râlé-je en souriant. On aura le temps de discuter de tout ça plus tard, promis.

— Regarde dans un miroir, insiste-t-elle en piétinant sur place, l'air de plus en plus mal à l'aise.

— Je ne comprends pas.

— Tes yeux. Ma couleur préférée, c'est tes yeux. L'odeur que je préfère ? Ta peau. Mon parfum de glace préféré ? Ta bouche. Ma chanson favorite ? Ta voix. Je veux tout de toi parce que j'aime tout. De ton sourire en coin à ton sourcil arqué, de ton corps musclé à ton cœur blessé. *Tout de toi.*

Ses joues rougissent. Mes mains prennent son visage en coupe lorsque je remarque ses yeux s'embuer. *Cette fois, j'ai compris.* Maddie galère, mais elle la tente, la grande déclaration. Dans ses hésitations, ses périphrases, elle me dit tout ce que j'avais besoin d'entendre. Ma langue repart à l'assaut de la sienne jusqu'à l'interruption suivante.

— Isaiah ? commence-t-elle en reprenant son souffle. Il faut que je te dise...

— Quoi encore ? grogné-je, inquiet de tout ce qui pourrait foutre en l'air ce moment.

— Je ne couche pas avant le troisième rendez-vous, lâche-t-elle en souriant malicieusement.

Elle est sérieuse ? Je la dévisage, essayant de déceler si elle se fout de moi ou pas. Certes, un rictus amusé tord délicieusement sa bouche, mais elle a quand même l'air de croire à ses conneries.

— Impossible, petite sirène. On ne va pas pouvoir attendre trois rencards.

— Et pourquoi ça ? me défie-t-elle, les poings sur les hanches.

— J'ai un milliard de raisons. D'abord je ne t'ai pas touchée depuis trop longtemps donc j'ai besoin de te sentir. La deuxième raison, c'est que j'ai une finale à jouer lundi, or si je ne m'envoie pas en l'air la veille du match, ça me porte la poisse. J'ai un rituel à tenir, moi.

Je vois trop de pensées défiler dans la tête de Maddie et je sais précisément à quoi elle réfléchit. Elle compte le nombre de matchs que j'ai disputés ces derniers mois, se demande probablement avec combien de filles j'ai couché. La réponse risque de ne pas lui plaire : *oui*, une avant chaque. Je m'apprête à argumenter, à essayer de sauver mon cul pour que tout ne s'arrête pas maintenant, pas comme ça, pas pour ça. Mais comme elle n'est jamais là où je l'attends, forcément, elle fait un pas de côté.

— OK. Passons sur ce détail. Du coup, comment on fait ?

— Un compromis ? proposé-je.

— Waouh, tu veux dire notre premier compromis de couple ? C'est émouvant, raille-t-elle.

Je dépose un baiser sur ses lèvres en acquiesçant.

— D'accord. Qu'est-ce que tu proposes ?

— On commence par coucher ensemble ce soir. Et demain, toute la journée, commencé-je en retrouvant le chemin de sa nuque, de ses clavicules dégagées, de ses épaules dénudées. Et après la finale, je ne te touche plus jusqu'à notre troisième rendez-vous.

Maddison garde le silence quelques instants. Elle réfléchit, ou bien elle profite simplement de mes lèvres sur sa peau ? La tête rejetée en arrière, son souffle se raccourcit à mesure que je parsème son cou de baisers, de légères morsures et de coups de langue pour apaiser l'affront.

— Adjugé. Du sexe pendant vingt-quatre heures et après, on attendra.

— Tu sais que tu vas me supplier de te faire l'amour bien avant le troisième rendez-vous ? assuré-je.

— Oui, répond-elle, joueuse. Je ne me fais aucune illusion là-dessus.

C'est la meilleure version de Maddison, celle qui me challenge, qui me pousse dans mes retranchements, qui me prend le chou à longueur de temps, mais à la fin... c'est contre mes lèvres qu'elle murmure les mots qu'elle s'était juré de ne plus prononcer.

37

Maddison

Je ne tiens pas à ouvrir les yeux. La luminosité qui perce à travers mes paupières closes m'indique assez nettement que la matinée est déjà bien entamée, pourtant mon corps alangui et fourbu par la courte nuit n'a aucune envie de mettre un terme à ce moment. C'est la deuxième fois que je me réveille dans les bras d'Isaiah, dans son lit. La première fois, j'étais pétrie d'angoisses et de doutes. Je me sentais si vulnérable, un pied dans le vide. Ce matin, j'ai tout à fait conscience d'avoir sauté à pieds joints. Hier soir, en me précipitant dans ce bar pour empêcher Isaiah de finir la soirée avec une autre, j'ai sauté du haut d'une falaise sans parachute. Désormais, je peux tout à fait me fracasser le crâne – le palpitant surtout – au sol. Parce que j'ai laissé tomber mes barrières, j'ai envoyé valser la charte, les règles, les protections. Je me suis littéralement jetée dans la gueule du loup et je n'ai plus aucun moyen de faire machine arrière. *Le pire ? C'est que je n'en ai aucune envie.* Peut-être ne l'a-t-il pas entendu, une part de moi l'espère d'ailleurs très fort, mais plusieurs fois dans la nuit, j'ai murmuré ces trois foutus mots que je pensais bannis de mon vocabulaire.

Pourquoi j'ai fait ça ? Parce que je le pense, nom d'un chien. Ce n'est pas faute de m'être échinée à rejeter mes sentiments, à le repousser, lui. Rien n'y a fait. C'est comme si, finalement, malgré tous mes efforts, j'étais condamnée dès le départ à finir ici, comme ça, les jambes entremêlées aux siennes, le corps coincé sous son bras puissant, son souffle dans mes cheveux. Et – *surprise* – son érection contre mes fesses. Je ne veux pas ouvrir les yeux parce que pour la première fois depuis longtemps je suis en paix. Pour une raison qui m'échappe, je ne doute même pas d'Isaiah et me repais de chaque sensation. L'odeur indécente qui envahit la chambre ce matin, et son doigt, soudain, qui dessine des arabesques sur mon épaule.

— Bonjour, petite sirène, murmure-t-il contre mon crâne.

Je profite du fait qu'il desserre son étreinte pour me retourner afin de lui faire face. Le visage enfoui contre son torse, je murmure des baisers, encore étourdie par les derniers événements. On ne baisse pas les armes si facilement, sans craindre encore un peu que la situation parte en vrille, que tout n'ait été qu'un mauvais songe. *Un trop joli rêve.*

— Programme de la journée ? demandé-je pour me donner une contenance.

— Du sexe, du sexe et encore du sexe, annonce-t-il très sérieusement.

Je ne peux m'empêcher d'éclater de rire. Ses doigts agrippent mes hanches, sa langue se faufile dans mon cou, et je sens déjà les prémices du désir grimper en flèche au creux de moi.

— Je suis rassurée de constater que certaines choses ne changent pas, ris-je.

— On ne change pas une équipe qui gagne.

En une fraction de seconde, Isaiah prend l'avantage, en appui sur ses coudes, pesant de toute sa musculature et sa virilité sur moi. J'ai eu si peur d'aimer Isaiah que j'ai failli passer à côté. Et comme toujours, c'est au moment où j'ai accepté de ressentir la peur, de prendre des risques, que j'ai enfin choisi le côté de la vie. Celle qui sait toujours comment nous étonner, nous surprendre en nous offrant plus grand encore que tout ce qu'on avait espéré.

— Plus sérieusement. Du super sexe. Ensuite, on va prendre l'air. On peut faire ce que tu veux, je m'en fous, tant que je suis avec toi. Par contre, ce soir, ton corps est à moi… Question de rituel.

Sans me laisser le temps de répondre, Isaiah se glisse de nouveau derrière moi et glisse l'une de ses mains entre mes cuisses pour venir retrouver mon intimité qui n'attendait que lui. Un son rauque et satisfait s'échappe de sa gorge, pour se percuter contre ma nuque, lorsqu'il s'aperçoit que je suis déjà prête, déjà frissonnante de désir contre sa peau. Je devine son sourire que j'ai tant aimé détester et tourne légèrement la tête pour l'embrasser avec ferveur. Désormais, cette arrogance, cette satisfaction, cette confiance en lui, en ses charmes et en ses talents, j'en suis l'instigatrice alors – plutôt crever que de le lui avouer – j'adore ça, ça me remplit de fierté. Même si je râle lorsqu'il met fin à notre baiser, je suis vite rassurée en constatant qu'il est en train d'enfiler la protection de latex qui nous permettra de passer enfin à la vitesse supérieure. Je ne voulais pas me réveiller et voilà que mon corps brûle de retrouver celui d'Isaiah dont je me suis pourtant repue une bonne partie de la nuit. J'ai encore des cris à pousser, des caresses à donner, des baisers à voler, *ou pas*, des orgasmes à aller créer avec celui qui a pris possession de bien plus que ma chair.

Mon dos collé contre son torse, je me cambre pour lui faciliter l'accès et gémis faiblement en le sentant me pénétrer avec une infinie lenteur. Je savoure chaque centimètre de lui qui se fait une place en moi. Cette position d'une douce intimité nous offre une connexion nouvelle, elle nous oblige à savourer, à prendre notre temps, blottis l'un contre l'autre. C'est une autre manière de se dire que l'on s'aime. Au-delà des mots que nous avons encore du mal à prononcer, nos corps sont assez doués pour communiquer. En faisant onduler mes fesses sur Isaiah, je viens chercher mon plaisir en faisant monter le sien. D'une main, il caresse et pétrit, titille et cajole, serre et adule mes seins à qui il a déjà prêté allégeance – *non mais quel malade*. Quant à son autre main, elle fait ce qu'elle sait faire de mieux. Entre mes jambes, elle se fraye le plus délicieux des passages pour exciter mon clitoris déjà gorgé d'excitation. Malgré la lenteur que la position nous impose, nos souffles se font plus courts, saccadés, je me resserre autour de lui, il gonfle, durcit encore, et bientôt nos peaux claquent, nos prénoms sont gémis, criés, suppliés, c'est un délicieux supplice jusqu'à la délivrance. Ses doigts qui s'enfoncent dans ma peau, mes dents plantées dans ses avant-bras, ses lèvres dans mon cou, mes cheveux éparpillés, son cœur qui bat la chamade dans mon dos. *Putain, tu m'as tellement manqué.* Qui a dit ça ? Lui ou moi ? Les deux, peut-être. Qu'importe au fond, nous sommes d'accord. Toujours en cuillère, nous partageons enfin des gestes d'une tendresse que je nous interdisais jusque-là.

— Je suis désolée, Ice, tu sais.

— Pourquoi ? demande-t-il, une pointe d'inquiétude transparaissant dans sa voix pour mon oreille avertie.

— De tout ce temps que je nous ai fait perdre…

— On s'en fout, Maddie. Le principal c'est maintenant.

— Et demain, ajouté-je.

Peut-être qu'il pense que je parle de la finale. Sans doute que je l'évoque un peu, aussi. Seulement, je le fais à ma manière, sans grandes déclarations que je ne saurais assumer, en lui promettant simplement des lendemains et des petits matins où je ne m'enfuirai pas en courant. Isaiah comprend. J'en suis certaine, car je devine dans les baisers dont il parsème ma peau rougie d'amour et d'orgasme qu'il apprécie mes mots. Au bout de quelques minutes de tendresse supplémentaires, il me retourne d'un geste ferme pour me placer face à lui en me scrutant de son air gentiment narquois. Celui qui a fini par m'attirer irrésistiblement dans ses filets.

— Ne t'habitue pas trop, hein. Ce soir, je te mets à genoux, m'annonce-t-il nonchalamment.

Heureusement, Wolf n'est pas devenu un agneau.

*

Nous devons passer chercher Beverley en voiture avant de faire la route jusqu'à Boston, où se déroule la finale. Les sœurs Wolf, quant à elles, n'ont pas pu faire le déplacement, prises par leurs examens de fin d'année avant leur rentrée universitaire.

— Alors tu l'as fait, hein… Tu as vraiment réussi à faire d'Isaiah Wolf un homme rangé ? pépie Bev sur la banquette arrière.

— N'importe quoi… maugréé-je en rougissant.

— Je le connais depuis que j'ai dix ans, et jamais, au grand jamais, Ice n'a été en couple ! C'est une grande première… j'ai l'impression d'être dans une comédie romantique quand le connard finit par trouver chaussure à son pied.

Ma coéquipière de natation a des papillons dans les yeux à cette évocation, ce qui me met tout de même très mal à l'aise tout en provoquant le rire aux éclats de Hailey.

— Comment il se sentait ce matin ?

— Comment sais-tu que j'étais avec lui ce matin ? demandé-je, suspicieuse.

Beverley me regarde avec un grand sourire aux lèvres et je comprends qu'elle doit être parfaitement au courant du *rituel porte-bonheur* d'Isaiah. *Super*. Comme ça, tout le monde saura quand on couche ensemble. Ou considérera que je ne lui porte pas vraiment chance en cas de défaite. Les nœuds se refont à toute vitesse dans mon cerveau et la main d'Hailey – qui me connaît décidément par cœur – se pose un instant sur mon bras pour faire taire mes angoisses.

— Stressé, concentré, déterminé, je dirai… finis-je par répondre du bout des lèvres.

— Normal, quoi… Isaiah avant un grand match, conclut Bev.

Je m'étonne qu'elle n'ait pas parlé de lui – ni même avec lui – à l'époque où il nageait avec nous. Pour répondre à mes interrogations, Beverley explique simplement qu'en entrant à Brown elle lui a promis de ne pas être la copine-des-petites-sœurs, la lourdingue qui empiète sur ses plates-bandes et cherche à se faire mousser en se servant de lui.

— Lorsque les autres filles ont commencé à parler de lui ou de sa réputation, je n'ai rien dit tout simplement car je n'ai rien entendu de faux. Ça n'aurait servi à rien d'intervenir et puis… c'était bien fait pour lui, finalement, rit-elle. Mais je suis contente de savoir qu'il est heureux avec toi. J'ai toujours pensé que c'était un mec bien, au fond.

Je souris parce que je n'aurais pas misé là-dessus lors de notre première rencontre alors qu'aujourd'hui, j'en suis persuadée aussi. Isaiah est un mec bien. *Mon* mec bien. Saveur de bonbon acidulé dans la bouche, cœur qui bat un peu plus vite, papillons dans le ventre. *Misère. Je suis vraiment amoureuse, alors…* Ce constat me désole un peu tandis que je ne peux retenir le sourire béat qui étire mes lèvres. Après cette année en dents de scie, je m'aperçois, ce soir, que je suis enfin heureuse. *Simplement heureuse.* Je vais toucher mon rêve du doigt en concourant à Paris, j'ai validé mon année universitaire, j'ai des amis en or, et un petit ami (*frissons*) torride. *Tout va bien.* S'il gagne la finale, nul doute que cette soirée deviendra officiellement l'une des plus belles de ma vie. En revanche, si les Bears perdent, je crains la soupe à la grimace.

*

J'ai bien tenté de réviser les règles, mais je n'y comprends toujours pas grand-chose. J'ai des envies de meurtre chaque fois qu'un joueur du Minnesota s'approche trop près d'un des nôtres. Je crie au scandale quand Isaiah se fait bloquer, je soupire d'exaspération quand il rate un tir, je gueule contre Cameron qui m'a l'air d'être une véritable passoire. En revanche, leur petit gardien de but – enfin, petit… c'est Ice qui l'appelle comme ça, même si ce type doit bien mesurer vingt centimètres de plus que moi – est un génie. Une muraille. Nos adversaires tirent et retirent, faisant pression sur la défense des Bears, mais Murray est inflexible jusqu'à la dernière minute de la première période où un joueur parvient à lui mettre un but. Nous sommes menés 1 à 0. Certes, rien n'est joué, rien n'est perdu, mais ça fout quand même un sacré coup au moral.

Après la pause, c'est reparti pour un tour. Je suis au bord de l'apoplexie. Autour de moi, les supporters sont survoltés, Bev et Hailey crient comme des putois, font de grands gestes, encouragent et insultent, tandis que je suis obstinément muette, les yeux fixés sur Ice. Je ne vois plus que lui, admirant sa rapidité, sa puissance, alors que le voir évoluer avec tant d'agilité sur la glace fait naître en moi une excitation probablement déplacée. La deuxième période est écrasante. Nous ne parvenons à rien, et si les Bears parviennent à limiter l'hémorragie en n'encaissant aucun but supplémentaire, nous n'égalisons pas.

À la troisième période, je suis complètement perdue. Beverley trépigne parce que les Bears font entrer un « policier » sur le terrain. Si je ne savais pas à quoi m'attendre, je ne suis pas déçue. L'armoire à glace qui vient d'arriver lâche sa crosse et retire ses gants à peine quelques minutes après son entrée pour provoquer une baston généralisée avec les joueurs du Minnesota. Hailey m'explique la scène qui vient de se dérouler sous mes yeux : le principal défenseur qui gêne Isaiah depuis le début du match vient d'être envoyé en prison pour cinq minutes.

— Vas-y, Ice !

Une partie du public scande son nom tandis que l'autre hurle au scandale. Les Bears ont cinq minutes pour marquer. Ils le savent… et ils le font ! *Putain de merde*. Mon cœur a failli lâcher. Si une part de moi est déçue que Liam ait mis le palet dans le filet et non pas Wolf, le principal est là. Nous recollons au score.

Le temps de jeu est terminé et les deux équipes sont à égalité. Les prolongations ne permettent pas non plus de les départager, pas plus que la mort subite. En raison de l'infinie longueur du match, nos joueurs commencent à fatiguer. Leurs gestes sont moins précis, les accès de violence plus fréquents. *Ça va tourner au pugilat, toute cette affaire.*

— Et maintenant ?

— Tirs au but, s'exclame Hailey, excitée comme une pile électrique.

Pourtant, bien vite, l'excitation retombe pour laisser place à un silence plombé. Cinq tirs par équipe, un seul vainqueur. Je retiens mon souffle en observant Ice qui s'avance pour les Bears. C'est une montagne de charisme et de muscles qui prend place devant le gardien du Minnesota. Je jurerais que ses yeux qui balayent la foule se posent sur moi pour m'adresser, à moi seule, un clin d'œil insolent. Mon cœur rate un battement. *Mon mec*. Ces mots qui roulent dans ma tête m'envoient des décharges d'électricité dans tout le corps. Mon ventre brûle, mon souffle s'affole. Je croise les doigts.

Cinq tirs. Cinq buts. Isaiah, invincible. Comme s'il avait gardé toute sa précision pour ce moment précis. Briller. Vaincre sur son seul nom. C'est tellement arrogant, tellement lui. Pourtant, à cet instant, dans sa détermination, dans sa fatigue, dans chaque tressaillement de mâchoire et chaque goutte de sueur qui perle sur son front, il est le cœur et l'âme de l'équipe.

Le tireur adverse met les quatre premiers. *Je n'en peux plus, libérez-moi.* Murray a dû entendre ma prière silencieuse, parce qu'au cinquième tir, il se jette sur le palet et l'arrête.

Enfin. *Enfin.*

Ice fond sur son gardien au moment où le reste de l'équipe les rejoint sur la patinoire. C'est l'effervescence, un soir de liesse. De loin, je vois le sourire éclatant d'Isaiah en devinant exactement l'effet que cette victoire lui procure. Bien sûr, j'ai hâte de le féliciter à ma manière mais ce moment, cet instant nébuleux où l'on crie à la victoire sans l'avoir vraiment réalisée, appartient à cette équipe soudée qui a prodigieusement tenu la barre. Cette équipe qui est allée chercher ce trophée, sans rien lâcher, dépassant admirablement autant la fatigue que les doutes.

38

Isaiah

— T'es mon putain de porte-bonheur…

Sa jupe d'été est remontée sur ses hanches, sa culotte à peine décalée juste pour que je puisse la pénétrer et je murmure ces mots au creux de son oreille, d'un romantisme étonnant vu la situation. Cette femme est un putain de paradoxe, à la fois candeur et luxure.

Contre le mur des vestiaires désertés, je prends possession de son corps. Jusqu'à la garde, à bout de souffle, ses supplications accompagnent chacun de mes assauts. Je la mords, elle se resserre, ses fesses claquent contre mon ventre, elle me supplie d'aller plus vite, plus loin, plus fort et je me fais un plaisir de lui obéir. Ce soir, je veux la posséder comme elle m'a pris. Entièrement. Sans concession, sans préambule. Ses hanches roulent de façon indécente pour m'emmener toujours plus haut. Je savoure sa ferveur, son intimité trempée pour moi, avec de plus en plus d'empressement jusqu'à ce que mon orgasme se déverse dans le sien. Enfin, mon grognement trouve son cri de délivrance en écho.

Elle l'a fait. Porter le numéro 19 le soir de la finale. *Mon* maillot. Elle a même accepté de décaler à demain son vœu d'abstinence avant les trois premiers rendez-vous en prononçant un truc décadent et hautement érotique, du genre baiser Wolf en Wolf.

La vérité, c'est que Maddison a allumé un véritable incendie – pas seulement entre mes jambes – qui n'est pas près de s'éteindre.

Je l'ai senti tout de suite, et je ne m'étais pas trompé. C'est ce qui m'a attiré et qui continue à embraser chaque jour que nous passons ensemble. Le feu sous la glace.

Épilogue

— Et c'est encore une victoire indiscutable… lâche Liam laconique, avant de donner libre cours à sa joie. Applaudissez votre champion !

Finalement, il ne boude pas son plaisir d'avoir infligé une nouvelle défaite à Cameron. Maddison est lovée contre moi, interdite de manettes par mon meilleur ami qui tient à gagner par KO ce soir. Ça me va, j'ai mieux à faire de ses mains, de toute façon. Hailey, par ses liens avec Maddison et son étrange amitié avec Liam, a trouvé sa place dans notre groupe. Assise sur le fauteuil de droite, elle tapote des messages sur son téléphone, à la recherche, je cite, de son plan cul du soir. Cette nana est vraiment la pire d'entre nous. Une *serial fucker.* Liam a l'air habitué, ils discutent de cela ensemble comme on pourrait parler de la météo, mais pour Cameron et moi, Hailey est une sorte d'ovni. Même si elle est drôle et très sympa, elle bouscule pas mal d'idées préconçues dans nos cerveaux d'hommes primitifs. C'est aussi effrayant que très distrayant. Bref, comme ça vibre dans tous les sens, je me demande combien de mecs Hailey a dans son répertoire qu'elle peut solliciter un soir de semaine après 22 heures. Une véritable pro du *booty call.*

Voilà donc comment ce dernier mois d'université s'organise. La vie est douce, parsemée d'éclats de rire entre amis et de parties de jambes en l'air comme dirait l'adorable blonde qui enflamme mes nuits. *Comme si, finalement, on pouvait tout avoir.* Parce qu'un jour, par hasard, on tombe sur la bonne personne, alors tout devient évident. Pas besoin de faire semblant, pas d'emballage cadeau nécessaire. Maddison et moi sommes tombés amoureux de la pire version de nous-mêmes, autant dire qu'on ne peut que s'améliorer. Je l'ai aimée quand elle n'était qu'un amas de névroses, et j'apprécie chaque jour de la voir baisser les armes en s'ouvrant à moi. Quant à elle, elle a succombé à mon arrogance, a réussi à me faire confiance malgré une réputation bien salée, et frissonne désormais *aussi* devant une facette de moi plus tendre que je découvre à ses côtés.

Un vibreur tremble sur la table basse. Vu la correspondance endiablée d'Hailey, je ne réalise pas tout de suite qu'il s'agit de mon téléphone. C'est Maddie qui me sort de mes pensées.

— Ice, c'est ta sœur !

Bizarre. Faith m'appelle rarement à cette heure, bien consciente que je suis rarement disponible en soirée.

— Tout va bien ?

Je m'éloigne pour discuter, au cas où ce serait grave. Je laisse mes amis et *ma copine* dans le salon en serrant les dents, me préparant déjà au pire. Un problème avec papa, Hope… Un accident ?

Lorsque je reviens quelques minutes plus tard, je suis sonné. Pas mécontent, seulement très perturbé. Je m'étais préparé à tout, sauf à ça. Pourtant, il va falloir que je m'habitue rapidement, parce que dans certains cas, deux mois passent très vite. Mon visage doit laisser transparaître ma stupeur, parce que tous les regards sont braqués sur moi, laissant transparaître un mélange d'inquiétude et de curiosité.

— Ice ? Rien de grave, au moins ? questionne Liam.

— Les gars, franchement, je vous jure qu'on va trouver une solution rapidement…

— Faith a un problème ? insiste Cameron, sourcils froncés.

— Non, non. On ne peut pas vraiment dire ça comme ça.

Je secoue la tête pour me remettre les idées en ordre. Ce n'est pas *si* grave, après tout, si ? Ce ne sont plus des morveuses, la fac est grande, on devrait pouvoir trouver de la place pour tout le monde. Quant à cette histoire d'appartement… la situation n'est que provisoire. *Pas vrai ?*

— Je n'étais pas du tout au courant, OK ? Faith vient de m'annoncer qu'elle avait postulé à Brown il y a quelques mois. Elle a appris aujourd'hui qu'elle était remontée dans la liste d'attente, ce qui signifie qu'elle sera des nôtres à la rentrée.

— Bah, c'est super, commente Liam d'un ton détaché. Quel est le problème ?

Je jette un coup d'œil à Cameron dont le visage est fermé. Vu sa tronche, il doit bien se douter que l'histoire ne s'arrête pas là.

— Elle va venir habiter ici quelque temps, annoncé-je.

Liam fait la moue, l'air pensif.

— Ici, ici ? À la coloc ?

— Ouais… mon père n'a pas trop de sous, Faith pas encore de boulot… Je suis désolé, les mecs, je ne sais pas comment faire autrement…

— Ice, relax, c'est normal, me coupe Liam. On est une famille, pas vrai ?

— Je vous revaudrai ça, soufflé-je, soulagé.

Cameron, lui, secoue la tête de façon un peu frénétique. Si l'on m'avait demandé, j'aurais pu prédire leur réaction… mais inversées. Habituellement, Cam est le plus magnanime des deux.

— Attends, je n'ai pas encore accepté, moi, grogne-t-il, le visage renfrogné. Franchement, Ice, on trouvera une solution pour le fric, mais je ne le sens pas du tout. Bébé Wolf ne posera pas ses valises ici.

Un rire un peu forcé s'échappe. *Bébé Wolf*. On voit bien qu'il ne la connaît pas. C'est vrai qu'une nana dans notre garçonnière, ça risque de nous faire bizarre. Surtout à eux, puisque moi, je compte bien laisser mes habitudes de célibataire au placard. Néanmoins, en jetant un regard autour de moi, je réalise à quel point les choses ont déjà considérablement évolué depuis la dernière rentrée. Je connais Cameron, il finira par se faire à l'idée.

— C'est une super nouvelle, Big Bad Wolf[1], on trouvera une solution, ne t'inquiète pas, murmure Maddison au creux de mon oreille.

Elle dépose un baiser léger sur mes lèvres avant de souffler le sésame magique dont je ne me lasse pas, celui qui est si précieux aussi parce que je sais comme il lui faisait peur il y a encore pas si longtemps.

— Je t'aime.

Ces trois mots associés à son goût suffisent à me faire oublier tout le reste. C'est le super-pouvoir de

1. Grand Méchant Loup, en anglais.

Maddison. Un jour, peut-être que je m'habituerai à cette sensation. Pour l'instant, c'est un feu d'artifice à chaque fois. Alors nous les plantons là, parce que, à partir de maintenant, ce que nous avons à nous dire et à faire ne saurait supporter un public.

FIN

Bonus 1

Il n'a pas fait ça.

Non, il n'a pas pu me faire ça. Ce n'est pas possible. Même Isaiah ne pourrait pas oser.

Me planter pour notre premier rendez-vous. Enfin, premier rendez-vous… Lorsque j'ai évoqué cette histoire d'attendre avant de recoucher ensemble, c'était presque une blague pour le faire marcher. Finalement, c'est lui qui a pris ça très au sérieux. Incapable de résister à un nouveau défi, c'est lui qui a fini par insister pour qu'on le fasse. Dans le fond, je le soupçonne de n'avoir que ça en tête : me faire craquer avant le troisième *date*.

Pourtant là, alors que je poireaute depuis quinze minutes, qu'il n'est pas foutu de répondre à son téléphone alors que je n'ai aucune idée de l'endroit où il avait – ou non – prévu de m'emmener, je commence à penser que j'ai bien fait. Toute cette histoire, *notre* histoire, ne rime peut-être à rien. Si j'avais eu raison depuis le début ?

[Yo. Suis en retard.
Tu peux me rejoindre à la patinoire ?]

Sans déconner. *Yo*. En retard. Patinoire. Pas un mot d'excuse. Il y a écrit Cameron sur mon front ?

Faut-il vraiment que je sois bonne poire pour me diriger vers le nouveau lieu de rendez-vous au lieu de le planter pour aller m'enfiler des Mojitos, même pas Virgin, avec Hailey. Il est 19 h 30, cela fait une heure qu'il devrait être sorti de là. Nous sommes en juin, les Bears ont gagné le Frozen Four, le coach n'a donc aucune raison de leur faire subir un entraînement à rallonge.

Je suis en pétard, sacrément en pétard même, lorsque j'entre enfin dans le bâtiment. Pas un bruit. Les couloirs sont déserts, les joueurs ont disparu. *Il se fout de moi ou quoi ?* Aucune trace d'Isaiah dans les vestiaires… Fébrile, je tente de l'appeler, mais il ne répond pas plus que les cinq premières fois.

[Sur la glace.]

Je franchis les quelques mètres qui me séparent de lui. Mes doutes s'envolent et je m'en voudrais presque d'avoir tout remis en question l'espace de quelques secondes. Mon cœur s'arrête, ou bien s'affole, je ne sais plus trop, je perds mes mots.

— Qu'est-ce que…

Ice est seul, au milieu de la patinoire, dans un jean brut qui souligne à la perfection ses jambes musclées. Sa chemise blanche ne laisse pas de place aux doutes : il a fait un effort vestimentaire, et s'est habillé pour ce soir. Si j'en crois la table, l'unique rose blanche, et les deux chaises derrière lui, c'est ici que ça va se passer.

— C'est sur la glace que je t'ai embrassée la première fois, c'est ici que je veux t'embrasser ce soir. T'offrir tout ce que tu mérites… mais en gardant l'avantage.

— Quel avantage ? bégayé-je.

— Ici, tu vas être obligée de t'accrocher à moi, me laisser te guider, et me faire confiance.

Il s'approche de moi, une deuxième paire de patins à la main et m'encourage à les chausser. Puis je mêle mes doigts aux siens au moment où il m'entraîne sur la banquise. Heureusement qu'Isaiah me tire : non seulement mon équilibre ne s'est pas amélioré mais l'émotion fait trembler mes jambes. Enfin, la chaise est à portée de main, ce qui me permet de prendre appui dessus.

— Tu ne m'as pas encore embrassée… murmuré-je dans son cou alors qu'il m'enlace.

— Laisse-moi le temps du dîner pour te convaincre ! Tu ne voudrais pas me rouler une pelle trop vite quand même !

Prise à mon propre piège. Alors que je meurs d'impatience de retrouver ses lèvres, le joueur en lui s'est réveillé et veut me faire languir. Ce qu'il parvient très bien à faire. Du sac de hockey posé à nos pieds, Isaiah sort un délicieux repas italien, qu'il m'avoue être allé chercher plus tôt dans la soirée. C'est la cause de son retard. *Pardonné.*

Après le dîner, Isaiah me saisit par la taille et nous patinons l'un contre l'autre quelques minutes jusqu'à ce que je le freine. Postée devant lui, accrochée à sa nuque pour ne pas tomber, je le supplie silencieusement de m'embrasser. Cette fois, je ne tiens plus et je refuse d'attendre davantage. Son regard passe de mes lèvres à mes yeux, puis son visage se rapproche doucement du mien. Les paupières closes, j'accueille sa bouche qui se pose délicatement sur la mienne. Ma langue vient forcer le passage pour retrouver sa complice, mes doigts glissés dans ses cheveux trahissent mon appétit encore vorace, mon désir d'approfondir notre baiser.

Tout est parfait. Il est parfait. Isaiah rit contre ma peau en me caressant la joue du bout des doigts. Il faut bien l'admettre, je suis scotchée.

[Bonne nuit, Bambi.
Fais de beaux rêves.]

Ce soir-là, en m'endormant seule, je me maudis de nous avoir imposé cette attente alors qu'un sourire béat étire mes lèvres. *Allez, plus que deux rendez-vous.*

Bonus 2

Isaiah

Franchement, j'ai hésité. Trouver trois idées de rencards, c'est peut-être pas la mer à boire, mais ce n'est pas ma spécialité. En plus, notre premier rendez-vous a eu l'air de la combler. Bêtement, je pensais que ça me rassurerait… Raté, c'est encore pire ! Maintenant, j'ai la pression car j'espère que le deuxième sera à la hauteur. Ce n'est pas gagné, d'autant que nous ne sommes pas du tout dans le même registre.

Je la vois arriver, radieuse dans sa robe légère et sa veste en jean qui la protège de la fraîcheur matinale. À mesure qu'elle se rapproche, nos sourires s'étendent, se répondent. Cette fois, pas de faux-semblant, je lui roule la pelle de sa vie.

— Salut, toi, susurre-t-elle en se lovant contre moi. Tu m'en dis plus maintenant ? Où peux-tu bien m'emmener à cette heure-ci ?

— Patience… réponds-je d'un ton mystérieux.

Si je n'étais pas aussi inquiet et stressé qu'elle trouve mon idée naze, je serais bien incapable de m'empêcher de rire. *Je n'imagine même pas la tête qu'elle va tirer quand elle comprendra où je l'emmène.* Quelques minutes de marche plus tard, nous voici enfin arrivés. Nous nous asseyons sur le banc, face à un bâtiment qu'elle ne soupçonne pas être l'endroit où nous sommes attendus.

— Tadaaam ! m'écrié-je en m'efforçant de prendre un air enjoué.

— Quoi ? Un… laboratoire d'analyses médicales ? m'interroge-t-elle sceptique.

— Oui… Alors comme ça, c'est vrai que l'idée peut paraître étrange, mais je voulais vraiment qu'on fasse ça ensemble.

Maddie est pendue à mes lèvres, l'air toujours aussi déconcerté. Il faut que je lui explique ce que j'ai derrière la tête plus clairement. *Aucune raison de stresser, mon vieux. Lance-toi.*

— Si tu es d'accord, commencé-je en prenant des pincettes, j'aimerais qu'on fasse un dépistage ensemble. Comme ça, quand tu seras prête, peut-être qu'on pourra laisser tomber la capote ? Si tu es OK avec ça, bien sûr.

Impossible d'interpréter le silence de Maddison à cet instant. Trouve-t-elle que je vais trop vite en besogne ? Que mon idée est lamentable ? Peut-être aurait-elle préféré que nous en parlions calmement tous les deux et qu'à cet instant elle se sent mise au pied du mur ?

— Je suis désolé si tu trouves ça nul. C'était juste une manière de dire que je ne veux personne d'autre que toi et que tu peux me faire confiance. Si ça te dérange, on n'est pas obligés de faire ça aujourd'hui. Il y a un café sympa pas très loin, on peut très bien…

En plaquant ses lèvres sur les miennes, Maddison m'interrompt de la plus agréable des manières. N'empêche, je me suis embourbé dans mes explications, et je ne suis plus vraiment sûr de mon coup.

— C'est le rencard le plus bizarre du monde, finit-elle par répondre, mais je crois que c'est aussi incroyablement romantique.

Ses yeux pétillent, malicieux, tandis qu'elle plante ses dents dans sa lèvre inférieure, formant ainsi une moue boudeuse délicieusement sexy.

— Plus qu'un dîner aux chandelles sur la patinoire, tu veux dire ? me moqué-je gentiment.

Maddison s'esclaffe en se réfugiant dans mes bras.

— C'est oui. Cent fois oui. Allons faire ce dépistage, ensemble. Et comme je prends déjà la pilule, ça veut dire qu'après notre troisième rendez-vous nous pourrons nous passer de préservatif. Si tu es OK avec ça, bien sûr, lance-t-elle joyeusement en reprenant mes mots lorsqu'elle franchit la porte du laboratoire.

Putain. Si je m'écoutais, j'organiserais notre troisième rencard ce soir. Maintenant, j'espère juste que les résultats vont arriver rapidement parce que la prochaine fois que je tiendrai Maddison nue dans mes bras, chaque parcelle de ma peau pourra sentir la sienne.

Bonus 3

Maddison

Isaiah et moi avons rendez-vous à 17 heures. Cette fois, il m'a donné l'adresse d'un salon de tatouage. Depuis que nous nous sommes retrouvés dans un laboratoire, autant dire que plus rien ne m'étonne. *Qu'a-t-il bien pu prévoir, encore ?*

— Wolf, ne fais pas ça. Ne te tatoue pas mon nom, s'il te plaît. Je trouverai ça plus idiot que romantique, le taquiné-je en arrivant à sa hauteur.

— Ce n'est pas au programme, petite sirène, répond-il, amusé.

Mes doutes se confirment lorsqu'il m'adresse un clin d'œil qui me déstabilise encore plus. Nous avons donc bien rendez-vous ici. Cette fois, la panique me gagne peu à peu.

— Ice, je ne suis pas sûre, là… Je veux dire, j'ai déjà un tatouage, et je ne suis pas vraiment du genre à me faire un tatouage sur un coup de tête, bredouillé-je tandis qu'il me tire par la main à l'intérieur de l'échoppe.

— Relax, Maddie, me rassure-t-il en m'embrassant brièvement. Personne ne te fera rien aujourd'hui.

— OK… alors, on est là pour toi ?

À l'intérieur, l'atmosphère est feutrée, cosy. C'est à la fois artistique et masculin. Les murs boisés sont recouverts de dessins aux couleurs harmonieuses. Des canapes délicieusement vintage en velours sombre confèrent à la pièce une ambiance conviviale qui donne envie de boire un café en discutant à voix basse. Bob, l'homme qui tient la boutique, approuve : c'est bien Isaiah Wolf qui a booké un créneau avec lui.

— Tu viens avec moi ? me propose Ice en s'avançant dans la pièce attenante.

— Oui, bien sûr, si tu veux, confirmé-je, légèrement apaisée.

Cette fois, tout est aseptisé. Isaiah prend place sur un fauteuil inclinable puis retire son tee-shirt. Mes yeux se repaissent de cette vision. Isaiah, qui remarque mon regard brûlant posé sur son corps à demi nu, m'adresse un sourire sans équivoque, le plus torride qui soit. Voilà dix jours que je n'ai pas pu profiter de ce tableau magnifique, nul doute que cela commence à me manquer terriblement. La nuée de papillons qui s'envolent dans le bas de mon ventre en est témoin. *Ça m'a drôlement manqué.* Toute à ma contemplation, je ne prête pas immédiatement attention à la conversation des deux hommes.

— C'est elle, le modèle ? demande le tatoueur.

— En effet, confirme Isaiah.

Soudain, je suis confuse. Comment aurais-je pu envisager qu'il allait encrer mon visage sur son corps ? *C'est une blague* !

— Vous pouvez me le montrer, mademoiselle, s'il vous plaît ?

— Hein ? Pardon ?

— Votre tatouage. Vous pouvez me le montrer ?

Quelques secondes sont nécessaires pour que je remette de l'ordre dans mes pensées. Lui montrer mon tatouage. *Ah. Très bien.* Devant mon air gêné, Bob a l'air de comprendre que l'idée de relever mon tee-shirt devant lui ne me met pas franchement à l'aise. Une expression légèrement moqueuse apparaît sur son visage. *Ouais, je sais, il en a vu d'autres.* Je devrais pouvoir lui montrer mes côtes.

Les quelques mots gravés sur ma peau découverts, Bob s'approche de plus près pour l'observer minutieusement.

— Ice… tu m'expliques ?

Le tatoueur saisit la première excuse qui lui passe par la tête pour nous laisser quelques minutes d'intimité. Je suis aussi surprise que soulagée par son geste.

— *Feel the fear and do it anyway.* C'est ce que je ressens à tes côtés, Maddie. Ces mots-là, nous leur avons donné une signification nouvelle, ensemble. Je veux les avoir dans la peau pour toujours. Quoi qu'il arrive, ajoute-t-il après avoir marqué une courte pause.

En entendant les paroles d'Isaiah, quelques larmes perlent au coin de mes yeux. Pouvait-il me faire un plus beau cadeau ? Était-il possible qu'il témoigne de son amour d'une façon plus belle, plus inattendue ? *Impossible.* Lorsque Bob revient, il nous surprend en train de partager un baiser enfiévré. Légèrement rougissante, je me décale afin de lui laisser le champ libre. Dans un peu plus d'une heure, Ice portera à l'intérieur du bras le mantra qui m'accompagne depuis deux ans. Pourtant, jamais ces derniers-mois je n'ai eu l'impression que ces mots étaient aussi vrais, aussi puissants qu'en cet instant.

C'est ce que je ressens avec Ice. J'apprends à me jeter dans le vide, dans la vie, à nager en eaux troubles. Nous avançons désormais à deux, main dans la main, envers et contre tout. En refusant que la peur nous paralyse. Car rien n'est plus fort ni ne saurait nous rendre plus vivants que nos deux cœurs meurtris parvenus, malgré tout, à s'apprivoiser.

Remerciements

Ce n'est pas facile d'écrire un premier roman. Mais enfin, vu de ma fenêtre, ça l'était encore moins d'écrire le deuxième. Parce que là où tout n'était qu'aventure et découverte pour le premier, il y avait désormais un enjeu. Celui de ne pas décevoir. Ni Zélie[1], ni vous, ni moi. J'avais la ferme intention de faire aussi bien, mieux peut-être. J'espère de tout mon cœur que le pari est réussi.

Ice et Maddie se sont imposés à moi alors que je n'avais pas encore posé le point final de mon précédent manuscrit. Ils m'ont accompagnée de nombreuses semaines avant que je ne me jette à l'eau. Ils m'ont fait rêver avant même d'exister sur le papier[2]. Je les ai aimés bien avant de commencer à les écrire.

Les voilà qui tirent leur révérence et je suis très émue d'écrire ces quelques mots qui marquent la fin du travail éditorial.

Désormais, Ice et Maddie seront à vous.

Merci à ma *team*, mon super amoureux et mes supers enfants, pour toute la joie et la gaieté insufflées

1. Zélie, c'est mon éditrice, elle est super et je n'aimerais pas du tout la décevoir. Vous non plus.

2. Sur un écran d'ordinateur, en vrai, vous vous en doutez. Mais c'était moins joli à écrire.

au fil des jours. Ils sont le sel de cette vie merveilleuse, où tous les rêves sont permis.

Merci Zélie pour ta confiance renouvelée, tes mots toujours si précieux, et ton travail remarquable. J'ai hâte de te proposer le suivant. Évidemment, merci aussi à toute l'équipe de BMR.

Emma, Lauranne, Marianne, Hélène, merci pour votre humour, vos sourires, votre enthousiasme. Et puis merci à mes copines-autrices pour tous ces mots de soutien si importants : Margherita, Molly, Carla, Estelle, Claire, Louve.

Merci à mes bêta-lectrices, celles qui ont signé pour un second round, Léa (leasbooksgarden), Daisy (daisy. et. les. livres), Coline (la_biblio_de_coline), Eme (emebookslove), et Caroline (lectrices_de_folie) qui s'est ajoutée à la bande. Votre regard bienveillant et acéré, vos retours pertinents et vos emojis évocateurs ont été d'une grande aide.

Merci à toutes les blogueuses et chroniqueuses dont je découvre l'univers, la gentillesse, l'organisation millimétrée, les PAL à rallonge, etc. ! Vous êtes incroyables. Merci de soutenir nos livres, de les défendre avec toute votre sincérité et votre force de persuasion.

Enfin, merci à vous qui êtes encore là, à lire ces lignes.

Une dernière chose avant d'éteindre les lumières de la salle. La peur d'avoir mal ne protège pas des souffrances. En revanche, elle empêche une chose : la possibilité de vivre pleinement. N'ayez pas peur, osez, sautez dans la vie à pieds joints. En cas de pépin, il y aura toujours des copines et des livres.

Édité par Hachette Livre, dans la collection Ito
(58, rue Jean-Bleuzen, 92170 Vanves)

Composition : Nord Compo
Achevé d'imprimer en Espagne par Blackprint
Dépôt légal 1re publication : juin 2023
62.1873.8 – ISBN : 978-2-01-724626-8
Dépôt légal : juin 2023